U0540868

细品西游

曲黎敏 著

北京联合出版公司

北京长江新世纪文化传媒有限公司
www.cjxinshiji.com
出品

目 录

前　言　为什么要讲《西游记》——认清使命，勇往直前
　　为什么会有神魔小说？　/ 6
　　《西游记》的作者是谁？　/ 9
　　为什么"少不读西游"？　/ 12

第一回　灵根育孕源流出　心性修持大道生
　　为什么从石头开始？　/ 001
　　何为"灵根"，何为"心性"？　/ 005
　　何为"尊"？　/ 007
　　人为什么下不了"死心"？　/ 008
　　樵夫为什么不修行？　/ 010
　　何为"斜月三星洞"？　/ 012
　　为什么叫"孙悟空"？　/ 013

第二回　悟彻菩提真妙理　断魔归本合元神
　　为何先干七年活儿？　/ 016
　　孙悟空到底要学什么？　/ 019
　　祖师为何要秘密传法？　/ 022
　　祖师到底传的什么？　/ 025

祖师为什么讲"三灾"？　　/028
　　悟空到底是不是"人"？　　/032
　　祖师为什么驱赶悟空？　　/035
　　该不该认命？　/038
　　悟空首战为哪般？　　/041

第三回　四海千山皆拱伏　九幽十类尽除名
　　如意金箍棒到底是什么？　　/045
　　先下地狱，再上天堂　　/048

第四回　官封弼马心何足　名注齐天意未宁
　　工作时为什么不能闲聊天？　　/052
　　从此就叫"齐天大圣"　　/055

第五回　乱蟠桃大圣偷丹　反天宫诸神捉怪
　　悟空又得了多少"好"？　　/058
　　蟠桃胜会都请了谁？　　/060

第六回　观音赴会问原因　小圣施威降大圣
　　观音为什么推荐二郎神？　　/065
　　玉帝为什么不爱亲外甥？　　/067

第七回　八卦炉中逃大圣　五行山下定心猿
　　第七回为何是个大转折？　　/071
　　猴儿为何撒泡尿？　　/074

安天大会为哪般？　　/ 077
　　诸仙献礼为哪般？　　/ 078

第八回　我佛造经传极乐　观音奉旨上长安
　　为什么办"盂兰盆会"？　　/ 081
　　如来提前准备了什么？　　/ 083
　　为何第一个度沙僧？　　/ 085
　　八戒是什么来路？　　/ 088
　　菩萨怎么收悟空？　　/ 091
　　法名里有什么秘密？　　/ 093
　　为什么还要有"混名"？　　/ 095
　　"道名"意味着什么？　　/ 097
　　历史上的唐僧特别伟大　　/ 102
　　唐僧身世之谜　　/ 104
　　为何唐僧总哭？　　/ 106

第九回　袁守诚妙算无私曲　老龙王拙计犯天条
　　什么是人间好生活？　　/ 111
　　人间真有神算子吗？　　/ 114

第十回　二将军宫门镇鬼　唐太宗地府还魂
　　唐太宗为何神游冥府？　　/ 118
　　还阳路上发生了什么？　　/ 121
　　地府意味着什么？　　/ 125
　　真有"六道轮回"吗？　　/ 125

第十一回　还受生唐王遵善果　度孤魂萧瑀正空门
　　为什么写刘全和相良？　/130
　　历史上的儒释之争　/133

第十二回　玄奘秉诚建大会　观音显像化金蝉
　　唐僧的高光时刻　/136
　　唐王如何送唐僧？　/138

第十三回　陷虎穴金星解厄　双叉岭伯钦留僧
　　绝处怎样逢生？　/141
　　刘伯钦是不是"山神"？　/143

第十四回　心猿归正　六贼无踪
　　何为咒语？　/146
　　为什么杀六贼？　/149
　　龙王怎么点醒悟空？　/153

第十五回　蛇盘山诸神暗佑　鹰愁涧意马收缰
　　降龙为什么要靠观音？　/158
　　悟空为什么做不了取经人？　/161
　　悟空确实有的吹　/163

第十六回　观音院僧谋宝贝　黑风山怪窃袈裟
　　为什么不能斗富？　/165
　　图财必害命　/167

第十七回　孙行者大闹黑风山　观世音收伏熊罴怪
  黑风怪什么来头？　/ 169
  菩萨怎么收"黑风怪"？　/ 171

第十八回　观音院唐僧脱难　高老庄行者降魔
  招婿的内涵是什么？　/ 173
  什么是真夫妻？　/ 175

第十九回　云栈洞悟空收八戒　浮屠山玄奘受心经
  收八戒为何菩萨不用来？　/ 178
  人人都怕两边丢　/ 181
  乌巢禅师到底是谁？　/ 183
  三问三答为哪般？　/ 185

第二十回　黄风岭唐僧有难　半山中八戒争先
  修炼之秘是什么？　/ 188
  黄风为什么那么厉害？　/ 191

第二十一回　护教设庄留大圣　须弥灵吉定风魔
  黄风怪的黄风有多厉害呢？　/ 194
  佛祖为什么不用自己人保唐僧？　/ 196
  老鼠有哪些特性？　/ 198

第二十二回　八戒大战流沙河　木叉奉法收悟净

为何不能驮唐僧去西天？　/ 200

学会打招呼为什么重要？　/ 204

收悟净为什么来了木叉？　/ 205

第二十三回　三藏不忘本　四圣试禅心

唐僧的行李有什么？　/ 208

用什么试探"禅心"？　/ 210

唐僧是否有前尘往事？　/ 212

为何悟空没有男女欲望？　/ 215

这哥四个，你想嫁谁？　/ 218

第二十四回　万寿山大仙留故友　五庄观行者窃人参

五百年前是故人？　/ 223

人间天地最久远　/ 226

师徒失了哪三德？　/ 228

第二十五回　镇元仙赶捉取经僧　孙行者大闹五庄观

镇元大仙为什么总笑？　/ 230

悟空挨打　/ 232

第二十六回　孙悟空三岛求方　观世音甘泉活树
　　灵根到底指什么？　　／234
　　悟空有情，唐僧无情　　／235
　　八戒为何说福禄寿三星是奴才？　　／236
　　菩萨怎么起死回生？　　／239

第二十七回　尸魔三戏唐三藏　圣僧恨逐美猴王
　　何为"尸魔"？　　／243
　　尸魔最知人性　　／245
　　何为真假？　　／247
　　何为善恶？　　／250
　　悟空为什么说沙僧是好人？　　／251

第二十八回　花果山群妖聚义　黑松林三藏逢魔
　　悟空做回"齐天大圣"　　／254
　　沙僧为何背后说八戒？　　／256

第二十九回　脱难江流来国土　承恩八戒转山林
　　黄袍怪为什么不吃"唐僧肉"？　　／259
　　大城市什么样？　　／261
　　八戒吹大牛　　／263

第三十回　邪魔侵正法　意马忆心猿
家暴男什么样？　/ 265
什么叫"现世报"？　/ 267
小白龙出场救人　/ 269
菩萨收八戒的真实意图？　/ 271
八戒好羡慕悟空　/ 272

第三十一回　猪八戒义激猴王　孙行者智降妖怪
悟空恨不恨八戒沙僧？　/ 275
沙僧难得的欢喜　/ 277
悟空为何讲"孝道"？　/ 278
原本都是旧相识　/ 280
唐僧的大欢喜　/ 282
何为"明心见性"？　/ 283

第三十二回　平顶山功曹传信　莲花洞木母逢灾
唐僧和悟空聊心事　/ 285
悟空为什么遇事求神仙？　/ 287
人这一生，发多少昏？　/ 289
怎么使唤八戒？　/ 290
"二兄弟"一般什么样？　/ 293
为什么要吃"唐僧肉"？　/ 295

前　言

为什么要讲《西游记》——认清使命，勇往直前

读者朋友们，大家好！我的新作《细品西游》与大家见面啦！

好多人都知道，我原先准备在本命年送自己也送大家一份厚礼，就是要开讲《道德经》，而且，也为此准备了数年。可是，事到临头，我还是决定先放一放，待时机成熟时再说吧。但我也不能让喜欢听我讲书的人失望啊，于是我灵光乍现，决定先讲一本奇书：《西游记》，一僧、一猴、一猪、一沙僧，还有一匹白龙马，还有那么多大妖怪，这是一个多么奇幻的故事啊！讲着讲着，我感觉自己都通透了许多，原先就是个"大明白"，此刻更明白啦！

其实，这是一个关于修行的故事，一个关于成为自我、战胜自我、颠覆自我、实现自我的故事，也是一个隐喻了我们每一个自我的前生后世的故事，我们的起心动念、我们不敢昭示于人的欲念、我们的无力无助与艰苦卓绝，无不尽在其中。有时候，我们都是想吃"唐僧肉"的大妖怪，谁不想长生不老呢？！有时候，我们误以为拜了个师父就是悟了道；而更多的时候，我们远不如那猴通透，也不比那猪明白，我们既不"空"，也不"能"，还不"净"，所以，在我眼里，《西游记》其实是《道德经》的前篇，先参悟了《西游记》，也许就好理

解《道德经》了。人世间，一定先是个故事，故事比箴言好懂，因为所有的故事里都有人性，等我们了悟人性后，那始终藏匿在我们生命深处的"神性"就能横空出世，或许在那时，我们就可以"拈花一笑"了……

究竟要怎么讲呢？大家都对《西游记》电视剧有印象，对动画片《大闹天宫》和《金猴降妖》有印象，但未必认真读过原著，那我就按照《西游记》这一百回的顺序，在每个章回里挑几个问题或几个令人迷惑的点来讲吧。比如第一回的题目是"灵根育孕源流出 心性修持大道生"，何为"灵根"，何为"心性"？这些可是我们的人生大问题啊。再比如：孙悟空当上美猴王后，为什么会突然落泪？起心动念为什么重要？孙猴子名字的来由是什么？"悟能"是什么意思？沙僧为什么冷心冷面？为何孙悟空没有男女欲望？在"四圣试禅心"一回中，为什么唐僧一听要娶美女就"好便似雷惊的孩子，雨淋的虾蟆，只是呆呆挣挣，翻白眼儿打仰"？任凭谁，也不会因为要娶白富美吓成这样啊！还大汗淋漓，甚至翻了白眼儿，在那儿打晃儿！唐僧到底怕什么呢？……诸如此类的问题数不胜数，咱们就一路学来、一起打破盘中之谜吧！

总之，一切问，无非自问；一切答，最终都是自答。让我们带着问题，向西天出发。

都说人生就是修行，修什么、怎么修呢？读经，可以吗？唐僧倒是记性好、脑子快，乌巢禅师教了一遍《心经》，唐僧就背下来了，而且心得体会也写得好，可一遇到妖精就吓哭了，这时心心念念的不是《心经》，反倒是念叨"悟空……快来救我！"。救师父是修行吗？似乎也不是。西行路上都是唐僧叫苦喊饿，反倒是孙悟空不断地教化师父。但《西游记》还是给我们指出了一条明路：大修行，先要有唐僧的大愿和大勇气，还得有行者的行动能力和龙马精神，要守戒律，要耐得住孤独，要像和尚一样洁身自好、懂规矩、懂法则。最重要的是：行道、践道，光有人生境界不行，必须脚踏实地，虽处处荆棘，但步步莲花，方是圣境。

当初我看《西游记》最不理解的一件事，就是孙悟空一个筋斗云就能到佛祖那里了，为什么取不来真经，非得唐僧一步一步受苦受难才能取到真经？在第二十二回"八戒大战流沙河 木叉奉法收悟净"里，八戒也曾提出这个问题：师兄你既然会筋斗云，干吗不驮着师父飞过去取经？孙悟空的回答是：一、唐僧是骨肉凡胎，驮不动。"自古道，遣泰山轻如芥子，携凡夫难脱红尘。"——这话说得我等凡夫羞愧难当啊！原来我们这肉身凡胎，满脑子执念欲望，比泰山还重，谁也驮不动啊！二、谁也替不得唐僧的苦恼。自己的苦恼必须自己化、自己消，就如同寒邪都在自己身上，菩萨与孙悟空虽然好比"大药"，但只能帮忙，终究还得唐僧自己成了金刚，化了寒邪，一派纯阳。三、这条是我自己学医后想明白的：孙悟空自己确实取不来真经，为什么？因为孙悟空代表意念，代表我们的脑子，脑子和想法是可以一下就到西天的，但意念毕竟是"空"，拿不到真东西，也无法取走真经；只有像唐僧那样一步步地走，一个一个磨难受着，一个一个官牒拿到，一步步都盖了正式的公章，才能取回真经。想飞过去白拿，休想！就是到了灵山，真经还得拿"人事"来换呢！这世上就没有白得的东西，不以命换命，怎能脱胎换骨！这其中啊，脚踏实地和持戒，就如同积精累气，不断培补正气；而那些磨难就如同祛病祛寒，如同在生活中不断地抗击心魔，勇敢地改毛病，只有这两种行为兼备了，才能最终成佛。

在解读《西游记》的过程中，我越发深刻地认识到这是对自己的一次大救赎，是身体上的，更是精神上的。

先说于我身体上的意义：我感觉我的身体在解读过程中愈加强壮、

坚韧，真的，我突然有了一种向死而生的欢乐，我不再畏惧死亡了。每一次唐僧师徒遇到事情或妖怪时，我都要自问，这些事情或妖怪于我意味着什么？我要如何去打破这些迷障？我的身体能否抵抗那些磨难？我的意志能否战胜那些恐惧？于是，我开始跑步，开始跳舞，开始挥舞想象中的金箍棒……当一个人不是为了长寿而锻炼，而是为了"打妖怪"而强健筋骨时，这件事就变得十分快乐了。

再说说解读《西游记》于我精神上的救赎，那就更了不得了。我从中悟到了"命"与"使命"的不同。之后我会拿一节专门讲孙悟空的一生对"命运"的启示。孙悟空对"命"的接受态度令我心悦诚服，从某种意义上说，悟空是"认命"的，无论什么来了，他都欣然接着：你安排蟠桃园，我就吃桃；你安排炼丹炉，我就食丹；你安排十万天兵，我接着；你安排妖怪，我就打；你压我五百年，我也认了……但是，"使命"让一切苦难都充满了意义！修炼，不是为了自己这条"命"，而是为了更大的"使命"！这么说吧，悟空"认命"，但不怕"命"，回头的话，我就是"猴"；勇往直前的话，我就是"佛"！

所以，每个人都有"命"，这么说吧，我们一生得到的都是"命"，而"使命"就是我们要给出去的东西！此刻大家扪心自问一下：我有什么可以给出去？给的越多，使命越大，即我们一生真正要追寻、要认知的，是我们的"使命"！就是我们这一生究竟为何而来，我们能否超越自身之"命"，而使"命"更加广大和更有意义！

命，都是老天给的，我们生于什么样的家庭、当多大的官、发多大的财，这些也许都是"命"；但"使命"却要自己"造"！使命源于正念正愿，要亲证亲为。正念和正愿一起，必有善报，哪怕千里之外，一切正能量都会向你聚拢。因此，使命是让你得到快乐的正事，不见得是大事，人，先要快乐，再与天地之正气相合，就得了阳气，人生之路就会越走越顺。若是有恶念、私心，哪怕是千里之外，也会恶报显现，负能量越聚越多，人必然没了未来。而悟空就是意念干净、纯粹，所以每个细胞都充盈饱满，每根毫毛都为其所用，大部分神仙都愿意帮他……也就是，当"使命"成了生命的主导时，生命才是快乐的、有意义的。

由此，我学会了静观与审察自我的心猿与意马，我放下了自己的孤傲与狂狷，拥有了更大的同情与悲悯。解读过程中，每每破解一个谜团总让我欢欣鼓舞，犹如得道般快乐！所以，每每与朋友分享这一切，大家也感触颇深，甚至泪眼婆娑。所以，我坚信，如果您认真读了，也会震惊：原来《西游记》可以给我们这么多！

总之，我从这次学习中得到了欢乐、真知与勇气，愿您也获得！

加上《西游记》，我已经解读过五本经典了，《诗经》《黄帝内经》（简称《内经》，含十二经脉与奇经八脉）、《伤寒论》《说文解字》《西游记》。这五本经典其实都是围绕着《内经》展开的，《诗经》谈人性、谈美学；《伤寒论》谈《内经》之用；《说文解字》是让大家不必拘泥于我的解读，而能利用工具书展开自己的学习；《西游记》讲生命修炼的过程。通过解读经典，我也越来越认识到自己的使命，如果经典是一个多棱形的宝库，我就好比好奇而又精进的孩童，不断地、多角度地去推开经典宝库的大门，世上三万六千法门，我能以微薄之力跟大家分享我在经典宝库门口沐浴到的光辉，何其幸福！能向前走一步就向前走一步，我所做的一切，无非就是见天地、见众生、见自己，贪念经典、贪念先哲的智慧、贪念自我的成长，把美好分享给善良的人，这是多么可贵的人生经历啊！

真高兴，我们能够年年在一起，体验先贤带给我们的沉思和美好！

谢谢大家！

为什么会有神魔小说？

《西游记》是中国古代长篇神魔小说的经典之作，一共一百回。该小说以唐代"玄奘取经"这一历史事件为蓝本，经作者的艺术加工，讲述了一个无比奇特的故事。

神魔小说来源于鲁迅的提法，该类小说在明清时期较为兴盛，有《西游记》《封神演义》《镜花缘》等优秀作品，但在避讳宣传"怪力乱神"的中国古代，该流派小说的作者或者湮灭，或者不知真名，或者作品被禁。鲁迅在《中国小说史略》中说："且历来三教之争，都无解决，互相容受，乃曰'同源'，所谓义利邪正善恶是非真妄诸端，皆混而又析之，统于二元，虽无专名，谓之神魔，盖可赅括矣。"

鲁迅的这个说法太有趣啦，所谓"神魔小说"，包含着儒释道三家之说，又通过小说的形式大讲义与利、邪与正、善与恶、是与非、真与妄这些困扰我们内心的事物，通过神与怪不断地颠覆我们的三观，让我们有所觉悟。

现在我们耳熟能详的神魔小说，在明清时代达到了顶峰，这些书突破时空，突破生死，突破神、人、物的界限，创造了一个亦幻亦真、亦虚亦实的境界。其中就有《西游记》，而且开篇即巅峰，无人超越。还有明代许仲琳创作的长篇神魔小说《封神演义》，地位仅次于《西游记》，他创造的中国神话体系甚至比《西游记》还要奇幻。然后就是清代李汝珍的《镜花缘》了。

神话故事有永恒的魅力。神话是人类的童年，是一种对人类起源的深刻解读。所有神话都在试图解释我们人生的一些根本问题，比如：我们从哪里来？从天上来？从伊甸园来？是上帝造人，还是女娲抟土造人？而《西游记》开篇就灵光乍现，说了个从石头里蹦出来的猴子。希腊神话中也有个从天神宙斯的脑壳里蹦出来的少女——智慧女神雅典娜，这是在说什么呢？是说"智慧"是个没有娘的女孩子，还是说"智慧"是无中生有？抑或说"智慧"是个永恒的、没有被欲望污染的处女？再者，火从哪里来？是伏羲钻木取火，还是普罗米修斯盗的天火？还有，人为什么会死亡？人是像蛇那样蜕皮而重生，还是真有什么轮回？总之，人们希望用神话解释一切无解之事，用神话来安抚迷茫的心灵。

同时，神话中的意象可以启发人们认识自己的内心世界，并帮助人们找到自己的内在目标。比如，"盘古开天辟地""女娲补天"这些神话故事会带给我们精神上强烈的创造热情和救世情怀，而"精卫填海"则能让我们理解愤怒和倔强的内涵。《山海经》给我们的感觉就更加诡异了，至少，我们可以相信：在我们的平庸世界之外，有各种奇特的存在。

神魔小说除了假托历史、影射世情，还能以荒诞无稽之谈为我们的生命格局打开新境界。同时，看别人如何翻云覆雨，看神或妖怪如何整顿朝纲，如何历尽千辛，而又不触及自己的真身，也是人类怯懦本性的一个表现。再者，无论小说、神话、心理学、哲学等，都是在为人类历史溯根求源，以求找到一种合理解释。总之，荣格说，神话的宗教本质可以解释为某种医治人类总体的苦难和焦虑——饥饿、战争、疾病、衰老和死亡的精神治疗。当有了自己可以接受的合理解释后，人就心安了。而情爱小说、历史小说等都缺少神魔小说这种直达根源的魅力。

可以这样说，世界通过神话而再生；神话又如良药，治愈了人类最初的痛。

神话还有一个特点，就是超越常识，颠覆三观，让我们看到自己内心深处不敢看的欲望和真相。比如：希腊神话中的神吞吃自己的孩子，娶自己的姐妹，霸凌人间的少女，他们到底是神，还是魔？因为天神与妖怪能超越人性的束缚，他们比人类强大，可以完全不讲道理或无厘头，露出了人类心灵最疯狂、最残忍或最可怕的那一面，从这个意义上说，他们是毁灭者；但另一面，因为拥有绝对的自由意志，他们又是一切辉煌的创造者。

而人呢？既做不了神，又很难成魔，所以，人对神与魔既渴望又畏惧，喜欢躲在暗处看神与魔相斗，其实也是在看自己内心的神性与魔性之斗。

中国的四大名著有三本都是在明代完成的：《三国演义》《水浒传》《西游记》。一本历史小说，一本英雄小说，一本神魔小说，再加上一本也诞生于明代的市井小说《金瓶梅》，我会怀疑是文曲星集体在明代下了凡。这几部作品各个都是宏大叙事，几乎把中国历史上所有的人物形象都讲到了，而且极为生动，艺术手法也了不得。明朝是汉民族最后一统的封建王朝，把家天下的优势和劣势都彰显到了极致。明朝（1368—1644年），共计二百七十六年，传十六帝，有治国的、有不上朝的、有炼丹的、有宠信宦官的、有上吊的……另外，还有张居正、王阳明等厉害的角色，可见明朝有多奇特。

其实，大明的国号，有人说来自佛教或明教，也有人说来自白莲教，甚至有人说出自《周易·乾·象》"大明终始"，以明喻火，根据五德终始说，表示明朝取代元朝是以火克金。可见当时儒释道三教相争正统，一时难以决断。而明朝皇帝喜欢炼丹、迷信方士、道教等行为，也导致了三教合一深入人心，所以《西游记》等神魔小说充斥大量三教的内容。因此，读《西游记》的过程，也可以让我们更深入地了解中国文化，了解三教的真正内涵。

《西游记》的作者是谁？

关于《西游记》的真实作者是谁，是个悬案。在学术界，除开《三国演义》的作者是罗贯中基本没有异议，其余三部的作者或多或少都存在争议。比如《红楼梦》，现代有很多红学专家对作者到底是不是曹雪芹也有过争论；关于《水浒传》，也有其并非施耐庵独著，而是施耐庵和罗贯中合著的说法；但其中争议最大的，当属《西游记》。明代世德堂本的《西游记》，并没有署名，只是在卷首的序文当中含糊其词地介绍了这本小说的来历，世德堂说自己在出版这本书的时候也不知道作者是谁，有说可能出自某个王府，也有说可能是某个举人或者进士写的，反正写这本书的作者肯定不是个简单的人物。有人说是明代吴承恩，也有人说是丘处机。

咱们先说吴承恩（约1504—1582年）。吴承恩十多岁时就以文才出众而享有盛名，但就是难中科举，这在中国古代很令人瞧不起，年逾六十岁才勉强当了小官。这里有两个问题，一是才华出众为什么考不上科举？这也是有些家长需要理解孩子的地方，才华出众，就可能有点偏执、有些孤傲，要么不屑于科考，要么以反对科考来对付科考。才华出众的人，经常不按常规出牌，所以考试的时候会出问题，记得我们当年高考，几乎是千里挑一，班上的第一名因为压力大，精神崩溃了，疯了；第二名因为性格古怪、傲慢，根本就没写答卷，而且人生的第一次反抗还令他有些得意。

《天启淮安府志》说："吴承恩性敏而多慧，博极群书，为诗文下笔立成，清雅流丽，有秦少游之风。复善谐谑，所著杂记几种，名震一时。"而且他喜欢看神仙鬼怪、狐妖猴精之类的书或者野史。喜欢这些的，自然不喜欢科举，可家里压力大，所以还得频频去考试，但毕竟不用心，所以屡试不第。因此在当今年代，家长发现并鼓励孩子发展自己的喜好，其实比考试重要。他不愿意干的，非逼他去干，结果不会好。我一生最大的遗憾是生娃生少了，因为我明白，优秀的孩子最终都要贡献给国家的，如果能多生，必须留一个，让他一生自由自在，他不爱上学，没事，喜欢什么就干什么。不想结婚、想出家，成！总之，让我这个有点焦虑的妈妈也欣赏一次自在的生命！

二是有人说吴承恩一辈子都在考科举，是个追逐名利的小人，怎么能写出《西游记》这等鸿篇巨制？我倒不这么看。考科举，只是为了满足父母的期望，这其实是每一个中国古代孩子内心的巨大困境。而才华横溢却考不上科举，又是成就很多像吴承恩这样的人的天命机缘，所以在父亲去世后，吴承恩在四十岁左右完成了《西游记》初稿。有些人必须摆脱了来自父母的压力，才敢去完成自己的理想。如果他科举成了，想必我们也就没有这本书读了，而他的一生也耗散在他并不喜欢的仕途上，想必也无什么大成就。他有一句诗还是令人赞叹的："救月有矢救日弓，世间岂谓无英雄？"一个有救日救月抱负的人，怎能被一个科举拿下，怎会为五斗米折腰！

而且大多数落榜的精英是有反骨的，比如同样没有通过科举考试的黄巢，其诗："待到秋来九月八，我花开后百花杀。冲天香阵透长安，满城尽带黄金甲。"这种"我花开后百花杀"的豪情，在孙悟空身上也有体现。当然，还有人出世修行了，比如道教的张道陵。还有李时珍，因为身子弱，早早退出科举，一生只关注中医药，写了《本草纲目》。还有那个屡试不第的洪秀全……在命运的厚墙面前、利剑之下，这些人不得不下一着险棋，要么生而悲壮，要么死而惨烈，虽未功成，但至少都名就了。

据说，吴承恩于嘉靖二十一年（1542年）完成小说《西游记》初稿，几经官场沉浮心灰意冷后，于1570年弃官回乡，开始着力撰写《西游记》，大约在 1573 年完稿。

到了民国，"吴承恩是《西游记》的作者"之说得到了胡适和鲁迅的支持。由于胡适和鲁迅的影响力实在是太大了，他们两人的表态，几乎可以说是一锤定音，从此吴承恩是《西游记》的作者就成了标准答案。

万历二十年（1592 年，也是龙年），也就是吴承恩死后第十年，世德堂出版的《西游记》很快就成了当时的畅销书。但是这个世德堂版本的《西游记》并没有署名，只在卷首的序文中含糊其词地介绍了这本小说的来历，只写了"华阳洞天主人校"，可这"华阳洞天主人"又是谁，谁也不知道。于是就留下了悬案。

若说作者是丘处机呢，那这部小说就更神奇了，因为这样它就从一部神魔小说变成了一部修道的书。这个丘处机可不是一般人，他是金末元初的道士，为道教全真派"北七真"之一。话说七十二岁的丘处机历三年，行万里，终于来到了雪山，途经十多国，不远万里西行，最后于今阿富汗境内见到成吉思汗，并劝谏成吉思汗不要随意杀人，要善良。这绝对是历史性的一刻，跟随丘处机一路西行的十八名弟子之一的李志常，根据西行一路上的见闻，专门写了《长春真人西游记》。也有可能，这部《长春真人西游记》给了明代某位作家奇思幻想的灵感，并由此借唐僧取经的故事，写成了我们今天看到的《西游记》。

还有人说这本书的作者是另一位明代的"长春真人"刘渊然。

我们暂且不论《西游记》的作者究竟是谁，我们来看原文，等看明白了，就知道作者是个非常了不起的人，其学问和功夫、立意和格局，都不是一般的大。大到疑它是天人之作，堪称天下第一奇书。我现在这么说您肯定不信，等我讲完了，估计您比我还信。

为什么"少不读西游"？

都说"少不读西游，老不读三国"，为什么呢？这大概是因为：少年血气方刚，戒之在斗；老人气血衰败，戒之在贪吧。贪什么？贪计谋、贪奸诈、贪权势。《三国演义》里不全是这些东西吗？但允许读什么书、不允许读什么书，这事儿恐怕还有其更深的心理层面的问题，需要探究。

世德堂本《西游记》把全书一百回分为二十卷，每卷依次以宋代邵雍诗《清夜吟》"月到天心处，风来水面时。一般清意味，料得少人知"中的一个字为卷名。这首诗说的是：明月缓缓升到夜空正中，长风轻轻拂过水面。寰宇如此清幽寂寥，应该很少有人真正领略。月到天心处，此时水面也有月啊，何为真，何为幻？又，谁是月，何为水？"到"和"来"皆蕴藏着时间和空间，我若不清虚，怎能得其意？就是此刻我若不能放空自己，如一颗颗饱满晶莹的细胞，就无法天人合一……

也就是，读此书，我若不是孙悟空、不是唐僧、不是猪八戒、不是如来等，我便无法领略其中的真意。

而我们，关于《西游记》，大多是从电视剧里面看到的热闹，别说孩子了，大人，又有几人明白呢？

《红楼梦》开篇也有曹雪芹的一首诗："满纸荒唐言，一把辛酸泪！都云作者痴，谁解其中味？"不痴，不深情如作者，又怎能看出"荒唐"和"辛酸"！

大凡小说，人物的生动，就是要有"代入感"，就是让你选择：你是谁？你要选择了林黛玉，她死时，你便也死了一回；你若选择了孙悟空，你便也有被压在五行山下五百年的觉悟……其实，四大名著中都有同样的问题,每一个读者都因为自己的执着,在跟书中的人物对话、交流,找自己的解脱。

诸如"少不读西游,老不读三国",大概是古代所谓"明白人"的看法吧。古人认为小说都属于杂书,不利于科举,再说科举考试也不考杂书,所以最好都不看。少不看西游,是怕小孩子一看就喜欢上孙悟空的淘气和任性;少不看水浒,是怕孩子也以仗义之名而结帮。你看吴承恩,自小就喜欢看神仙鬼怪、狐妖猴精之类的书,所以一辈子都科举失败,入不了所谓"正统"一流。那《红楼梦》能看吗?当然更不能,才子佳人的故事更是古代读书人的大忌,号称伤风败俗。所以,所谓的中国四大经典小说,都走的是民间秘密流传之路,有的甚至被列为"禁书"。可越不让读,人们就越好奇;越压制,就越入心入骨。若真入心入骨的话,家人就拦不住了,就称此人"魔怔"了。

其实,读书大都在年少时,你看一般很少有老人捧着本小说读吧?我记得我从少年起,每年暑假都要读一遍《红楼梦》,加上我本身又是双鱼座,所以在"情"里越陷越深,直到高中时突然得到一本《史记》,才骤然海阔天空,脱胎换骨。但如若没有对《红楼梦》的深情与悲情,我恐怕也不会对《史记》有那么深刻的理解和热爱。所以,孩子读的书确实要有所选择。再说,孩子还有根性的问题,每个人对图书的选择都受下意识的影响,家长不能硬性压制。以我的性格,你就是逼我学科学,我也不会选择数学或军事,我偷偷摸摸看的还得是"飞碟""西游""红楼"之类玄妙的东西。

另外,小孩子,尤其是喜欢文学的小孩子,脑子里奇奇怪怪、神神幻幻的东西太多了,如果再让《西游记》打开了想象的大门,就更没法收拾了。有次搬家,我惊奇地发现我初中有本秘密日记,里面净是各种自我质疑和忏悔:我是不是思想太复杂啦?是不是脑子里有太多不"正派"的想法？我是不是一个不正常的人？……于是，我突然明白为什么我在年少时患有严重的鼻炎并有剧烈的头痛。这些，不过都是精神被强烈抑制的身体反应，而头痛更是"犯上"这一习性导致的。那时候的我，不仅从心里反抗父母，也反抗老师，总之，反抗一切权威。幸好，那时的父母无暇过多关心孩子，所以也没有用药，这些病，不是用药就能好的。

正因为孙悟空有着孩童般的灵魂，所以少年能从他身上看到自己：热爱自由、桀骜不驯、逆反。只是少年读西游，眼里恐怕只有孙悟空，没有唐僧、猪八戒和沙和尚；只看到了孙悟空的心魔，而无法形成完整的人格。比如，只看到了孙悟空的"横"和无法无天，却不看孙悟空的"服软"和他战胜心魔的霹雳手段。被压在五行山下之前，孙悟空遇事没求过人，都是自己单打独斗，也很少用脑子，就一个字——干！但从五行山下出来后，他说话柔和了，心态平稳了，该求菩萨就求菩萨，该求神仙就求神仙，他有脑子了，谁的"果"，就去求谁的"因"，不再轻易介入他人的因果，知道养精蓄锐了。知道静观默察事物的真相才是重要的，知道修成正果、取得真经才是重要的，一味地打打打，只会"打个寂寞"。

再说，少年身上本身就有"猴性"，所以现在的孩子更被家长称为"魔兽"，也就是他们身上有着比孙悟空更多的"魔性"，为什么呢？因为他们的"猴性"被大人宣判为"多动症"，他们的抓耳挠腮、挤眉弄眼都被看成了病态。其实，现在的孩子都是被现实的妖魔打败的孙悟空，又是被父母压在五行山下的孙悟空，又没有观音[1]给他们指出明路，他们求告无门，西游的神与幻，只会加重他们对现实世界

---

[1] 观音即"观世音"的略称，因"观世音""观音"两种说法在《西游记》原著中都有出现，故编辑保留了原著的说法。——编者注。本书中的注释，如无特别说明，均为编者注。

的不理解和绝望。所以，少年看西游，必须有人引导。

"少不读西游"，难道老了可以看吗？当然可以啦！因为人老了，气血衰败、枯槁，已经无力折腾了。老了，看什么都行了，已经不在"体制"里了，已经对世界没有什么话语权了，这时候，读书就是闲趣，尽管这时读懂了许多，也只是望"猴"兴叹了。所以老人可以随便读书，读《水浒传》，读《三国演义》，又能怎么样呢？而年轻人不一样，他们是新生力量，要有所约束。所以古代的科考教科书就只能是四书五经，不能考老子、庄子，要是学了老庄的汪洋恣肆、桀骜不驯，还有谁喜欢科举啊！所以，"少不读西游"和"少不读水浒"等说法，跟"少不学老庄"是一回事。

但我觉得，现在的孩子可以读《西游记》，因为现在的孩子因学业、原生家庭的系列问题，以及为了打游戏而熬夜，已经阳气不够了，已经活得非常懦弱了。什么能提升阳气？志气，能提升阳气；而欲望，则消损阳气。怎么能有志气？首先得给孩子找点正事干。比如，五百年前孙悟空就是精气神太足，胡闹；五百年后他加入取经队伍中，就是有了"正事"。有人会说：孩子学习就是正事啊，可他就是不爱读书。读书，不是唯一的正事啊。有的孩子就是不喜欢读书，可他爱习武，所以习武才是他的正事！只不过家长的观念拗不过弯来，死活认定读书比习武高级。读书可以培养自律和条理性，习武更可以啊！孩子只要能成才，管他学什么呢！

所以，读《西游记》，可以培养他们的活力和勇气。其实，孩子爱父母是人性，爱孙悟空是天性，因为孩子都是从天上来的。本来每个少年心中都有孙悟空般大自由、大自在的灵魂，但生活的磨砺，最终会让我们的心丢掉那个勇敢的孙悟空，而装进了贪吃贪睡、懒散并油嘴滑舌的猪八戒和那个一心效忠主子、冷漠自私的沙和尚，从而变成连我们自己都厌恶的胆小怕事、怯懦的人。所以，我们修行的起步，就是先找回那个勇敢精进的"孙悟空",先有了自由的心灵,才能有自在的生活。至少,我们可以知道,有另一种灵魂是自由的、自在的、无所畏惧的,知道世界有另一种情怀,有另一种人生境界。至少,从心中能升起希望。有希望的生命才是可贵的。

就像我心情悲观时,会去看看科学家特斯拉、马斯克的故事,我虽然不敢跟闪电"亲密交流",也可能不敢上宇宙飞船,但我要让我的小心脏,为那霹雳闪电、为那理想或梦想,激动一回。

好,闲篇说完,咱们进入《西游记》正文的讲解。

第一回　灵根育孕源流出　心性修持大道生

为什么从石头开始？

《西游记》第一回"灵根育孕源流出　心性修持大道生",从题目我们就可以看出,《西游记》讲"灵根"、讲"心性修持",就不是讲猴子的故事的,而是通过一个猴子讲"修道"。

《西游记》和《红楼梦》都是从一块石头说起的。我甚至认为,《红楼梦》有很多细节受到《西游记》的启发。《西游记》开篇第一句诗就是:"混沌未分天地乱,茫茫渺渺无人见。"这"茫茫渺渺"到了《红楼梦》里就成了"茫茫大士、渺渺真人"。

《红楼梦》开篇说到,原来女娲氏炼石补天之时,于大荒山无稽崖炼成高经十二丈(对应一年的十二个月)、方经二十四丈(对应一年的二十四节气)顽石三万六千五百零一块(对应一年的天数)。这里面暗含着一年十二个月、二十四节气和一年三百六十五天。无非是指这些灵石也是天地阴阳蕴化而成的。

"娲皇氏只用了三万六千五百块,只单单的剩了一块未用,便弃在此山青埂峰下。谁知此石自经煅炼之后,灵性已通,因见众石俱得补天，独自己无材不堪入选，遂自怨自叹，日夜悲号惭愧。"因凡心大炽，于是成就了"无材补天，幻形入世，蒙茫茫大士、渺渺真人携入红尘，历尽离合悲欢炎凉世态的一段故事"。

《西游记》刊印于明，《红楼梦》刊印于清，所以《红楼梦》从一块石头说起，显然是得《西游记》之奇思妙想。

《红楼梦》从石头开始，写一块有灵性的石头到人间历练，但那是女娲补天剩下的石头，多少是块怀才不遇的石头，天生自带幽怨。而且，这还是一块有前尘往事的石头，比如它和绛珠仙草的一段情缘[①]。所以一开始就注定了《红楼梦》的悲情调子。

但《西游记》的石头可不是这样的，从这块石头中蹦出来的是个野性的、大自在的灵魂。这如同交响乐般的天崩地裂，一个新灵魂，一个欢乐的、毫无畏惧的新生命，诞生啦！

《西游记》的开局很宏阔，开篇即论天地人之来源：盖闻天地之数，有十二万九千六百岁为一元。将一元分为十二会，乃子、丑、寅、卯、辰、巳、午、未、申、酉、戌、亥之十二支也。每会该一万八百岁。——这是从天地之数看天下，眼光何其远也。

2024年是甲辰年，正好进入离火运的二十年，所以大家不妨了解一点古代的"三元九运"说，这是中国划分大时代和小时代的方法。古人以二十年为一运，三个二十年也就是三运，形成一元，一元就是六十年，三元总共是一百八十年。可这"三元九运"到了《西游记》中就被无限地放大了，把这个"三元"一百八十年扩大了七百二十倍，把时间拉向了远古。对只活百年的我们而言，若知道天地已经有了那么久的时日，恐怕一下子就从生死的焦虑中解脱了吧。那些恐惧世界末日的人，应该也不再焦灼了，这等天崩地裂的伟大日子，若真能赶上，应该激动万分

[①] 在程本《红楼梦》中，通灵宝玉即为神瑛侍者。

才是。反正这《西游记》开篇第一句就让我的心沉降了下来，"人生不满百，常怀千岁忧"，真是没必要！茫茫渺渺之中，我们算个什么呀！

老百姓看重的是一天，过的无非是日子。可这日子，也是天地之数的一个浓缩罢了。怎么去看待这十二万九千六百岁呢？

《西游记》好比拉了一根牛皮筋，啪的一下弹出去，又能唰的一下收回来。书中接着说：且就一日而论：子时得阳气，而丑则鸡鸣；寅不通光，而卯则日出；辰时食后，而巳则挨排；日午天中，而未则西蹉；申时晡而日落酉；戌黄昏而人定亥。——这是讲十二时辰。这种说法赋予了天地以生命，子时阳气生发，戌时阴气沉降。

"天"是怎样形成的呢？譬于大数，若到戌会之终（就是"天"也有戌时黄昏），则天地昏曚而万物否矣。再去五千四百岁，交亥会之初，则当黑暗，而两间人、物俱无矣，故曰混沌。——所谓混沌，就相当于一日之亥时（21点—23点），只不过"天"的亥时有五千四百岁。

又五千四百岁，亥会将终，贞下起元，近子之会（23点—1点），而复逐渐开明。……到此，天始有根。——这是先说"天"。

再五千四百岁，正当子会，轻清上腾，有日，有月，有星，有辰。日、月、星、辰，谓之四象。故曰，天开于子。又经五千四百岁，子会将终，近丑之会，而遂渐坚实。易曰："大哉乾元！至哉坤元！万物资生，乃顺承天。"——光有"天"还不成，还得"开天"。开天才有日月星辰四象。"天"的形成时间是最久的，从黑暗到一阳初现，从戌到亥再到子，至此，天象渐渐成形、坚实。

再五千四百岁，正当丑会，重浊下凝，有水，有火，有山，有石，有土。水、火、山、石、土谓之五形。故曰，地辟于丑。——这是说"辟地"。辟地，则有五行。

又经五千四百岁，丑会终而寅会之初，发生万物。历曰："天气下降，地气上升；天地交合，群物皆生。"至此，天清地爽，阴阳交合。再五千四百岁，正当寅会，生人，生兽，生禽，正谓天地人，三才定位。故曰，人生于寅。——最后，是"人"的出现。

于此说，我们知道：天的形成用了戌时到子时的长度（19点—次日1点），天的形成时间最漫长，而地与人的形成时间就相对很短了。地的形成在丑时（1点—3点），只占了一个时辰；人与万物生于寅时（3点—5点），也只占了一个时辰。天地人三才皆由一气而生。

以上说法，是在揭示一个秘密：时间，是一切的决定因素。有天阳，才有地阴；有天阳地阴，才有万物。

先说时间，再说空间，由此，宇宙全矣。

感盘古开辟，三皇治世，五帝定伦，世界之间，遂分为四大部洲：曰东胜神洲，曰西牛贺洲，曰南赡部洲，曰北俱芦洲。——此说是指世界分东西南北四部，也是佛教传说中四大部洲。

这部书单表东胜神洲。——中国文化，无论哪本经典，都先说"东"。东，是生气之方；胜，指生气之旺；神，指奇妙万物。但无论是孙悟空，还是唐僧，都是西行取经。所以，东西，也是终始，东是万物生发之始，而西是万物成熟之终，从东到西，才是有始有终，东方之生机，落于西方真金，才根深蒂固。

海外有一国土，名曰傲来国。国近大海，海中有一座山，唤为花果山。——海为众洲之祖，水生木。甲乙为木，甲为阳木，为参天大树；乙为阴木，为花果之木。花果山，指乙木，得东方生气滋养，其中，花属阳，果属阴，开花结果，才是阴阳兼备。

正是百川会处擎天柱，万劫无移大地根。此处又是擎天柱，又是大地根，将孕育出什么样的"灵根"啊！

且听下回分解。

何为"灵根",何为"心性"?

那座山,正当顶上,有一块仙石。其石有三丈六尺五寸高,有二丈四尺围圆。——关于这块仙石的高与宽,书中自己解释了:

三丈六尺五寸高,按周天三百六十五度;二丈四尺围圆,按政历二十四气。上有九窍八孔,按九宫八卦。……日精月华,感之既久,遂有灵通之意。内育仙胞——天地不仅孕育"人",也孕育"仙胞",即也孕育另类。

也就是这块石头得天地之数,得九宫八卦之数,兼日精月华,而感而遂通。石猴并非无父无母,而是以天为父,以地为母。所以后文说石猴不属于"道门",也不属于"佛门",属于天地之初的"太乙散仙"。这是石猴的一个重要属性,以后我们还要细讲。

一日迸裂,产一石卵,似圆球样大。因见风,化作一个石猴,五官俱备,四肢皆全。——石头是土之精,圆指混沌无亏。为什么这石卵变成的是"猴",而不是别的动物呢?按理说,所谓进化论里说人是从猿猴变来的,那时的吴承恩也未必知道啊!用传统文化解释这事,就是:石头产卵,就是"土生金",申属金,申又对应"猴",所以此卵化为"猴"。真金坚固不坏,又圆成无碍,所以这猴了不得。我们"人"呢?都求五行和合,哪得悟空如此精粹呢!

再说这猴:便就学爬学走,拜了四方。目运两道金光,射冲斗府。斗府指斗宿星宫,北方玄武第一宿。惊动高天上圣大慈仁者玉皇大天尊玄穹高上帝(玉皇大帝这名号真长啊,把好词全用上了),驾座金阙云宫灵霄宝殿,聚集仙卿,见有金光焰焰,即命千里眼、顺风耳开南天门观看。二将果奉旨出门外,看的真,听的明,须臾回报道:"臣奉旨观听金光之处,乃东胜神洲海东傲来小国之界,有一座花果山,山上有一仙石，石产一卵，见风化一石猴，在那里拜四方，眼运金光，射冲斗府。如今服饵水食，金光将潜息矣。"——其出生，惊动了凌霄宝殿上的玉皇大帝。这里的"服饵水食，金光将潜息"，指先天一入后天，吃了人间的食物，先天灵根即蒙昧了。

玉帝垂赐恩慈曰："下方之物，乃天地精华所生，不足为异。"

也是，天地时空那么广大，出现个什么生物都正常。但似乎这次玉帝也有点看走眼了。不知这货一身反骨，将来会大闹天宫。

那猴在山中，却会行走跳跃，食草木，饮涧泉，采山花，觅树果；与狼虫为伴，虎豹为群，獐鹿为友，猕猿为亲；夜宿石崖之下，朝游峰洞之中。——看来这没爹没娘的孩子至少有个天真快乐的童年。

真正的童年要怎么过呢？《西游记》写得生动：

跳树攀枝，采花觅果；抛弹子，邷么儿；跑沙窝，砌宝塔；赶蜻蜓，扑蚱蜢；参老天，拜菩萨；扯葛藤，编草秸；捉虱子，咬又掐；埋毛衣，剔指甲；挨的挨，擦的擦；推的推，压的压；扯的扯，拉的拉，青松林下任他顽，绿水涧边随洗濯。

怎一个开心快乐了得！但若永远如此，这书就没法往下写了，于是后面写到，突然有一天，这猴儿悲从中来。

《西游记》这第一回，叫作"灵根育孕源流出 心性修持大道生"。

先解释一下题目：灵根是灵根，心性是心性。灵根是先天，心性是后天。灵根是源流，心性须修持。灵根无父无母，天生地化；心性受父母之气血，自然有各种欲望污染。灵根是"无"，无，名天地之始；心性是"有"，有，名万物之母。因此，修心性不是修道的目的，而是心性修好了可以见到先天"灵根"、见到那个"本我"，这才是目的。

何为"尊"？

话说有一天，猴儿们发现了"水帘洞"，众猴道："那一个有本事的，钻进去寻个源头出来，不伤身体者，我等即拜他为王。"石猴即刻显神威，跳了进去，由此发现"花果山福地，水帘洞洞天"。原来这水帘洞"是一座天造地设的家当"：石座石床真可爱，石盆石碗更堪夸。又见那一竿两竿修竹，三点五点梅花。几树青松常带雨，浑然相个人家。天生之石猴，此刻又得天养，有了洞天福地。

带领大家进洞后，石猴端坐上面道："列位呵，'人而无信，不知其可。'你们才说有本事进得来，出得去，不伤身体者，就拜他为王。我如今进来又出去，出去又进来，寻了这一个洞天与列位安眠稳睡，各享成家之福，何不拜我为王？"众猴听说，即拱伏无违。一个个序齿排班，朝上礼拜。都称"千岁大王"。自此，石猴高登王位，将"石"字儿隐了，遂称美猴王。

所以，孙悟空从"石猴"变成了"美猴王"。

有人不解：这"猴儿"怎么争名夺利的啊？错！这又是以常识错看了这"猴儿"。一般而言，真正修行者修的是"尊"；普通百姓求的是"福"。据说释迦牟尼佛落地的第一个举动就是：一手指天，一手指地，曰：天上地下，唯我独尊。此话大有意境，值得深思。

"尊"完全不同于"名利"，有人有名有利，你尊他吗？总之，"尊"是利他，而名利是利己，这就是二者的区别。

"尊"是自性由内而外发；"福"是内心无根底的外求。为什么有的人修了一生都没修成，因为他只修"名利"，而没修"自性"和"尊"，顶多悟了个"顽空"①。其实，悟"尊"比悟"空"更有意义。

这个"尊"，在佛，是大日如来之光芒；在耶稣，是头上的光圈；

---

① 指一种无知无觉的、无思无为的虚无境界。

在人,是生物场,是影响力。生命能量的大小就从此定。大格局者有大场和大尊。

回来再说"猴儿"。一般人若停在"美"和"王"二字上,也就没什么奔头了。但忽然有那么一天,美猴王哭了。

人为什么下不了"死心"?

一日,与群猴喜宴之间,忽然忧恼,堕下泪来。众猴慌忙罗拜道:"大王何为烦恼?"猴王道:"我虽在欢喜之时,却有一点儿远虑,故此烦恼。"众猴又笑道:"大王好不知足!我等日日欢会,在仙山福地,古洞神州,不伏麒麟辖,不伏凤凰管,又不伏人间王位所拘束,自由自在,乃无量之福,为何远虑而忧也?"——这,就是普通人的念想,虽然知足,但没有远虑,不知祸之将至。

猴王道:"今日虽不归人王法律,不惧禽兽威服,将来年老血衰,暗中有阎王老子管着,一旦身亡,可不枉生世界之中,不得久住天人之内?"众猴闻此言,一个个掩面悲啼,俱以无常为虑。

可见烦恼就出现在觉悟之时。日子过得再美,也有阎王老子管着天年之事,而寿终恐怕是人最惧怕的了。人之大悲凉的根柢:无常是真,有常是假。一个猴子,于"无常"处尚且起了求"道"的心,人,就更应该精进啦。

这一刻的起心动念,将成就一个伟大的孙悟空。

只见那班部中,忽跳出一个通背猿猴,厉声高叫道:"大王若是这般远虑,真所谓道心开发也!如今五虫之内,惟有三等名色,不伏阎王老子所管。"

这通背猿猴,大概是指人间清醒者吧。人在起心动念时,若没有高人指路，就只能悲戚哭啼了。

猴王道："你知那三等人？"猿猴道："乃是佛与仙与神圣三者，躲过轮回，不生不灭，与天地山川齐寿。"——此处，露出佛、仙、神圣三者，皆不在轮回中。

猴王道："此三者居于何所？"猿猴道："他只在阎浮世界之中，古洞仙山之内。"——阎浮世界泛指人世间，虽然在人间，但又避世而居，在古洞仙山之内。也有人说，阎浮世界指南赡部洲。所以孙悟空先去了那里。

猴王闻之，满心欢喜，道："我明日就辞汝等下山，云游海角，远涉天涯，务必访此三者，学一个不老长生，常躲过阎君之难。"噫！这句话，顿教跳出轮回网，致使齐天大圣成。

在这里，说出了孙悟空第三个名号：齐天大圣。但真正得此名，还在后面。这一段显示了美猴王的行动力，光起心动念不成，得追问真理；光追问真理还不行，得行动。一说修行，人们通常是"拖"，或断断续续，今儿日子好了，就暂且放下；明儿悲苦了，就又把此事挂上了心头，所以，没有几人能时时修或修成。而美猴王是第二天就启程了。

美猴王独自登筏，尽力撑开，飘飘荡荡，径向大海波中，趁天风，来渡南赡部洲地界。——为什么他先去了南赡部洲呢？因为《起世经》记载：南面有洲，名阎浮提。通背猿猴先前说神仙就在此处。

到了南赡部洲地界，他先穿上人的衣服，在于市廛中，学人礼，学人话。朝餐夜宿，一心里访问佛仙神圣之道，觅个长生不老之方。——这是说要修仙道，得先学"人道"，不看清"人道"，仙道也无法修。

可是这个南赡部洲让美猴王失望了。关于这南赡部洲，书里有句诗描述：

争名夺利几时休？早起迟眠不自由！
骑着驴骡思骏马，官居宰相望王侯。
只愁衣食耽劳碌，何怕阎君就取勾？
继子荫孙图富贵，更无一个肯回头！

在美猴王眼里，这里的人都是为名为利之徒，更无一个为身命者。其实，南赡部洲人的生活就是我们现下生活的写照啊！看来南方火地，人性贪念甚多，天天为衣食而谋，骑驴找马、攀缘富贵，不适宜修行。

中国式追求分两种：一种是要做圣贤，一种是要功名富贵。其实，这也跟气血、性情有关。做圣贤，要气血方刚，正直质朴，下得了"死心"。气血柔和，精明善巧，下不了"死心"的人，得功名富贵易，做圣贤难。比如西北的大刚风吹着，环境恶劣，所以自古西北多圣贤，比如文王、武王、周公，这就是环境逼着你向死而生。而东南方的人都太聪慧了，特别聪明的人下不了"死心"，南方柔柔的大弱风吹着，人容易贪图享受。况且南方物产丰富，只要能劳作，就不会没饭吃，所以自然不必下"死心"。这就是一方之气，养一方之人。

就这样猴王转悠了八九年，忽行至西洋大海，终于到了西牛贺洲地界，这里也是后来书中说的如来的大雷音寺所在之地。

樵夫为什么不修行？

美猴王在这里先是找到一座高山，然后遇到一位唱歌的樵夫。

樵夫歌唱得好啊："观棋柯烂，伐木丁丁，云边谷口徐行，卖薪沽酒，狂笑自陶情。苍迳秋高，对月枕松根，一觉天明。认旧林，登崖过岭，持斧断枯藤。收来成一担，行歌市上，易米三升。更无些子争竞，时价平平。不会机谋巧算，没荣辱，恬淡延生。相逢处，非仙即道，静坐讲《黄庭》。"

《黄庭经》是道教的经典著作。黄者，中央之色也；庭者，四方之中也。所以"黄庭"当指中丹田，而不是指"脾"，脾为实，而"庭"是空旷之地，不仅能运转，而且能生长新的生命能量，故称"丹田"。

一听这唱词，猴王便认这樵夫是神仙，樵夫却说自己不是神仙，是跟邻居神仙学的唱词。

猴王道："你家既与神仙相邻，何不从他修行？学得个不老之方？却不是好？"——猴儿这问题问得好，都跟神仙做邻居了，干吗不修行？既然知道什么是好，怎么不跟着"好"走呢？既然知道世上有佛经、道经、《黄帝内经》等，干吗不学呢？所以人这一生啊，成天忙着到处寻宝，宝贝就在眼前，人都不知伸手啊！

樵夫的回答是："我一生命苦，自幼蒙父母养育至八九岁，才知人事，不幸父丧，母亲居孀。……如今母老，一发不敢抛离。又田园荒芜，衣食不足，……所以不能修行。"

樵夫这理由也算说得过，其中包含四个要点：

第一，八九岁才知人事，是说自己没天赋。反过来暗指悟空有天赋。

第二，出世修行难以行孝。恰好悟空无父无母、无牵无挂，才可以四处求道。有天赋，难；无牵无挂，更难。本来以为六十岁后可以好好修修自己了，可现在人都长寿了，上有八九十岁老父老母，却更加不能随心所欲了。兼之气血不足，反而更战战兢兢。再加上现在衣食不愁了，人更下不了"死心"了。可人生的"病苦""老苦""死苦"依旧在，终究没个解脱。

第三，"孝"，与神仙为邻，为人子，居家行孝，亦是修行。

第四，没钱，衣食尚且不足，所以也无法跟师修行。人真有意思，衣食不愁吧，就懒得修行；钱财太多了，害怕失去，这时修行也就是一点"私念"，不究竟①。你保我，我就修；你不保我，我也就不好好修。如若没吃没喝，则更无法修了。最后这一点，也确实是修行的阻碍。

修行讲究"法侣财地"：法，指要懂修行方法，而且你要得正法；侣，指要有好的指导和护佑；财，外财指修仙所需用的一切开销，内财是指修仙者自身天赋；地，叫洞天福地，得用天地的好风好水养着自己。这樵夫就在这个"财"字上不行，一没有外财，二没有天赋。

这樵夫，让我们想起了伟大的六祖慧能。慧能也是幼年丧父，卖柴奉养孤母。从修道的角度讲，父亲代表理性，要想悟道，先要去掉执着妄想；母亲代表感性、本能，养育感性，能"感而遂通"，是悟道的关键，所以，慧能最大的优势是"天赋"。因为木性生发，金性收敛，所以六祖砍柴是生发，闻《金刚经》而悟道是收敛。

所以，古书仔细看，处处醒人心啊！

何为"斜月三星洞"？

猴王便问神仙住所。樵夫道："不远，不远。此山叫做灵台方寸山。山中有座斜月三星洞。那洞中有一个神仙，称名须菩提祖师。"

此处引出一个谜语：灵台方寸山，斜月三星洞。谜底正是一个"心"字。心，称"灵台"，方寸大小，心虽方寸大，但充满灵性，故称"灵台"；一个斜"月"加三"星"，不正是个"心"字吗？那"山"和"洞"又是何意呢？山，指心的定力，不动不摇；洞，指心的空灵，晶莹剔透。所以，此"心"非指人心，而是天地之心。为什么这么说呢？因为这

---

① 佛学用语，形容至高无上的境界或对事物彻底极尽之意。

洞的主人是须菩提祖师。

须菩提，佛陀十大弟子之一，以"恒乐安定、善解空义、志在空寂"著称，号称"解空第一"。

所谓菩提心，《华严经》说："菩提心者，犹如种子，能生一切诸佛法故；菩提心者，犹如良田，能长众生白净法故；菩提心者，犹如大地，能持一切诸世间故；菩提心者，犹如净水，能洗一切烦恼垢故；菩提心者，犹如大风，普于世间无所碍故；菩提心者，犹如盛火，能烧一切诸见薪故；菩提心者，犹如净日，普照一切诸时间故；菩提心者，犹如盛月，诸白净法悉圆满故……"

读这段，真是满心欢喜啊！好好修持自己的心，若为菩提心，则犹如种子、良田、大地、净水、大风、盛火、净日、盛月，每日静默祝念，鼓励自己，足矣足矣，恢宏圆满啊！所以，此"心"为天地之心、日月之心，与我们这颗凡心全然不同。

因此，第一步踏入谁的门非常非常重要。悟空能入"菩提心"门，就是得了大种子、大良田、大净水、大盛火……由此，散仙不散，归其正矣！

回到第一回的题目：心性修持大道生。猴王先是灵根发现，志心求道，又历尽千辛万苦，跨越两大洲，足以见其性情坚韧。至此，乃得天地之心的"道心"，发菩提心，为菩提之根本。

为什么叫"孙悟空"？

话说美猴王由仙童领着，见到了须菩提祖师。

美猴王一见，倒身下拜，磕头不计其数，口中只道："师父！师父！我弟子志心朝礼！志心朝礼！"

祖师先问其来处，后问他姓什么。猴王又道："我无性。人若骂我，我也不恼；若打我，我也不嗔，只是陪个礼儿就罢了。一生无性。"——此处猴王真不是"打岔"，回答得真实。孙悟空确实无性，在他眼里只有神、人、妖，不知自己是男是女，自己无性，所以也不在意这个。关于这个问题，我们以后会讲。至于说自己被骂不恼，被打也不嗔，到处赔礼儿，是他在解释自己的"性情"，这哪里是我们知道的那个孙悟空，所以这是他的假性，是跟人学来的"人性"。所以祖师棒喝：不是这个性！

祖师道："不是这个性。你父母原来姓甚么？"猴王道："我也无父母。"——这句有意思。悟空是由天地之间的一点灵气化成的，吴承恩之所以创造了一个无父无母的孙悟空，恐怕就是因为父母对他科举的期望让他深感痛苦吧。

祖师道："既无父母，想是树上生的？"猴王道："我虽不是树生，却是石里长的。我只记得花果山上有一块仙石，其年石破，我便生也。"祖师闻言暗喜，道："这等说，却是天地生成的。你起来走走我看。"猴王纵身跳起，拐呀拐的走了两遍。

菩提为什么暗喜呢？收了那么多徒儿，终于得见一个天地生成的另类生命，能不喜吗？

祖师笑道："你身躯虽是鄙陋，却像个食松果的猢狲。我与你就身上取个姓氏，意思教你姓'猢'。猢字去了个兽傍，乃是古月。古者，老也；月者，阴也。老阴不能化育，教你姓'狲'倒好。'狲'字去了兽傍，乃是个子系。子者，儿男也；系者，婴细也。正合婴儿之本论。教你姓'孙'罢。"

这段暗藏机锋，生动有趣，菩提祖师见面先赐"姓"，既然是天地生成的，就"近取诸身"，从"猢狲"二字里讨个"姓"，先去"猢狲"二字的偏旁，就是去其野兽之性，得"胡""孙"二字，其中"胡"

是古和月，翻译过来是"老阴"，不好，因为"老阴不能化育"，就好比老女人生不出孩子。这似乎还是要辨别一下石猴的"性"。而"孙"字，从"子"、从"系"，"子"是大头娃娃，"系"是脐带绵绵不绝，正合婴儿之本论，婴儿，乃真性、灵性，不辨男女之性。也就是，是男是女，都不重要了，是婴儿、是灵根，最重要。由此，美猴王就姓了"孙"。

猴王听说，满心欢喜，朝上叩头道："好！好！好！今日方知姓也。万望师父慈悲！既然有姓，再乞赐个名字，却好呼唤。"

猴王是真聪明啊，得了姓后，马上就要名字。说话还规矩礼貌，有名字了就好听使唤了。"今日方知姓也"这句，也是猴王的机锋，此"姓"也是人性那个"性"，由这个"孙"字得自己的婴儿天真之"性"，真是妙啊！

祖师道："我门中有十二个字，分派起名，到你乃第十辈之小徒矣。"猴王道："那十二个字？"祖师道："乃广、大、智、慧、真、如、性、海、颖、悟、圆、觉十二字。排到你，正当'悟'字。与你起个法名叫做'孙悟空'好么？"猴王笑道："好！好！好！自今就叫做孙悟空也！"

得道之前，为什么先起名呢？我在解读《说文解字》时讲过，名者，命也。名不正则言不顺，得其好"名"，则"命"也顺矣！

从以上悟空与菩提祖师的第一场对话里，悟空得其姓（性），又得其名，并连呼几个"好"字，其实，人若识得"好"、识得"性"、识得"空"，便是"广大智慧、真如性海、颖悟圆觉"十二字了吧。但世上有几人识得这三个字呢？有几人能做到"见好就收"、得天性即美、见空即悟呢？

正是：鸿蒙初辟原无姓，打破顽空须悟空。

这门是入了，名也得了，具体怎么修呢？且看下回讲解。

第二回　悟彻菩提真妙理　断魔归本合元神

为何先干七年活儿？

由此进入第二回"悟彻菩提真妙理 断魔归本合元神"。

话表美猴王得了姓名，怡然踊跃，对菩提前作礼启谢。那祖师即命大众引孙悟空出二门外，教他洒扫应对、进退周旋之节。……次早，与众师兄学言语礼貌，讲经论道，习字焚香，每日如此。闲时即扫地锄园，养花修树，寻柴燃火，挑水运浆。凡所用之物，无一不备。在洞中不觉倏六七年，一日，祖师登坛高坐，唤集诸仙，开讲大道。

这是在讲规矩。进门不是先念经，而是先学做人。先学洒扫应对、进退周旋的规矩，再学言语礼貌、讲经论道、习字焚香，闲时还得扫地锄园、养花修树、寻柴燃火、挑水运浆。为什么要这样呢？

正如《金刚经》开篇："如是我闻：一时，佛在舍卫国祇树给孤独园，与大比丘众千二百五十人俱。尔时世尊食时，着衣持钵，入舍卫大城乞食。于其城中，次第乞已，还至本处。饭食讫，收衣钵，洗足已，敷座而坐。"

在佛讲经之前先说这么一段，就是告诉我们，修行，一定要先遵从世间法则，要有"食时"，要"着衣"，要"乞食"，要"收衣钵"，要"洗足"……现在的人修行，断食、打坐、念经……忙得不亦乐乎，但毫无次第，又蔑视世间法则，所以，得道者寥寥无几。

这一段，佛没说一句话，而是用一系列的行为艺术彰显了很多佛理。"持钵"——先放空，然后盛满。"乞食"——要求资粮。同时要"次第乞已"——要按次第去求、去修。最后，要"还至本处"——终归要回到本处，回归自性。不能吃了谁的饭就跟谁跑了。饭食完毕，要"收衣钵"——放下世俗；"洗足"——洗净凡尘；最后，"敷座而坐"，也就是升座讲道：彰显得道之人的尊严。

如此，才显示出人境过后是圣境，而不是只有人境没有圣境，也不是只有圣境而无人境。

这一天，菩提祖师开坛讲演三乘教法：说一会儿道，讲一会儿禅，天花乱坠，地涌金莲。孙悟空在旁闻听菩提祖师讲道，喜得他抓耳挠腮、眉花眼笑，忍不住手之舞之、足之蹈之。

孙悟空的课堂表现，才是一个真知音的正常反应。虽然抓耳挠腮是猴性，但"眉花眼笑、手之舞之、足之蹈之"，不仅是真听懂了，而且是听美了。我这个当老师的，若遇到这样一位学生，会开心一辈子！可现在的老师，若见学生如此，便疑其"多动症"。

忽被祖师看见，叫孙悟空道："你在班中，怎么颠狂跃舞，不听我讲？"悟空道："弟子诚心听讲，听到老师父妙音处，喜不自胜，故不觉作此踊跃之状。望师父恕罪！"祖师道："你既识妙音，我且问你，你到洞中多少时了？"悟空道："弟子本来懵懂，不知多少时节。只记得灶下无火，常去山后打柴，见一山好桃树，我在那里吃了七次饱桃矣。"祖师道："那山唤名烂桃山。你既吃七次，想是七年了。你今要从我学些甚么道？"悟空道："但凭尊祖教诲，只是有些道气儿，弟子便就学了。"

这是说孙悟空已经在洞里干了七年活儿，这就是"七日来复"，老师要开始教东西了。也是告诉我们，要修行，得先用七年化气血、化性情。孙悟空根性那么好，还得先锤炼个七年呢，现在有人总想着见面就得道，就是有人真传你，你也未必接得住！

"七"这个数字，对我们生命的意义非常重大，甚至西方也用七。一周为什么是七天？上帝创世，第六天创造人，第七天休息。如此看来，人和上帝共享的荣耀就是第七日，也就是休息日。所以，人若是太"卷"，不知休息，就是放弃了做"神"的时光。休息，可不是光躺着哦，是享受和家人、和自己、和自然在一起的愉悦和放松。

七，是个神奇的数。《周易》有"七日来复"之说，西方生命医学也认为人的血液七天会发生一次变化，中国的阴历是四七二十八天，人怀孕生子也要四十个七天，祭奠亡灵也讲究头七、二七以至七七。此外，还有七宗罪、七美德等。总之，"七"这个数内含生命周期、生理周期与医理周期。生命周期指受精卵细胞分裂化生，以七天为一个周期，在母腹中经天机运转四十周，即二百八十天出生。再如女子月经二十八天周而复始，指子宫内膜细胞从再生到脱落历经四个七天。医理周期则指感染、感冒等一般七天为一个疗程，血液细胞系统的病一般以二十八天为一个疗程等。所以，按摩七七四十九下是走"七"的倍数，走人体"阴"的层面；而三十六则是走"九"的倍数，用的是"阳"。这，就是传统文化中的术数在生命理论中的运用。

人生有几个年数挺讲究，比如三年、七年、十二年、三十年。三年基本是运势改变的最小年限，有人总以为改了名字、换了房子，运势马上就会好转，哪那么快！换了好名字、改了好风水，再个人努力若干时日，经历几个春秋，才能从苗长成树，树叶藏住风，自己的气才能足啊！

而所谓"守孝三年"，是感恩小时候在母亲怀中三年。

七年，气血一变，性情随气血而变，所以古代有的师父传道要观察徒弟性情七年，一些有钱有势的人家选女婿，也要男人服劳役七年，表面上看这是在考验男性的毅力和能力，其实也要用这七年的艰辛断了他以后再娶的心。比如说他再去另一家服七年的劳役，他的体力、智力、勇气恐怕都会不够了。

十二年，生肖一轮回。运势是好是坏，有十二年的折磨也该有个明确答案了。

三十年为一世，人再倒霉，也会迎来新一代的使命。所以，我们都别急，有病也别急，寒邪得一点点消，正气得一点点养。三年不行，就熬七年，大不了十二年，肯定会有个结果，再不行，就等三十年改天换地呗。

下一节，我们要看看孙悟空究竟要学什么。

孙悟空到底要学什么？

下面这段很重要。人这一生，兴趣广泛，好奇心强，但最终要学什么，心里要有个数。

祖师道："'道'字门中有三百六十傍门，傍门皆有正果。不知你学那一门哩？"悟空道："凭尊师意思。弟子倾心听从。"

我们常说"旁门左道"，原指不正派的宗教派别。左，指不正。但祖师说"傍门皆有正果"，也就是说，任何"道"，都看学习的人正不正。你正，就不会被带歪；你不正，正道也会被你带歪。

祖师道："我教你个'术'字门中之道，如何？"悟空道："术门之道怎么说？"祖师道："术字门中，乃是些请仙扶鸾，问卜揲蓍（《易经》算卦之类），能知趋吉避凶之理。"悟空道："似这般可得长生么？"

祖师道："不能！不能！"悟空道："不学！不学！"

人，尤其好"术"。祖师先用"术"勾搭悟空，看看悟空是不是低俗之人，没想到悟空无论学什么，都要先问个明白。

人，不仅自己喜欢学"术"，还爱找这些有"术"之人，为什么呢？因为人贪生怕死，没有安全感，总想趋吉避凶，所以心慌时，请个"仙"，算个"卦"，心里能安稳点儿。但此"道"不是根本，所以悟空不学。

我总说人在年轻时也不懂《易经》，挣第一桶金时靠的是胆识和机遇，没有一个是事先算出来的。可人为什么越老越喜欢找人算命，甚至自己开始学习打卦了呢？气血败了，心里没底儿了呗，只想保财，不敢创造了呗。我认识个人，把整本《易经》都背下来了，抓他的人都到门口了，他还在那儿算卦呢！如果人不懂算卦，可能靠直觉就先跑了；会算卦后，就总想着可以侥幸，这就是人的糊涂之处。其实，《易经》大道至简，但很少有人知道"人算不如天算"，若只把它当作"算卦"的"术"，就辱没了《易经》的好。

祖师又道："教你'流'字门中之道，如何？"悟空又问："流字门中，是甚义理？"祖师道："流字门中，乃是儒家、释家、道家、阴阳家、墨家、医家，或看经，或念佛，并朝真降圣之类。"悟空道："似这般可得长生么？"祖师道："若要长生，也似'壁里安柱'。"悟空道："师父，我是个老实人，不晓得打市语（指行话或市井俗语）。怎么谓之'壁里安柱'？"祖师道："人家盖房，欲图坚固，将墙壁之间，立一顶柱，有日大厦将颓，他必朽矣。"悟空道："据此说，也不长久。不学！不学！"

流字门也是众之所好。"流字门，指儒家、释家、道家、阴阳家、墨家、医家，或看经，或念佛，并朝真降圣之类。"这些难道不好、不对吗？大家现在不都在学这些吗？至少，祖师认为这些对于悟空所求长生之术属于"壁里安柱"，认为这些只是如同支撑一个房屋的顶柱，一旦房子坍塌，柱子也就没用了，即虽然这些可以"了生死"，但不能长生。

祖师的话，倒让我联想到希腊神庙那些残留在山顶上的庙宇柱子，把儒、释、道、墨、医等文化精髓比喻成这些遗迹，也是悲壮。千古风流已逝，任凭后人仰望，但懂者，几希兮！

有人有疑惑，菩提不就是释家吗，怎么还认为佛家也是"壁里安柱"？这里有两点：首先，菩提祖师是《西游记》里最神秘的存在，他是佛门，传给悟空的却是道门里的东西。你可以说他是三教皆通，掌握了三教中的顶级秘密。其次，佛教传至今日，虽其柱高耸云霄，但真懂、真行者，又有几人？！

按理说，儒家正心，释家明心，道家静心，都在"心"上下功夫，为什么不行呢？我们必须明白一件事：我们只是用"心"修道，可是修心不是"道"。"道"如日月，圆满自足；"心"再怎么修，也在"无常"里转，总是忽明忽暗，最难圆满自足。

祖师道："教你'静'字门中之道，如何？"悟空道："静字门中，是甚正果？"祖师道："此是休粮守谷，清静无为，参禅打坐，戒语持斋，或睡功，或立功，并入定坐关之类。"悟空道："这般也能长生么？"祖师道："也似'窑头土坯'。"悟空笑道："师父果有些滴达（啰唆、不爽快）。一行说我不会打市语。怎么谓之'窑头土坯'？"祖师道："就如那窑头上，造成砖瓦之坯，虽已成形，尚未经水火煅炼，一朝大雨滂沱，他必滥矣。"悟空道："也不长远。不学！不学！"

"静字门"也是当下人所多喜、多行的，比如好多人辟谷、打坐、吃斋等，忙得不亦乐乎。这些有用没用呢？有用，但没大用，因为不究竟。所以祖师对这种行为的评价则是"窑头土坯"，即砖瓦没有经过水火淬炼，依旧容易破碎。

祖师道："教你'动'字门中之道，如何？"悟空道："动门之道，却又怎样？"祖师道："此是有为有作，采阴补阳，攀弓踏弩，摩脐过气，用方炮制，烧茅打鼎，进红铅，炼秋石，并服妇乳之类。"悟空道："似这等也得长生么？"祖师道："此欲长生，亦如'水中捞月'。"悟空道："师父又来了！怎么叫做'水中捞月'？"祖师道："月在长空，水中有影，虽然看见，只是无捞摸处，到底只成空耳。"悟空道："也不学！不学！"

动字门，就是民间采阴补阳，摩脐过气、炼丹药、服丹药等行为。祖师形容这种行为不过是"水中捞月"，最后还是空欢喜一场，什么都得不到。人啊，看得见月、看得见指月的手、看得见水中的月，但终归还是懵懵懂懂。这些没什么大用的东西，悟空统统拒绝了。

你看，猴子都知道若不能解决我的根本生死问题，一概不学。占卜不学，辟谷、打坐、静坐、入定等统统不学。总之，不根本、不究竟的，统统不学。真牛！

祖师为何要秘密传法？

听闻悟空这不学、那不学后，祖师闻言，咄的一声，跳下高台，手持戒尺，指定悟空道："你这猢狲，这般不学，那般不学，却待怎么？"走上前，将悟空头上打了三下，倒背着手，走入里面，将中门关了，撇下大众而去。

这段很有名。师父要会打，徒弟要会接。

所以下文说：原来那猴王，已打破盘中之谜……祖师打他三下者，教他三更时分存心；倒背着手，走入里面，将中门关上者，教他从后门进步，秘处传他道也。

这里有几个梗：1）师父打头，是让悟空早日觉醒。2）三下，指三更,三更又名子时,就是半夜(23点—次日1点)。在古代,戌时为一更,亥时为二更,子时为三更,丑时为四更,寅时为五更。所以五更以后就是白天了,这时起床也正常。3)"倒背着手,走入里面",是运转乾坤,要秘密传道。4)"将中门关上",是指闭藏。5)"撇下大众而去",是抛弃诸缘万虑,万物归零之意。

祖师这行为艺术,也没有谁能比了。悟空能从祖师的动作中打破盘中之谜,已然得了心传。而世上最美的行为艺术就是佛祖的"拈花一笑"了吧!《五灯会元·释迦牟尼佛》说:"世尊在灵山会上,拈花示众,是时众皆默然,唯迦叶尊者破颜微笑。"这一"拈花"、一"微笑",真是灿烂了天空,温柔了万古。

话说回来,跟师父学习,看不懂师父的行为艺术,还真学不到什么。那有人说了,我没师父,我怎么学啊?其实,我本人因为性情孤傲,也没师父。关于佛学,除了认真读经典,我还喜欢拜庙呢!我会端详诸神的坐姿、手印及法器,更喜欢瞻仰佛的慈悲容颜,甚至我会去印度的灵鹫山吹吹亘古的风,在菩提伽耶坐上一整天……我感觉那样比有师父还幸福和有收获呢!

可现在的学徒啊,既不能行万里路,也不肯读万卷书,待人接物连个眉眼高低都看不明白,师父别提多累了。再说,真法都是心法啊,不能全靠师父说个不停,说出来的,总有不尽意处啊!

古代传秘法有两条:一是"法不传六耳",就是只有师徒二人的四只耳朵,绝无第三者。所以你看菩提祖师传孙悟空、五祖传六祖,都是半夜在密室里传授的口诀和衣钵。二是只传口诀,剩下的自己悟去!

当晚祖师传了个什么秘诀给悟空呢?

话说三更时:侧身进得门里,只走到祖师寝榻之下。见祖师蜷局身躯,朝里睡着了。悟空不敢惊动,即跪在榻前。那祖师不多时觉来,舒开两足，口中自吟道："难！难！难！道最玄，莫把金丹作等闲。不遇至人传妙诀，空言口困舌头干！"——这分明是说：真正的法不落言语、不落文字，要是没有个明白人接着，纵使你讲得口困舌头干，也传不下去。

悟空道："此间更无六耳，止只弟子一人，望师父大舍慈悲，传与我长生之道罢，永不忘恩！"祖师道："你今有缘，我亦喜说。既识得盘中暗谜，你近前来，仔细听之，当传与你长生之妙道也。"

看，传秘道也要有几个先决条件：1）你能识得我的盘中之谜，就是有缘。2）这里不是"喜说"，"说"通"悦"。喜悦发自内心，自己得道，且得到真徒弟，这徒弟不是阴阳生成的，而是"天地生成"的，属于千年不遇、万年不逢的灵根另类啊！这是大欢喜啊！所以，悟空不仅是菩提所喜，也是如来所喜，更是观音菩萨和太上老君所喜。都说五百年出一个圣人，但圣人都是肉身凡胎，有生老病死，哪个有悟空那般有永恒的赤子童心啊！

众人可以了解"得道"的快乐，但很少有人知道"传道"的快乐，这是更大的、卸了重担的快乐。现如今我这口干舌燥地讲啊讲，恨不得把自己知道的都分享出去，就是得了这个快乐。古语总说：非其人勿传、非其人勿教。遇到合适人选何其难也！菩提祖师的徒弟辈已到第十辈"悟"字辈，但《西游记》里并无交代，我们只能猜测，要么这些徒儿已升仙位；要么因为他们是肉身凡胎，没躲过"三灾"——雷、火、风（这些灾难肯定都是菩提祖师亲眼见过的）；要么是一直跟祖师躲避在"三星洞"继续修炼。此时，终于得到一个撞上门来的、天地生成的孙悟空，菩提祖师能不喜悦吗，能不掏心掏肺教他吗？

下面就是祖师传法的口诀：

显密圆通真妙诀，惜修生命无他说。

都来总是精气神，谨固牢藏休漏泄。
休漏泄，体中藏，汝受吾传道自昌。
口诀记来多有益，屏除邪欲得清凉。
得清凉，光皎洁，好向丹台赏明月。
月藏玉兔日藏乌，自有龟蛇相盘结。
相盘结，性命坚，却能火里种金莲。
攒簇五行颠倒用，功完随作佛和仙。

祖师这口诀说的什么啊？每人有每人的造化，只能自解。古代一般是师父选定接班人后，就会传类似的口诀给他，然后接班人依照口诀自己修，修成什么样也只能靠自己，但有一个任务，这口诀必须按照师父当年传的原样继续往下传，一不能乱改，改过的就不是真诀了；二不能自己死了就带走了。所以，得到口诀者必须在死前完成这个往下传的任务，接班人要继续找接班人，就是师父一定要找徒弟，而不是徒弟找师父。师父得没得"道"且不论，但因为有口诀在，这"法"就不会乱，总会有个修明白的，这"道"就长存了。

还是有人好奇悟空得了什么，这么说吧，悟空跨越两大洋，修行七年才得到的口诀，如果我们一下子就破解了，也太便宜我们了。我呢，道行浅，也只能在字面上稍微跟大家说说，而且这是小说，真传的口诀市面上也不多，所以我暂且说说，你们也暂且听听，真修行都是借假修真，万一有个玲珑如悟空者，没准还真能修点儿什么出来。

祖师到底传的什么？

"显密圆通真妙诀"——这句最妙在显、密、圆、通四个字。显，是外；密，是内。圆，是圆融、中道；通，是变通、无拘束。在我看，甭管修什么，先守住这四个字，知外、守内、圆融、通透，至少守住了生命之道，这是成圣、成仙、成佛的基础，一较劲、一我执，就什么都别修了。有人得"显"，有人得"密"，但若没有"圆通"，却认为自己得了最高的"道"，就首先阻碍了自己。

"惜修生命无他说"——是说真身难得，人身难得，再怎么修，也得从性命上修，青蛇、白蛇修了千年，只为修得"人身"，然后才好继续修。所以对生命，要"惜"、要"修"。可大多数人呢，得了人身后，只"惜"，不"修"。

"都来总是精气神，谨固牢藏休漏泄。"——这句要点在精、气、神。此精不是交感精,此气不是呼吸气,此神不是思虑神。那是什么呢？我只知《内经》的定义，"故生之来谓之精"。这个"精"绝不能解释为"精微物质"，或"两性生殖之精"。道家、医家都有元精、元气、元神的说法，所谓"元"，指先天。所以，跟身体里的"精"无关。这里的"精气神"，是父母生我之前的那个"元精、元气、元神"，必须"谨固牢藏休漏泄"。明白了！这三者不漏泄，人就没有"死亡"了！这，不正是悟空所求嘛！都说借假修真，其实，肉体为假，灵魂、元神为真。真养生是养元神，假养生是养肉身。后天的精充、气足、神旺，只是人体健康的标志，精亏、气虚、神疲是疾病或衰老的状态。肉身终归要"成、住、坏、空"，所以病痛不可免，衰老不可免，这假身可以随时扔掉，只要元精、元气、元神在，就可以借个躯壳"重新再来"。也就是，真正的你，是元精、元气、元神，至于你叫什么名字，是男是女，无关紧要。这就是老子的"名可名，非常名"啊！

再看"气"。《内经》说"天之在我者德也，地之在我者气也"。这句话倒给了我一个思路：就是老天给我的阳就是"元精"，大地给我的阴就是"元气"。照这么说，其实我们都是"天地"生成的，可我们都忘了这一点，只认定是父母生成的这个后天，而且一辈子都在这个"后天"里打转转。元气可以由元精化生而来，存于丹田。所以这个"气"也绝不是气体状态的"精微物质"。

"两精相搏谓之神"这个"神"，也不是精气之活力。把"两精相搏"理解成"元精、元气"相搏而产生的"元神"，它不是后天的思虑欲念之神。后天的思虑欲念之神，叫"识神"，是后天学习和各种生活经验记存而来，所以老子说"为学日益"，人，越学习，识神越强大。懂得越多，人就越恐惧、越害怕。后天识神会污染、抑制、驯化或杀伐元神，因此要保持先天元神的清静无为，就要"为道日损"，即减损识神的干扰，保持元神的虚灵状态。用虚灵看世界，就是无极而太极；用算法看世界，就是一生二，二生三，三生万物。

关于元神、识神，我在《生命沉思录》里曾用人与人的情感打了个比方：人之先天元神和元神的相撞，有点像"一见钟情"，就像宝玉第一次见黛玉，"这个妹妹我见过的"。这种情感跟宿命有关，跟所谓"前世"有关，它不管不顾，无法无天、无父无母、直夺人魂魄，是所有情感中最具有毁灭性的激情。《红楼梦》其实让我们看到了情感的不同层面，贾宝玉爱姐姐妹妹，也温存袭人，也怜惜晴雯，也心疼平儿，但他与黛玉的先天元神之爱、灵魂之爱超越了一切。而男女要是后天识神和识神相遇，就是一场无奈的笑话，就会算计：你对我好，我就对你好；你给多少钱，我就给你办多少事。就是算计与算计的较量。如果是先天元神与后天识神偶合，就是你不懂我、我不懂你，聚合在一起，就是相互折磨或仇恨，分手了就是永不再见的路人。

按照修道者的说法，精气神三宝中，因元神具有主宰之能，所以为三宝之主。真正的修炼，是炼元精、炼元气、炼元神，如此三宝攒合，就是"炼"到家了啊。而我们普通人的修炼都是在后天的精气神里瞎鼓捣。修炼（练），一般人都是绞丝旁的"练"，而不是火字旁的"炼"，所以，都不能"向死而生"，成圣、成仙、成佛。

其实，世上的事，知道而做不到，是最痛苦的，这事我想过，一是吃不了这个苦，二是觉得自己另有使命，既然不是为此而来，也就不焦灼了。但心中也时时升起皎洁的大月光，还是挺美的。

祖师口诀的后面几句，都是前面这两句的反复解释。咱们再说一下最后两句："相盘结，性命坚，却能火里种金莲。""相盘结"，指龟蛇相盘结。龟蛇盘结是北方玄武象，阴中有阳，阳中有阴，就是水火既济。"火里种金莲"，则是真金不怕火炼，阴阳凝结而成"金丹"。

最后一句："攒簇五行颠倒用，功完随作佛和仙。""攒簇五行颠倒用"这事，我在《内经》精讲里讲过，五行各有其性，比如木火本上行，金水本下行，如果顺其本性，人就阴阳离绝了，所以，生命的大本事就是，克制本性，甚至颠倒本性，才能给生命找到出路。比如让上炎的火性下入坎水，让下流的水性上润离火，则乾坤之象显矣！能做到这一点，就是"功完随作佛和仙"。同时，这句也暗指后来悟空与悟能、悟净、唐僧相见，就是"攒簇五行"，取经成功就是"功完随作佛和仙"，看来祖师早就知道悟空一生的命运了。这个以后会讲。

祖师为什么讲"三灾"？

这里令人迷惑的是，菩提祖师本是佛家，可是教给悟空的却是道教里的"金丹大道"，虽然最后总说这是成佛、成仙的大道，看来作者本意也是"三教合一"。而后面悟空具体的练功方法也是"子前午后，自己调息"，用的还是道门的路径。

金丹到底有没有呢？小腹凝结了"金丹",人是否真的就像孙悟空那样无敌了呢？恰巧这几日看了个西方电影《露西》(Lucy,也译作《超体》),发现它完全是一部解释这个东方古老话题的电影,只不过这是个类似"外丹"的东西在人体内爆炸后引发人体潜能大爆发的故事,大家不妨去看一下。

"露西"本来是目前发现的最早的人类的名字,而且是个女性。电影中的露西是位现代女性,本来是个碌碌无为的傻丫头,却被自己愚蠢的男朋友扯进一桩毒品案。毒贩把新研制出的一种蓝色毒品埋进她的小腹内,不承想因毒贩踹了露西的肚子,致使毒品包装破裂,毒品进入血液和五脏六腑,露西的脑部潜力由此被激发,变成了超人。医生告诉她,这种叫"CPH4"的物质原本是促使胎儿生成的重要神秘元素,是不能人工合成的,没想到人工合成后,它再与人体结合,竟然使人类脑力、体力突飞猛进,甚至使露西能够飞升……这种物质大概就是中国人所说的"金丹"吧,也类似于道教所言的"姹女""婴儿"[①],藏于下丹田,要温养,最后可以爆发出核能般的力量。记住,孙悟空的七十二变、筋斗云等无不是"金丹"能量的体现,而不是他练成了筋斗云等。也就是说,人体能量的大爆发是因为"金丹"这个潜在的"核能",而不是别有什么功夫。你有"金丹",就无所不能;没有,就什么都不能。

古往今来,有没有人炼成呢？只是传说。但西方的合成说却给了我们有趣的思路,而且这部电影里其实有两个主角,一个是脑部专家教授,讲述人脑的进化史和开发人脑的意义;另一个则是露西,时刻用肉身表现着人脑的进化。总之,电影真值得一看,但这些无非是虚构的作品,咱们就以孩童之心来看待这些有趣的故事吧。

[①] 在道教术语种,"姹女"和"婴儿"分别指铅和汞。

如此又过了三年（就是七年加三年，悟空在三星洞已十年了），祖师复登宝座，与众说法。谈的是公案比语，论的是外像包皮。——就是讲课无非是打比方、说故事，跟秘传是两回事。

菩提祖师忽然问："悟空何在？"悟空近前跪下："弟子有。"祖师道："你这一向修些什么道来？"悟空道："弟子近来法性颇通，根源亦渐坚固矣。"祖师道："你既通法性，会得根源，已注神体，却只是防备着'三灾利害'。"悟空听说，沉吟良久道："师父之言谬矣。我常闻道高德隆，与天同寿，水火既济，百病不生，却怎么有个三灾利害？"

大家仔细看，悟空是沉吟良久问出这句话的：修行到顶级的人，怎么会有三灾利害呢？这也是很多人的疑问，越修炼，病越多，经历的痛苦也更多，这到底是因为什么呢？而且，这是怎样的三灾利害呢？比普通人的灾祸要厉害得多啊！

祖师道："此乃非常之道：夺天地之造化，侵日月之玄机；丹成之后，鬼神难容。"——祖师解释说：我传的道是非常之道，因为得了天地的造化和日月的玄机。这个"道"炼成了，鬼神难容。看来得"天机"、得"真道"，也是件挺危险的事。

具体是哪三灾呢？菩提说道：

虽驻颜益寿，但到了五百年后，天降雷灾打你，须要见性明心，预先躲避。躲得过，寿与天齐，躲不过，就此绝命。——首先是"雷灾"，你盗了天机，就会造雷劈。怎么躲过去呢？得"见性明心"。"见性明心"就是如果心性混杂，心性邪僻，不能纯一，就躲不过去。所以，越是明白人，就越得正心正念，一丝一毫懈怠不得。

再五百年后，天降火灾烧你。这火不是天火，亦不是凡火，唤作'阴火'。自本身涌泉穴下烧起，直透泥垣宫，五脏成灰，四肢皆朽，把千年苦行，俱为虚幻。——这火灾不是从外来，而是从自己身体来，盗了天机，却不用于正道，那一点邪气就在身体里蕴蓄，久之，就从脚下涌泉穴烧起来，一直烧到脑瓜顶，直至五脏成灰、四肢皆朽，把千年的修行都灭掉了。这大概就类似人体"自燃"吧。

再五百年，又降风灾吹你。这风不是东南西北风，不是和薰金朔风，亦不是花柳松竹风，唤做'赑风'。自囟门中吹入六腑，过丹田，穿九窍，骨肉消疏，其身自解。——这风灾也不是普通的"风"，而是上天暴怒的风，直从囟门而入，让身体自解。其实也是自身邪气未净，自身邪气必有天之暴怒治之。

归根结底，就是修炼功夫是一方面，明心见性是更重要的一方面，修命不修性，终是一场空。否则，功夫越大，招致的灾难越大。悟空苦求功夫、自恃功夫，未来的苦难已自此埋下。

以上三灾是祖师在点化悟空。

那有人问了：我只修明心见性可否？我就经常这么想。只要"诸恶莫作，诸善奉行"，就是"自净其意，是诸佛教"。如此，意清净、身清净，就不扰动元精、元气、元神，躯壳嘛，到时换一个就行了。我这偷懒的想法是不是妄想呢？肯定是。因为按照菩提祖师的意思，明心见性是丹成以后的事，也就是如若不修金丹就做不到真正的明心见性。好吧，我耗得多，又不肯好好练功，我就"望猴兴叹"吧。

悟空闻说，毛骨悚然，叩头礼拜道："万望老爷垂悯，传与躲避三灾之法，到底不敢忘恩。"祖师道："此亦无难，只是你比他人不同，故传不得。"——祖师的意思是你悟空又不是人，应该能躲得过此三灾，所以躲避三灾法就不传你了。

我想，当时跟着祖师听课的人听到这番话，心里得多恐惧啊！

悟空到底是不是"人"?

一听祖师说自己不是人,悟空又不干了。悟空道:"我也头圆顶天,足方履地,一般有九窍四肢,五脏六腑,何以比人不同?"祖师道:"你虽然像人,却比人少腮。"原来那猴子孤拐面,凹脸尖嘴。

大家要注意,祖师这里只是说悟空"像人",归根结底,还不是人。就好比现在"AI"像人,会说话、能学习、能思考,甚至比人的思维还清晰、明白,并且懂人性,但它们不是"人",或只能称为"硅基人",也就是它们不像人类那样需要水和蛋白质才能存活。它们不像我们人类那样对生存环境那么挑三拣四,极热不行,极寒不行,它们怎么都行,还可以不吃不喝。

祖师甚至还指出了悟空跟人的区别在于"少腮"。这实际还引出了一桩奇案。

悟空伸手一摸,笑道:"师父没成算!我虽少腮,却比人多这个素袋,亦可准折过也。"

腮,为面颊的下半部。人类的腮多指腮帮子。孙悟空虽然像人,但"少腮"。在面相学里,腮骨大者命贵,腮骨小者机灵。悟空"少腮"则是辛苦命。学得越多越辛苦,能者多劳嘛!原来祖师还会看相。

这里出现一个新词:素袋。也就是现代人口中的颊囊,它是灵长类哺乳动物口腔内两侧的囊状构造,可以用来暂时储存食物,功能类似于牛的胃可以反刍,骆驼的驼峰可以储藏粮食和水。就是说悟空可以用素袋储存食物,忍受多日甚至可能好几年的饥饿。在后来的西行路上,悟空从不喊饿,而唐僧只要食欲一动,只要喊饿,就会招致妖魔。因为食欲就是魔啊。此是后话,暂且不表。

不知大家想过没有:孙悟空在五行山下压了五百年,怎么活下来的呀?即便悟空有素袋,也不能一直饿着呀,但悟空最异于人的地方在于，他在这被压的五百年里的食物，超出了我们的想象。

当时如来又发一个慈悲心，将五行山召一尊土地神祇，……但他饥时，与他铁丸子吃；渴时，与他溶化的铜汁饮。待他灾愆满日，自有人救他。——人，是不可能吃大铁丸子的，也不可能饮铜汁，为什么悟空可以呢？这是因为悟空已经炼就丹道，并且在太上老君炼丹炉炼过，炼丹就需要铁和铜，悟空用自己的三昧真火就可以把吃下去的铁丸子和铜汁炼化吸收，也不必排出来，造成粪便堆积，更关键的是，这样的五百年，不仅锻炼了悟空的韧性与"忍性"，化了大铁丸子铜汁，他的身体也更强大了。

所以，悟空确实不是"人"，是最早出现的"超人"。三灾之"雷灾""火灾""风灾"都奈何不了他。如此说来，悟空更像是从未来穿越到古代的"硅基人"，有如此奇思妙想的、《西游记》的创作者吴承恩是穿越者吗？

我都有点震惊了。这是一本多么奇妙的书啊！

但悟空还是放不下心，他想再学个本事，逃脱三灾。

祖师说："也罢，你要学那一般？有一般天罡数，该三十六般变化；有一般地煞数，该七十二般变化。"悟空道："弟子愿多里捞摸，学一个地煞变化罢。"——就是悟空要学个变化多的。

所谓天罡地煞，原本是道教的说法，道教称北斗丛星中有三十六颗天罡星，每颗天罡星各有一神，一共有三十六位神将，合称三十六天罡。道士在作法时，常召请天罡下凡驱鬼，我们熟知的赵元帅赵公明、显灵关元帅关羽都是神将。而地煞，主要有两种解释，首先是指星相家所称的主凶杀之星；其次是指凶神恶煞，比喻恶势力。北斗丛星中有七十二颗地煞星，也是各有一神，合称七十二地煞。在民间传说中，三十六天罡常与七十二地煞联合行动，降妖伏魔。《水浒传》的一百单八将，就是天罡与地煞的总和。此处《西游记》所言天罡三十六般变化，指阳精真土，一般人难得其变化之用；地煞七十二般变化，指七十二物候，指阴阳进退、阴阳变化。祖师好不容易得到悟空这朵奇葩，索性就传了这个"七十二变"给他。

忽一日，祖师与众门人在三星洞前戏玩晚景。祖师道："悟空，事成了未曾？"悟空道："多蒙师父海恩，弟子功果完备，已能霞举飞升也。"祖师道："你试飞举我看。"悟空弄本事，将身一耸，打了个连扯跟头，跳离地有五六丈，踏云霞去够有顿饭之时，返复不上三里远近，落在面前，扠手道："师父，这就是飞举腾云了。"祖师笑道："这个算不得腾云，只算得爬云而已。自古道：'神仙朝游北海暮苍梧。'（就是早晨从北海出发，游过东海、西海、南海，复转苍梧，将四海之外，一日都游遍，方算得腾云）似你这半日，去不上三里，即爬云也还算不得哩！"

完了，悟空练了这许久，只得了个"爬云"的功夫。

悟空闻得此言，叩头礼拜，启道："师父，'为人须为彻'，索性舍个大慈悲，将此腾云之法，一发传与我罢，决不敢忘恩。"祖师道："凡诸仙腾云，皆跌足而起，你却不是这般。我才见你去，连扯方才跳上。我今只就你这个势，传你个'筋斗云'罢。"——这大概就是"因材施教"吧，按照悟空的体势而教，所以悟空的筋斗云与诸仙腾云的架势不同。

祖师却又传个口诀道："这朵云，捻着诀，念动真言，攒紧了拳，将身一抖，跳将起来，一筋斗就有十万八千里路哩！"大众听说，一个个嘻嘻笑道："悟空造化！若会这个法儿，与人家当铺兵，送文书，递报单，不管那里都寻了饭吃！"

哈哈哈！原来师兄师弟把有这个本领的悟空形容成了当下的"快递小哥"。

祖师为什么驱赶悟空？

某一个春归夏至日，大家撺掇悟空演示一下这几个绝技。悟空闻说，抖擞精神，卖弄手段道："众师兄请出个题目。要我变化甚么？"大众道："就变棵松树罢。"悟空捻着诀，念动咒语，摇身一变，就变做一棵松树。

众人嚷闹，惊动了祖师。祖师怒喝道："你等大呼小叫，全不像个修行的体段！修行的人，口开神气散，舌动是非生。如何在此嚷笑？"

"口开神气散，舌动是非生。"这是说修行人首先要谨言秘行，哪有四处炫耀的。所以现在一听某某自称修行了，入门了，我就微微一笑，不置可否。

祖师道："你等起去。"叫："悟空，过来！我问你：弄甚么精神，变甚么松树？这个工夫，可好在人前卖弄？假如你见别人有，不要求他？别人见你有，必然求你。你若畏祸，却要传他；若不传他，必然加害：你之性命又不可保。"

祖师这番话，真是苦口婆心。只要此身未离尘世，就不可炫耀卖弄。祖师说了几种情形：1）假如你见别人有，要不要求他？求人家，人家不给，你怎么想？2）别人见你有，必然求你。你如果畏祸，就要传他；若不传他，他必然加害于你，你的性命就保不住了。其实，功夫如此，炫富也是如此。炫耀的后果就是招致"不测之祸"。反观自身，人生在世要小心两点：一、见人家有而不去求，这样便不给对方添堵；二、自己有而不炫，方能避祸保命。

以上所言，世人也要万般警惕啊！

悟空叩头道："只望师父恕罪！"祖师道："我也不罪你，但只是你去罢。"悟空闻此言，满眼堕泪道："师父教我往那里去？"祖师道：

"你从那里来，便从那里去就是了。"

祖师一句"我也不罪你"，真乃父母之心也！过去总有学生犯错后对我说：老师别生气了。唉，老师哪曾生什么气，只是心凉而已，缘尽即断，不再牵扯挂心罢了。所以深明祖师下一句："但只是你去罢。"我通常是：扶上马送一程，这是亲情；但决绝的一句是：永远不要回头哦！这是绝情。

但临了，祖师还要传一个更大的法："你从那里来，便从那里去就是了。"这是要人要知本源，溯本归源而已。此乃救命之大法。悟空从天地来，要回天地去啊。

至此，祖师传了长生大道、传了七十二变、传了筋斗云、传了保命法。可以说，悟空一生的本事都是从菩提祖师而来的。但完成了这一切，菩提祖师就从悟空的人生中消失了。

这是为什么呢？

祖师道："你快回去，全你性命；若在此间，断然不可！"——这有点像五祖送六组，其谆谆深意在其中。

悟空领罪，上告尊师："我也离家有二十年矣（能踏踏实实地跟老师二十年，绝对情同父子了），虽是回顾旧日儿孙，但念师父厚恩未报，不敢去。"祖师道："那里甚么恩义？你只是不惹祸不牵带我就罢了！"

祖师这句"那里甚么恩义？你只是不惹祸不牵带我就罢了！"真真明白，原来祖师早就明白悟空一生的作为和使命，在上师的眼里，一切都是明澈的。

祖师道："你这去，定生不良。凭你怎么惹祸行凶，却不许说是我的徒弟。你说出半个字来，我就知之，把你这猢狲剥皮锉骨，将神魂贬在九幽之处，教你万劫不得翻身！"祖师话说得这么狠，悟空只能言道："决不敢提起师父一字，只说是我自家会的便罢。"

菩提祖师为何说这番狠话呢？既然已经知道悟空此去定生不良。万般惹祸行凶，干吗还要秘传他那么多功夫呢？最关键的是：你不要牵扯到我！说出半个字来，我就把你剥皮锉骨，让你万劫不得翻身！

这、这、这，到底是为什么呢？

咱先以普通人的想法想一下。比如我在众多学生中终于找到一个骨相清奇、天赋好、天性纯真又知刻苦的孩子，心里确实喜爱他（她），于是就把毕生绝学都传给了他（她），就因为他（她）显摆了一次，我会如此万般地咒他（她）么？不会，只是批评、惩罚一下就算了。

所以，此次菩提所做，就两件事：一是彻底驱赶悟空，二是彻底销了悟空的学籍，让自己也在悟空的生命中消失。

驱赶悟空，是已经完成了对悟空的培训，悟空留在此处已经没有意义了。那到底是谁下的这个培训任务呢？是佛门最高领导？不对啊，菩提这佛门上师，教给悟空的却都是道门之术。是道门指派吗？也不对，这时太上老君等还未现身。因为悟空后面都会跟这些顶级人物有交集，所以悟空这二十年的经历，就仿佛是三家的最高元首们做的一个局，而且不是用言语商议出来的一个局，只是眼神一碰，大家都对此事心知肚明，并决计永远黑不提白不提，各自都按照自己的戏码出场就是了，游嘛、戏嘛，陪这天地灵根的小猴子玩一次、成就一次就是了。

由此，菩提完成了自己阶段性的使命，干吗让这猴儿扰了自己的清名，乱了自己三星洞的清静？三星洞的根本就是"道心"，道心的根本就是"无情"，不喜欢人心的缠绵悱恻、拖拖拉拉，所以，走就走得干净些，你坏，别牵扯我；你好，也别牵扯我！总之，永远拉黑取关了！

只是可怜无父无母的悟空，自此又没了师父，又成了孤魂野鬼一个，锥心痛哉！虽然悟空日后取经路上天天叫唐僧师父，可这个师父除了救悟空出五行山，几乎没教给悟空任何本事，还天天折磨他。这无非是说：悟空真正了不起的地方是平常心——跟有本事的师父练功夫，跟没本事的师父磨心性。为了成就自己，他从不挑三拣四。

该不该认命？

等我们读完了整本《西游记》，就明白了，孙悟空的一生竟然是被提前设计好的，甚至取经路上那些妖怪也是事先安排好的，若是一般人，早就被击垮了。但悟空的伟大在于：当明白了一切都是安排好的以后，他还是能安下心来，但他的态度是：你们安排你们的，我都勇敢地接下了——你安排蟠桃园，我就吃桃；你安排炼丹炉，我就食丹；你安排十万天兵，我接着；你安排妖怪，我就打；你安排九九八十一难，我就一步步过……总之，我总是借势成就自己，苦难只会使我强大，所谓命运，又能奈我何！面对命运，悟空可以有委屈，可以有伤痛，但唯独没有一个"怕"字！他"认命"，但不怕"命"，他要通过学习、苦练，彻底地改命，从最初逃不出如来手心的小猴子，最终成为与佛并肩的"斗战胜佛"！

而我们普通人面对命运，要么茫然、要么恐惧、要么逃离，最终只是无奈地"认命"。我们该如何看待命运呢？讲一个希腊神话中的悲剧吧，人们就算提前知道了命运，也无法逃离命运的故事。

希腊神话中有个著名的俄狄浦斯，因阿波罗预言其将来会杀父娶母，所以俄狄浦斯遭亲生父亲抛弃，后被柯林斯国王收养，直到成年后才得知自己会"杀父娶母"的预言。于是，俄狄浦斯采取了一系列行动来逃避这可怕的命运。

这事也告诉我们，没事别算命，因为所有的预见都有自我实现的可能。比如，经常有人说某人算命准，算命师如果说你三天后会淹死，这就好比心魔，说不定你因为害怕而恍惚，没准一脚踩空就会鬼使神差地掉到水里。所以，非礼勿听、不说恶语都是绝对必要的。有时候，命运可怕，但知道命运更可怕。

咱们接着说俄狄浦斯。他为了逃避可怕的命运，离开了养父母的国家，在去往忒拜的路上因为与一个老人争路，失手打死了老人，而这个老人正是他的亲生父亲。彼时忒拜正因人面狮身的"斯芬克斯"的谜语而遭难，自恃最有智慧的俄狄浦斯破解了"斯芬克斯之谜"，被民众拥戴为王，而娶了自己的母亲。由此，神谕的"杀父娶母"得以全部呈现……

这是一个多么残忍的故事啊！人，自以为可以成功逃离命运，哪知道，先前的预言却一语成谶，他所有的逃离原来都是把他引向家乡，回到他亲生父母所在的地方！回到杀父娶母的命运上！原来，我们人生的一切逃跑，只不过都是在不断地接近目标……这真让人绝望，也让人感叹命运的难以抗拒——每个人都试图扼住命运的喉咙，但在真实的生活中，我们几乎都在被命运拖着走。

这个故事曾让我甚为恐惧，在我的眼里，人类历史犹如已经拍摄完毕的电影胶片，未放映之前，仿佛一切都已然存在。没有人能够销毁它、改变它。难道我们能做的，只是一点一点地等它放映完？从此，认命地在胶片中找寻自己那可怜的任性与所谓的奋斗？难道，所谓年轻，只是幻想自己是电影里某一瞬间的主演，年老时，却在生命的回放里发现——自己不过是田野中的稻草人，随命运的风四处旋转？

如果一切已在预言中，那我们还能做什么？上帝是在耍我们吗？上帝就那么喜欢看这场电影——让我们把他知道的一切重演？他又会得到什么呢？就算他喜欢导演，那欣赏这出大戏的，除了他，还有谁呢？……我们所谓的自由意志，真的存在吗？如果一切已在预言中，那我们的自由意志又是些什么东西呢？

这一切真的令人不寒而栗。于是，我又开始深究这个故事。俄狄浦斯解开了"斯芬克斯之谜"，这"斯芬克斯之谜"是：什么动物早晨四条腿，中午两条腿，晚上三条腿？俄狄浦斯说：是人。他确实是最有智慧的，因为他深知人，也深知人的无能，比如腿最多时最无能。但他没能看到自己面对命运的无能，他能解读"人"，却无法解读"他自己"。俄狄浦斯，这个自以为最有智慧的人，实际上却是在自己的命运上最瞎的一个人！当一切真相大白后，他痛苦地用自杀了的母亲的胸针戳瞎了双眼，放逐了自己……这是一个用"慧眼"取代"肉眼"的隐喻，其实，我们每个人都是自我的睁眼瞎和灯下黑，眼睫毛离眼睛最近，可我们永远看不见、数不清。

我们所认可的智慧，其实不过是对自我的无知，并不能阻挡命运的荼毒和捉弄。我们并非为非作歹，但我们都会因为自己的"无知"或"无明"而犯错，所以，要斩断命运的束缚和摆弄，不能靠逃离，而要靠"自知"和"明道"。

由此，《西游记》小说的一个要旨渐渐浮现出来——大家可能没认识到：唐僧师徒四人，外加小白龙，原本都是获罪之人。唐僧，本是佛祖的二徒弟，名叫金蝉子，因为听讲不认真而被贬下界；孙悟空因各种不服而被压在五行山下五百年；猪八戒因调戏嫦娥而被贬下凡；沙僧因打碎玻璃盏而被流放；小白龙因偷龙珠而获罪……

这些皆是因为"无知"与"无明"，如果顺着这"无明"走下去，就永远是高老庄、李老庄般的轮回，但这时菩萨出现了，菩萨开始在渊薮中"捞人"，而且只捞"罪人"，因为只有俄狄浦斯这种被甩进命运深坑中的有罪的人，才有自省的意识，也才有自救的努力。而我们大多数普通人既不"识人"，也不"识己"，认为既然电影早已拍好，就等着一切慢慢播放并流逝吧，所以这就叫无奈地"认命"。

唐僧师徒几人当时也"无明",也认命。但当遇到菩萨,菩萨问他们愿不愿意改命时,他们都欣然答应了。他们比俄狄浦斯幸运,他们没有选择用逃离命运的方式来摆脱厄运,而是选择了勇往直前。回头,就是猪,就是猴,顶多还是天蓬元帅或弼马温,但他们从灰暗的旧胶片中走了出来,为自己拍了个新片,他们艰苦卓绝,一步一个脚印,最后,成了佛。

这,就是《西游记》关于命运的启示。

悟空首战为哪般?

话说悟空纵起筋斗云,径回东海。用了不到一个时辰,他便回到了花果山水帘洞。但悟空真的回到本源处了吗?没有。因为家已经被人占了。这就好比悟空海归回来,家这边没他的位置了。

若大若小之猴,跳出千千万万,把个美猴王围在当中,叩头叫道:大王,你好宽心!怎么一去许久?把我们俱闪在这里,望你诚如饥渴!近来被一妖魔在此欺虐,强要占我们水帘洞府……那厮自称混世魔王,住居在直北下。

混世魔王所居之地有个"水脏洞"。这里暗藏着玄机,正北方就是"水藏"——肾,在《易经》为坎卦。此时悟空代表南方火,为"心猿",所以水脏上犯叫作"水气凌心",那悟空能干吗?要不说要想读懂《西游记》,得先通医道呢。吴承恩科考不行,医道的阴阳五行还是明白的,古代,但凡读书人,都得明白些医道,因为医道通孝道啊。

那水脏洞的混世魔王什么样呢?头戴乌金盔,映日光明;身挂皂罗袍,随风飘荡。下穿着黑铁甲,勒紧皮条……这一身黑打扮,就是在比喻北方水,色黑,所以其洞叫"水脏洞"。

而前往叫阵的悟空打扮如何呢？光着个头，穿一领红色衣，勒一条黄丝绦，足下踏一对乌靴，不僧不俗，又不像道士神仙，赤手空拳。光头，意味着明亮；红衣，意味着离火和太阳；黄丝绦，离火纳己土，也像星空之黄道；乌靴，指太阳之精魂三足乌，也指下藏水；"不僧不俗，又不像道士神仙"，指已经混三为一，得空灵大道，所以可以赤手空拳。

悟空到水脏洞门口叫嚷："我乃正南方花果山水帘洞洞主！"他代表南方离火，其水帘洞之"帘"就代表离卦中的虚线，也就是阴爻。

这段关于魔王和悟空打扮的描述，实际上是在讲一个"坎离大战"。也就是说，悟空要想真的回归本源，还有一事要做，用《易经》原理来解释，就是要从"坎离变乾坤"，才能"后天返先天"，这是修成丹道的必经之路。

我写作的这一年（2024）恰恰是进入二十年离火运的年景，大家对"离火"二字已经知道一些了。咱们还是用身体打比方好些，离火，外实内虚，里面是真水，对应的是"心"，红色，因为人心性不定，又称"心猿"，上蹿下跳，正对应悟空。坎水，外虚内实，里面是真阳，对应的是"肾"，黑色。而人活着，全凭心肾相交，心火下曛肾水，肾水上润心火，才得健康平安。而修道者一生所求，就是变化离火中的真阴和坎水中的真阳，也叫"抽坎填离"，就是抽出坎中的一阳，填到离中一阴里去，上面离火变成"乾"；抽取离中的一阴，到了坎中的一阳里去，下面坎水变成"坤"——如此便由后天坎离变先天乾坤。

所以，孙悟空的人生第一战就是因此而来的。

魔王眼里的老孙是什么样子呢？

魔王见了，笑道："你身不满四尺，年不过三旬，手内又无兵器，怎么大胆猖狂，要寻我见甚么上下？"悟空骂道："你这泼魔，原来没眼！你量我小，要大却也不难。你量我无兵器，我两只手勾着天边月哩！你不要怕，只吃老孙一拳！"纵一纵，跳上去，劈脸就打。那魔王伸手架住道："你这般矬矮，我这般高长，你要使拳，我要使刀，使刀就杀了你，也吃人笑，待我放下刀，与你使路拳看。"悟空道："说得是。好汉子！走来！"那魔王丢开架子便打，这悟空钻进去相撞相迎。他两个拳捶脚踢，一冲一撞。——看古人打架，都这般有趣，有礼有节的，还不忘相互嘲笑和赞美。

悟空见他凶猛，即使身外身法，拔一把毫毛，丢在口中嚼碎，望空中喷去，叫一声"变！"，即变做三二百个小猴，周围攒簇。

这时悟空又显现了一个新本领：毫毛变小猴。下面有解释。

原来人得仙体，出神变化无方。不知这猴王自从了道之后，身上有八万四千毛羽，根根能变，应物随心。——悟空不仅可以七十二变，他身上的八万四千毛羽（比喻每一个细胞），也根根能变成他（这就是"克隆"啊），一切不过"应物随心"。

所以，所谓修成了，不是脑子修成了、意念修成了，而是每一个细胞都修成了，每一个细胞都具足整个生命，随便拿出一个都圆满具足。

此处"应物随心"一词用得真好，我们没修行的人，就是总不能"应物随心"，万般不为我用，万般不随心啊。

那些小猴，眼乖会跳，刀来砍不着，枪去不能伤。你看他前踊后跃，钻上去，把魔王围绕，抱的抱，扯的扯，钻裆的钻裆，扳脚的扳脚，踢打捋毛，抠眼睛，捻鼻子，抬鼓弄，直打做一个攒盘。这悟空才去夺得他的刀来，分开小猴，照顶门一下，砍为两段。

《西游记》只要写小猴子，就生动非常，可见作者非常喜欢小孩儿，喜欢小孩儿的灵动、无赖和戏耍的天真，又抠眼抠鼻子的，如同游戏。最后一句："悟空才去夺得他的刀来，分开小猴，照顶门一下，砍为两段。"——这是破魔之头顶，斩断魔根，砍为两段，是阳爻变阴，

第二回　悟彻菩提真妙理　断魔归本合元神

043

由此完成"抽坎填离"，应了这一回的题目：断魔归本合元神。

回到水帘洞，大摆庆功宴。悟空又笑道："小的们，又喜我这一门皆有姓氏。"众猴道："大王何姓？"悟空道："我今姓孙，法名悟空。"众猴闻说，鼓掌忻然道："大王是老孙，我们都是二孙、三孙、细孙、小孙、——一家孙、一国孙、一窝孙矣！"都来奉承老孙，大盆小碗的椰子酒、葡萄酒、仙花、仙果，真个是合家欢乐！

至此，孙悟空有了个一窝孙的家天下。第二回结束。

开篇就要细讲，有来龙，才有去脉。

后面，咱就不逐字逐句讲啦。

第三回　四海千山皆拱伏 九幽十类尽除名

如意金箍棒到底是什么？

《西游记》第三回"四海千山皆拱伏 九幽十类尽除名"讲了两件事，一是海中得了个金箍棒，二是梦里地府里除了名。

却说美猴王荣归故里，忽然有一日，又有了一个新思虑：如果外敌来犯，我等只有竹竿木刀，何以自保？必须有锋利剑戟才行。于是便去傲来国兵器馆把刀、枪、剑、戟、斧、钺、钩、叉全部偷了回来。由于猴多势力大，惊动满山怪兽，各样妖王，共有七十二洞，都来参拜猴王为尊。每年献贡，四时点卯……把一座花果山造得似铁桶金城。因为，悟空是"金公"，所以不吝收"金"，以固根本。

这时美猴王又对自己手上的大刀不满意了，道："奈我这口刀着实椰榆，不遂我意，奈何？"为什么"刀"不遂意呢？因为"刀"主杀，不主生，有生有杀，才遂意。于是悟空从水帘洞的铁板桥下入东海龙宫，去寻宝物。

这其中，也有两个谜底，第一，东海龙宫就在自家水帘洞铁板桥的底下，猴王自称龙王的近邻，所以水帘洞与东海龙宫属于一家。就是一般的宝贝可以偷和抢，但真正的宝贝得从自家求，凡修炼，指望从外部得道的都是妄想。第二，就是为什么是东海龙宫，不是西海、南海？东，是生发之机；海，是万物本源。美猴王处处从自己的本源找，这也是"得道"的标志。

这时，东海龙王敖广出现了。这敖广也是随和，先是奉上一把大捍刀。悟空道："老孙不会使刀，乞另赐一件。"龙王又献出一杆九股叉，悟空嫌轻，也不要。龙王笑道："这叉有三千六百斤重哩！"悟空道："不趁手！不趁手！"龙王心中恐惧，又命手下抬出一柄画杆方天戟，那戟有七千二百斤重。悟空接过后还是嫌轻。这三千六、七千二，都是有讲究的数，暗合三十六天罡、七十二地煞，可都不入悟空的法眼。先前跟祖师这个不学、那个不学，此番又在龙王这儿这个不要、那个不要，倒不是这猴执拗，而是他要最好的、顶级的。

这世上，敢大声说出自己要最好的、要顶级的这事是非常难的，但既然修行了，就得要顶级的，凑合的话，就修不出来。没见过好东西，就不知道何为"好"，总混迹于劣质品中，就也成劣质品了。好比五藏，心要最好的气血，肾要最好的"精"，肺要最精粹的"气"……否则，生命就污染了。

最后，龙婆、龙女提到一块天河底的神珍铁，龙王道："那是大禹治水之时，定江海浅深的一个定子。是一块神铁，能中何用？"悟空让龙王拿来看看，龙王摇手道："扛不动！抬不动！须上仙亲去看看。"也就是说，好东西有，得自己去拿。拿得走，才是你的。

因为是海中神珍，故而此物"金光万道"。悟空十分欢喜，拿出海藏看时，原来两头是两个金箍，中间乃一段乌铁；紧挨箍有镌成的一行字，唤作"如意金箍棒"，重一万三千五百斤。而且这"如意金箍棒"能随悟空心意忽大忽小，所以"如意"。最后竟然可以塞在耳朵眼里。这究竟是个什么神器？

所以，不读《内经》还真弄不明白。《内经·灵枢·五十营》说，"故人一呼，脉再动，气行三寸；一吸，脉亦再动，气行三寸。呼吸定息，气行六寸。十息，气行六尺。……二百七十息，气行十六丈二尺，……五百四十息，气行再周于身，……二千七百息，气行十周于身，……一万三千五百息，气行五十营于身……故五十营备，得尽天地之寿矣"。孙悟空的金箍棒重一万三千五百斤，正对应人之气息"一万三千五百息"。所以，金箍棒对应的是"气"！天地之间，唯有"气"变化无穷。

回到水帘洞后，悟空给猴儿们演示此神器：将宝贝擎在手中，使一个法天象地的神通，把腰一躬，叫声"长！"他就长的高万丈，头如太山，腰如峻岭，眼如闪电，口似血盆，牙如剑戟；手中那棒，上抵三十三天，下至十八层地狱，把些虎豹狼虫，满山群怪，七十二洞妖王，都唬得磕头礼拜，战兢兢魄散魂飞。霎时收了法象，将宝贝还变做个绣花针儿，藏在耳内，复归洞府。

如果不是"气"、不是"阴阳"，哪有此变化！

看来写《西游记》的人无所不通。《西游记》绝对是本奥秘无穷的书。

悟空得到金箍棒后还有个诉求，便对龙王道："当时若无此铁，倒也罢了；如今手中既拿着他，身上无衣服相趁，奈何？你这里若有披挂，索性送我一副，一总奉谢。"龙王道："这个却是没有。"悟空道："'一客不犯二主。'若没有，我也定不出此门。"龙王道："烦上仙再转一海，或者有之。"悟空又道："'走三家不如坐一家。'千万告求一副。"这就是要三家归一啊。人靠衣裳马靠鞍，这悟空是要了法器，还要装备啊，而且必须都是最好的。

于是龙王说找弟弟们问问看。龙王道："舍弟乃南海龙王敖钦、北海龙王敖顺、西海龙王敖闰是也。"可见东海龙王是四海中的老大。东海龙王用钟鼓唤来三个弟弟，北海龙王敖顺送了一双藕丝步云履，西海龙王敖闰送了一副锁子黄金甲,南海龙王敖钦送了一顶凤翅紫金冠。悟空将金冠、金甲、云履都穿戴停当,使动如意棒,一路打出去。

如此得东西南北金木水火,更加意气风发。还结交了六个弟兄:牛魔王、蛟魔王、鹏魔王、狮驼王、猕猴王、猢狲王。由此,悟空这个"大海归"不仅有了法器、装备,还有了结拜兄弟,以及吃喝玩乐的朋友。

但四海龙王却因此与悟空结下仇怨,准备上告悟空。

此是后话,暂且不表。

先下地狱,再上天堂

文中说到自此他放下心,日逐讲文论武,走罕传觞,弦歌吹舞,朝去暮回,无般儿不乐。

这里需要注意作者的用词深意。"放心"与"放下心"不同,《孟子·告子上》:"学问之道无他,求其放心而已矣。"意思是学问之道没有别的,就是找回来那丧失了的本心罢了。所以这个"心"还是迷失在外的"心"。而悟空的"放下心",是"心"不曾外迷、不曾走失,依旧在自己的腔子里,只是下其"心"而"心肾相交"罢了。

因为心肾相交,而做了个南柯大梦,了了人生最大的一个课题:生死。其实呢,人都怕死,所以放不下心,睡不着觉,而悟空已经明白金丹大道,所以放得下心,睡得着觉。因为不怕死了,所以敢神游冥府。也就是说,得了道,死也成,不死也成,生生死死不过如此,即"一生死"——生死如一,也如孔子所言:"朝闻道,夕死可矣。"

我们看一下悟空梦到了什么。

只见那美猴王睡里见两人拿一张批文,上有"孙悟空"三字,走近身,不容分说,套上绳,就把美猴王的魂灵儿索了去,跟跟跄跄,直带到一座城边。猴王渐觉酒醒，忽抬头观看，那城上有一铁牌，牌上有三个大字，乃"幽冥界"。美猴王顿然醒悟道："幽冥界乃阎王所居，何为到此？"那两人道："你今阳寿该终，我两人领批，勾你来也。"猴王听说，道："我老孙超出三界之外，不在五行之中，已不伏他管辖，怎么朦胧，又敢来勾我？"那两个勾死人只管扯扯拉拉，定要拖他进去。那猴王恼走性来，耳朵中掣出宝贝，幌一幌，碗来粗细；略举手，把两个勾死人打为肉酱。自解其索，丢开手，轮着棒，打入城中。唬得那牛头鬼东躲西藏，马面鬼南奔北跑。

悟空这一番动静招来了十代冥王，也叫作"十殿阎王"，是冥界主管地狱的十个阎王，分别是秦广王、初江王、宋帝王、忤官王、阎罗王、平等王、泰山王、都市王、卞城王、转轮王。

普通人想到冥府，都面容失色、凄惨颤抖，万般恐惧。而悟空的可爱却是把黑白无常打成肉酱，又让牛头马面东躲西藏、南奔北跑，十大阎王都战战兢兢、毕恭毕敬。这阳气足得，非同一般；这英雄气概，也震了天下。想到当年美猴王因为怕死而流泪，跟菩提祖师修习过后，竟然如此意气风发，俨然已经不是当初那个猴啦！看来，学习、经高人指点，并苦修励志，确实能死生不惧、改变人生。

阎王们见他相貌凶恶，应声高叫道："上仙留名！上仙留名！"猴王道："你既不认得我，怎么差人来勾我？"十王道："不敢！不敢！想是差人差了。"——看来阎罗殿的王也尿，就会欺负孤魂野鬼。

猴王道："我本是花果山水帘洞天生圣人孙悟空。你等是甚么官位？"——这里悟空好可爱，给自己封了个"天生圣人"。

悟空执着如意棒，径登森罗殿上，正中间南面坐上。十王即命掌案的判官取出文簿来查。那判官不敢怠慢，便到司房里，捧出五六簿文书并十类簿子，逐一查看。裸虫、毛虫、羽虫、昆虫、鳞介之属，俱无他名。——看来昆虫类也有生死簿啊。这其中的裸虫就是人类，因为人身无毛，故称"裸虫"。

又看到猴属之类，原来这猴似人相，不入人名；似裸虫，不居国界；似走兽，不伏麒麟管；似飞禽，不受凤凰辖。——似，就是"好像"，悟空只是"似"，而不是。这里确定悟空不是"猴"。

另有个簿子，悟空亲自检阅，直到那魂字一千三百五十号上（又是一千三百五十，依旧是"气"的象征），方注着孙悟空名字，乃天产石猴，该寿三百四十二岁，善终。——这时我们方知这猴儿已经三百四十二岁了。而且关于"魂"字簿，我们以后还要讲，悟空不是人、不是猴，到底是什么？

悟空道："我也不记寿数几何，且只消了名字便罢！取笔过来！"……悟空拿过簿子，把猴属之类但有名者，一概勾之。掼下簿子道："了帐！了帐！今番不伏你管了！"一路棒，打出幽冥界。

就是他把猴中跟自己一起在花果山混的孙姓猴的名录也顺势都消了。孙悟空确实特别顾念自家人，到哪儿都想着它们。

由此，又得罪了冥府，冥府也准备去天庭告他。悟空以身入东海，以神游冥府，干了两件大事，也为未来埋下了伏笔。

却表启那个高天上圣大慈仁者玉皇大天尊玄穹高上帝，一日驾坐金阙云宫灵霄宝殿，聚集文武仙卿早朝之际，忽有……东海龙王敖广进表……妖仙孙悟空者，欺虐小龙，强坐水宅，索兵器，施法施威，要披挂，骋凶骋势。……南海龙战战兢兢；西海龙凄凄惨惨；北海龙缩首归降……伏望圣裁。恳乞天兵，收此妖孽。随后又有冥司秦广王来告：妖猴孙悟空，……大闹罗森，强销名号。

玉皇大帝一脸迷惑，问曰："这妖猴是几年生育，何代出生，却就这般有道？"一言未已，班中闪出千里眼、顺风耳道："这猴乃三百年前天产石猴。当时不以为然，不知这几年在何方修炼成仙，降龙伏虎，强销死籍也。"看来菩提祖师是对的，若是知道了悟空道行的来路，顶级大佬们都尴尬。

这时，班中闪出太白长庚星，说了一番话：1）"上圣三界中，凡有九窍者，皆可修仙。"——我们人类也有九窍，所以也可以修。2）"奈此猴乃天地育成之体，日月孕就之身，他也顶天履地，服露餐霞，今既修成仙道，有降龙伏虎之能，与人何以异哉？"——悟空此时已与人无异，而且是修成的"仙"。3）可以招安悟空。"若受天命，后再升赏；若违天命，就此擒拿。一则不动众劳师，二则收仙有道也。"

玉帝闻言甚喜，道："依卿所奏。"……金星领了旨，出南天门外，按下祥云，直至花果山水帘洞。对众小猴道："我乃天差天使，有圣旨在此，请你大王上届，快快报知！"……美猴王听得大喜，道："我这两日，正思量要上天走走，却就有天使来请。"临走还吩咐手下："谨慎教演儿孙，待我上天去看看路，却好带你们上去同居住也。"

普通人换个地方，只为"活着"，而悟空换个地界，是为了"玩玩"。本来与天界并无关系，只因为冒犯了东海及冥界，而被请上了天。

悟空这是先下地狱，再上天庭啊！

第四回　官封弼马心何足　名注齐天意未宁

工作时为什么不能闲聊天？

第四回"官封弼马心何足 名注齐天意未宁"中会出现很多天神，比如托塔天王、哪吒等。中国的神仙谱系在《西游记》里得到了充分显现。

比如上一节结尾处出现的太白金星，太白即金星，亦名启明、长庚、明星，是中国民间信仰中知名度最高的神之一。本来是玉皇大帝的特使，负责传达各种命令，但阴阳家认为天上的金星是武神，掌管战争之事，主杀伐。只要金星在特殊时间、区域出现，便是"变天"的象征，代表要发生大事了。此次太白金星引领悟空上天，肯定也会发生大事。但在《西游记》里，太白金星始终是个和善的老头儿和外交高手，两次招安悟空，后来在取经路上也多次帮衬悟空，悟空虽然恃才傲物，但心下却爱憎分明，对太白金星还是尊敬的。

其实，在《西游记》中，道门的太白金星和佛门的观音菩萨是最知道悟空的价值的，也是悟空的两大护佑，但两人对悟空的态度却截然不同，太白金星是只招安而不用，观音是物尽其用。

这天庭什么样啊？作者借悟空的眼，给我们描述了一下：这天上有三十三座天宫，乃遣云宫、毗沙宫、五明宫、太阳宫、化乐宫……一宫宫脊吞金稳兽；又有七十二重宝殿，乃朝会殿、凌虚殿、宝光殿、天王殿、灵官殿……一殿殿柱列玉麒麟。寿星台上，有千千年不卸的名花；炼药炉边，有万万载常青的绣草。又至那朝圣楼前，绛纱衣，星辰灿烂；芙蓉冠，金璧辉煌。玉簪珠履，紫绶金章。金钟撞动，三曹神表进丹墀；天鼓鸣时，万圣朝王参玉帝。又至那灵霄宝殿，金钉攒玉户，彩凤舞朱门。

美猴王可不是进大观园的刘姥姥，猴儿眼里不稀罕这些，照旧是不服不忿的模样。

太白金星领着美猴王，到于灵霄殿外。不等宣诏，直至御前朝上礼拜。悟空挺身在旁，且不朝礼，但侧耳以听金星启奏。——也是，老孙不是玉帝的臣，不必朝礼，表面看是不懂规矩，其实是懂规矩。再说，人家也没当他是正经人，称呼他"妖仙"。

金星奏道："臣领圣旨，已宣妖仙到了。"玉帝垂帘问曰："那个是妖仙？"悟空却才躬身答道："老孙便是！"——你不敬我，我自然也不必敬你。但这回答却把下面的臣子吓坏了。悟空的可爱在于，他可以很温柔，但他没有奴才相。

倒是玉帝有所包容。玉帝传旨道："那孙悟空乃下界妖仙，初得人身，不知朝礼，且姑恕罪。"众仙卿叫声"谢恩！"猴王却才朝上唱个大喏。——谢什么恩呢？谢不杀之恩，还是谢宽恕之恩？悟空身上没有奴性，所以只是"唱个大喏"，就是大声答应了一声。

这时要给悟空个差事，没想到天庭中已无官职，只是御马监缺个正堂管事，于是，就封悟空为"弼马温"。悟空听闻，还是唱个大喏，答应下来，并欢欢喜喜，径去到任。看来此时悟空还全然懵懂，但欢喜心还是有的。看到那些漂亮的天马，他也是喜欢的，所以，工作煞是认真。

这猴王查看了文簿,点明了马数。……弼马昼夜不睡,滋养马匹。日间舞弄犹可,夜间看管殷勤,但是马睡的,赶起来吃草;走的捉将来靠槽。那些天马见了他,泯耳攒蹄,倒养得肉膘肥满。

天上的马,就是地下的龙,悟空如此认真,正应了《周易·乾卦》那句:"天行健,君子以自强不息。""君子终日乾乾,夕惕若厉。"

不觉的半月有馀,半月,在地上就是一个节气,可后文又道,天上一日,就是下界一年,可见水帘洞里小猴儿已经过了十五年。干活儿就怕闲聊,一朝闲暇时,悟空和手下饮酒聊天,聊出了个窟窿。

猴王忽停杯问曰:"我这'弼马温',是个甚么官衔?"众曰:"官名就是此了。"又问:"此官是个几品?"众道:"没有品从。"猴王道:"没品,想是大之极也。"——喜欢悟空,就是喜欢他这股纯真劲儿。纯真,就是凡事都往好处想,想得自己都乐呵呵的。

众道:"不大,不大,只唤作'未入流'。"猴王道:"怎么叫做'未入流'?"众道:"末等。这样官儿,最低最小,只可与他看马。似堂尊到任之后,这等殷勤,喂得马肥,只落得道声'好'字,如稍有些尫羸,还要见责;再十分伤损,还要罚赎问罪。"——这一句,说出了职场中末等官职的尴尬与艰辛:做好了,只落个"好"字;做错了,就成天挨说,还得受罚问罪。

猴王闻此,不觉心头火起,咬牙大怒道:"这般藐视老孙!老孙在花果山,称王称祖,怎么哄我来替他养马?养马者,乃后生小辈,下贱之役,岂是待我的?不做他!不做他!我将去也!"——索性直接打出南天门,回花果山水帘洞了。没点儿本事,谁敢这么说走就走!没本事的,只能将"忍辱"当作本事;有本事的,将"潇洒"当作人生。

从此就叫"齐天大圣"

走就走吧,偏又来个搅事的。这时又有两个独角鬼王来拜见悟空,献赭黄袍一件,与大王称庆。猴王大喜,将赭黄袍穿起,这是在演历史上的"黄袍加身"吧。这两位本来是来拍马屁的,没想到悟空从天界辞职了,那就撺掇猴王干票大的,自封"齐天大圣"吧。

猴王闻说,欢喜不胜,连道几个"好!好!好!"教四健将:"就替我快置个旌旗,旗上写'齐天大圣'四大字,立竿张挂。自此以后,只称我为齐天大圣,不许再称大王。"

由此激怒了天庭,玉帝要遣天兵擒拿悟空。这时,托塔李天王与哪吒三太子越班奏上道:"万岁,微臣不才,请旨降此妖怪。"玉帝大喜,即封托塔天王李靖为降魔大元帅,哪吒三太子为三坛海会大神,即刻兴师下界。

关于托塔天王李靖,《封神演义》记载:"话说陈塘关有一总兵官,姓李,名靖……后来父子四人,肉身成圣,托塔天王乃李靖也。"他为什么要托个黄金宝塔呢?原因是哪吒闯了祸,天王要杀哪吒,哪吒一怒之下剔骨还父而亡,灵魂被佛祖附于碧藕上还阳再生,哪吒要杀李靖,如来赐予李靖一座满是佛像的宝塔,让哪吒以佛、以塔为父,李靖只要托举佛塔就能消除哪吒的恨意,李靖也因此受封为"托塔李天王"。

第一个出来叫阵的是中军统帅托塔李天王的帐前先锋——巨灵神,其人兵器为宣花板斧,力大无穷,可举动高山,劈开大石。最后,巨灵神的兵器被悟空用金箍棒一打两断,败阵而归,因大挫锐气,险些被李天王问斩,幸亏哪吒三太子从中说情,才赦免其罪。

然后就是小哪吒上阵了。

话说那哪吒奋怒,大喝一声,叫:"变!"即变做三头六臂,恶狠狠，手持着六般兵器，乃是斩妖剑、砍妖刀、缚妖索、降妖杵、绣球儿、火轮儿，丫丫叉叉，扑面来打。悟空也不示弱，也变做三头六臂，把金箍棒幌一幌也变作三条，六只手拿着三条棒架住。双方打得地动山摇。最后还是哪吒败下阵来。

你看那猴王得胜归山，那七十二洞妖王与那六弟兄，俱来贺喜，在洞天福地饮乐无比。他却对六弟兄说："小弟既称齐天大圣，你们亦可以大圣称之。"内有牛魔王忽然高声叫道："贤弟言之有理！我即称做个平天大圣。"从此，七大圣自作自为，自称自号，耍乐一日，各散讫。从名称上看，这六兄弟是跟"天"干上了。是可忍，"天"不能忍啊。

这架势，开始有点乱了。

话说玉帝听闻妖猴这般狂妄，要派众将即刻诛之。这时太白金星又出来平息众怒。太白金星说："那妖猴只知出言，不知大小。欲加兵与他争斗，想一时不能收伏，反又劳师。不若万岁大舍恩慈，还降招安旨意，就教他做个齐天大圣。只是加他个空衔，有官无禄便了。"玉帝道："怎么唤作'有官无禄'？"金星道："名是齐天大圣，只不与他事管，不与他俸禄，且养在天壤之间，收他的邪心，使不生狂妄，庶乾坤安靖，海宇得清宁也。"

太白金星这招确实高，没有比把危险分子养在眼前更安全的了。名号、高帽，这些都是虚的，随便送呗。再说了，悟空确实要的是"尊"，平时吃点桃就成，也不懂俸禄、工资这些事。

虽然太白金星的做法还是糊弄，但确实也指出了悟空当下的问题。凡修炼，都要刚柔并进，悟空此刻已刚到极点，有"亢龙有悔"之嫌，所以太白金星说他"不知大小"。有刚有柔谓之"圣"，只刚不柔就是"妖"，所以还得锤炼，还得收他的心。

太白金星为什么总护着悟空？因为前文说了：金星虽和善，但毕竟是"武神"，后来悟空封为"斗战胜佛"，二者有惺惺相惜之感。

太白金星见到悟空，依旧劝诫："凡授官者，皆由卑而尊，为何嫌小？"即能卑才能尊，能小才能大。

待太白金星把悟空带上天庭面见玉帝后，玉帝道："那孙悟空过来。今宣你做个'齐天大圣'，官品极矣，但切不可胡为。"然后在蟠桃园右首，起一座齐天大圣府，府内设个二司：一名安静司，一名宁神司……着他安心定志，再勿胡为。

由此，悟空又喜地欢天，再次被招安。这是悟空从不以恶意揣测他人，人家对他好，他就接受这个"好"。毕竟这时悟空还不知自己的使命，还处在一种随遇而安的境地。前文不是说悟空修道喜欢顶级的好东西吗？那哪里好东西最多啊？当然是天庭啦！所以悟空并不拒绝玉帝的安排，而且在下一回中，把天庭的好东西享受了个遍！

第五回　乱蟠桃大圣偷丹　反天宫诸神捉怪

悟空又得了多少"好"？

咱们进入第五回"乱蟠桃大圣偷丹　反天宫诸神捉怪"。这一回说悟空得了诸多"好"：偷食蟠桃、偷饮琼浆、偷食仙丹，由此引发众怒。

话说那齐天大圣：闲时节会友游宫，交朋结义。见三清，称个"老"字；逢四帝，道个"陛下"。与那九曜星、五方将、二十八宿、四大天王、十二元辰、五方五老、普天星相、河汉群神，俱只以弟兄相待，彼此称呼。今日东游，明日西荡，云去云来，行踪不定。

这时悟空的朋友圈已经十分了得，但都是表面应酬，并无真情。后来打压他的全是这帮人。

这时出现一个许旌阳真人，又告悟空的状。

这个许旌阳真人，却是历史上真有的，原名许逊，字敬之，是东晋道士，因出任旌阳县令，又叫"许旌阳"。后来，许逊"合家飞升，鸡犬悉去"，与张道陵、葛玄、萨守坚并称道教四大天师。

许旌阳有诸多名言在世，比如：存心不善，风水无益；父母不孝，奉神无益；兄弟不和，交友无益；行止不端，读书无益；心高气傲，博学无益；作事乖张，聪明无益；不惜元气，服药无益；时运不通，妄求无益；妄取人财，布施无益；淫恶肆欲，阴骘无益。——这些话是真的好，大家可以抄下来细心体悟。

那句"儿孙自有儿孙福"也出自他口。他还说过"良心自有良心报，奸狡还须奸狡磨。莫道苍天无报应，十年前后看如何？"这些都是人间警句啊。没想到这么个明白人，却如此喜欢"多管闲事"。

这许真人上报玉帝道："今有齐天大圣，无事闲游，结交天上众星宿，不论高低，俱称朋友，恐后闲中生事。不若与他一件事管，庶免别生事端。"天庭是最忌讳结党营私的，但悟空是世外之人，根本不懂这些，所以许真人是多虑了，但玉帝听进去了。

于是玉帝又派悟空去掌管蟠桃园。这，又是一桩奇案。天下人都知道猴子爱吃桃，让猴子去管蟠桃园，就好比让美食家当了厨子，那不得大吃特吃啊。

大圣看玩多时，问土地道："此树有多少株数？"土地道："有三千六百株：前面一千二百株，花微果小，三千年一熟，人吃了成仙了道，体健身轻（花微果小，指阳气刚生起）。中间一千二百株，层花甘实，六千年一熟，人吃了霞举飞升，长生不老（层花甘实，指阳气壮大）。后面一千二百株，紫纹缃核，九千年一熟，人吃了与天地齐寿，日月同庚（紫纹缃核，已是纯阳）。"大圣闻言，欢喜无任，自此后，三五日一次赏玩，也不交友，也不他游。

这里的"三五日一次赏玩"又道出个秘密。《黄帝内经·素问·六节藏象论篇》中，黄帝问了个"天大"的问题：什么是"气"？"岐伯曰：此上帝所秘，先师传之也。"黄帝虽然位极权大，但还不是道门中人，属于外人，所以岐伯不想把这个秘密告诉黄帝。可越是秘密，黄帝就越想知道，所以说：请赶紧讲给我。可见，没有黄帝这极大的求知欲，我们永远不会知道这个秘密。在黄帝的"强迫"下，岐伯讲了非常重要的一段话。

"岐伯曰：五日谓之候，三候谓之气；六气谓之时，四时谓之岁。"其中，"候"指物候，"气"指节气，即物候五日一变，三五一十五为一气，悟空"三五日一次赏玩"，就是秘观其"气"，桃得阴气而熟时，悟空便到老树上偷吃个饱，所以他吃的是紫纹细核，最好的桃。迟三二日，又一候，他再去偷吃。

按说，桃熟，就是指金丹成熟，熟了就要及时采摘，悟空这属于盗天机，没什么错。

蟠桃胜会都请了谁？

但桃熟之时，王母娘娘要设"蟠桃胜会"，先派七衣仙女去摘桃。哪七衣呢？即红衣仙女、青衣仙女、素衣仙女、皂衣仙女、紫衣仙女、黄衣仙女、绿衣仙女，彩虹般美丽的七个姑娘，入树林之下摘桃。

先在前树摘了二篮，又在中树摘了三篮；到后树上摘取，只见那树上花果稀疏，止有几个毛蒂青皮的。原来熟的都是猴王吃了。

话说悟空以为七仙女是来偷桃的，后来才知是王母娘娘要开"蟠桃胜会"。悟空又好奇了，问："王母开阁设宴，请的是谁？"仙女道："上会自有旧规。请的是西天佛老、菩萨、罗汉，南方南极观音，东方崇恩圣帝，十洲三岛仙翁，北方北极玄灵，中央黄极黄角大仙，这个是五方五老。还有五斗星君，上八洞三清、四帝、太乙天仙等众；中八洞玉皇、九垒、海岳神仙；下八洞幽冥教主、注世地仙。各宫各殿大小尊神，俱一齐赴蟠桃嘉会。"

几乎三教大佬都请了。悟空一听，全是自己称兄道弟的兄弟啊！

笑问："可请我吗？"仙女说："不曾听得说。"悟空就念声咒语，把仙女们定住，自己去瑶池看热闹去了。路上遇到赴宴的赤脚大罗仙，便假传玉帝圣旨（这可是重罪啊），让赤脚大罗仙去了别处，自己变成赤脚大罗仙去赴宴了。

到了瑶池，见桌上有龙肝和凤髓、熊掌与猩唇。可见龙凤熊猿这些也是刀俎上的鱼肉，难怪它们后来也会闹事呢！又有玉液琼浆，香醪佳酿。忍不住，悟空喝了个大醉，醉中跟跟跄跄又误入了太上老君的兜率天宫。一见了，顿然醒悟道："兜率宫是三十三天之上，乃离恨天太上老君之处，如何错到此间？——也罢！也罢！一向要来望此老，不曾得来，今趁此残步，就望他一望也好。"即整衣撞进去，那里不见老君，四无人迹。原来那老君与燃灯古佛，在三层高阁朱陵丹台上讲道，众仙童、仙将、仙官、仙吏，都侍立左右听讲。——这太上老君的原型就是写《道德经》的老子，正跟燃灯古佛（而不是如来）一起讲道，可见其地位之高。

这大圣直至丹房里面，寻访不遇，但见丹灶之旁，炉中有火。炉左右安放着五个葫芦，葫芦里都是炼就的金丹。大圣喜道："此物乃仙家之至宝，老孙自了道以来，识破了内外相同之理，也要些金丹济人，不期到家无暇；今日有缘，却又撞着此物，趁老子不在，等我吃他几丸尝新。"他就把那葫芦都倾出来，就都吃了，如吃炒豆相似。

这段是说：悟空内丹已炼成，这时又吃了外丹，更了不得了。此次上天，悟空可谓是把天上顶级的东西吃了个遍。

有人猜测这是太上老君故意留给悟空吃的，如果这次是故意，那后来把悟空放进炼丹炉里烧也应该是故意的。而且，悟空的如意金箍棒也是太上老君"亲手炉中煅"，猪八戒的"九齿钉钯"也是太上老君用神冰铁亲自锤炼而成，这说明太上老君不仅是天庭御用铁匠，更是法器大师，曾打造金刚镯、紫金红葫芦、羊脂玉净瓶、幌金绳、芭蕉扇、七星剑、紫金铃等多件法器，这些东西都是后来西行路上把悟空折磨得一塌糊涂的法器，看来这太上老君与悟空的缘分不浅，如果人这一生，有人对你又打又爱、又拉又踹，那基本是至亲了。也是，两人都是信奉"天地"的，属于宗教产生前的大神。

玉帝和王母对这"太上道祖"也恭敬有加，悟空偷吃的五瓶金丹也是太上老君为玉帝的"丹元大会"炼就的"九转金丹"。看来天庭有两个重要的盛会：王母娘娘的蟠桃胜会和玉帝的丹元大会，宴请的全是三教的顶级大佬。此刻，盛会被悟空搅黄了，好东西都被悟空独享了。

闯祸后的悟空怎么样了？一时间丹满酒醒，又自己揣度道："不好！不好！这场祸，比天还大；若惊动玉帝，性命难存。走！走！走！不如下界为王去也！"

知道自己闯了大祸，就一定要三十六计走为上，先跑再说。于是，他直接逃回了花果山。到家一想没给孙儿们带酒，于是又折返回去，顺走了几瓮美酒。这悟空，多义气啊！

玉帝大恼。即差四大天王，协同李天王并哪吒太子，点二十八宿、九曜星官、十二元辰、五方揭谛、四值功曹、东西星斗、南北二神、五岳四渎、普天星相，共十万天兵，布一十八架天罗地网下界，去花果山围困，定捉获那厮处治。

这阵式也是顶级了。但这里面有点乱，玉皇大帝代表王权，王权通天，用二十八宿、九曜星官等天官没问题；道门是中土宗教，用道门里的李天王等也没有问题；但四大天王、五方揭谛等佛门大神他也使唤得，就有些奇怪了。

就说这四大天王吧。四大天王本是佛教的护法天神，通常被供奉在寺庙第一重殿的两侧，这殿也因此而得名"天王殿"。

其中，东方持国天王，护持东胜神洲。他手持琵琶，一说借琵琶"调"

（音）之意，表示行中道之法；一说表示用音乐引导众生皈依佛教。

南方增长天王，护持南赡部洲。他手持宝剑，表示用宝剑保护佛法不受侵犯；同时，宝剑象征智慧，也表示用慧剑斩烦恼。

西方广目天王，护持西牛贺洲。他手上缠一龙（也有的作索或蛇），相传其为群龙之首。

北方多闻天王，护持北俱芦洲。他左手持银鼠，右手持伞（或作幡），伞代表要保护自己的内心不受外界污染，同时用以避开危害，也有保护人民财富之意。

在《封神演义》里，他们四人演变成助纣为虐的四个大神，被姜子牙收伏并敕封为天庭正神"四大天王"，负责司掌人间的风调雨顺（剑、琵琶、伞、龙），用以永镇天界之门。

所以进寺庙要"会"拜，要知道跟哪位神求什么，也要知道他们的法器各有什么意义。

而五方揭谛，分别是金头揭谛、银头揭谛、波罗揭谛、波罗僧揭谛、摩诃揭谛，乃佛教五方守护大力神。"揭谛"的意思是"去"或"度"；重复"揭谛"二字，有强调之意，"波罗揭谛"的意思是"度到彼岸"。这五方揭谛，后来在书中还多次出现，对悟空又压又助，终归是要度他的。

总之，这十万天兵布下天罗地网，把花果山团团围住，大敌压境，且看悟空如何应对。

任凭谁，十万天兵压境，都慌得不行，悟空却心境泰然。那大圣正与七十二洞妖王，并四健将分饮仙酒，一闻此报，公然不理道："'今朝有酒今朝醉，莫管门前是与非。'"九曜星在门前骂战，大圣笑道："莫采他。'诗酒且图今日乐，功名休问几时成。'"——面对这大敌压境、门前骂战，大圣依旧诗酒且乐，没生丝毫的慌乱和恐惧，这就是定力足。

直到对方把门打破了，大圣才发怒道："这泼毛神，老大无礼！

本待不与他计较，如何上门来欺我？"即命："独角鬼王领帅七十二洞妖王出阵，老孙领四健将随后。"——从来都是悟空单打独斗、冲锋在前的，此次却让独角鬼王领帅七十二洞妖王先出阵，令人感到奇怪。也是，这帮人天天跟着悟空吃香喝辣、吹牛皮，总得出回力吧。

但这些鬼与妖就是不成，只得大圣出马，大败九曜星、四大天王与二十八宿。这一场自辰时布阵，混杀到日落西山。也就是从早到晚。最后，那独角鬼王与七十二洞妖怪，尽被众天神捉拿去了……大圣打退了哪吒太子，战败了五个天王。

朋友圈的妖都被抓走了。大圣没事儿人似的，道："胜负乃兵家之常。古人云：'杀人一万，自损三千。'况捉了去的头目乃是虎、豹、狼虫、獾獐、狐骆之类，我同类者未伤一个，何须烦恼？"——这句有点无情无义，有点护犊子，而且悟空一向护着子孙，这也说明悟空心下明白，虽然都在朋友圈，但那些妖是什么底色，他还是知道的。真正靠得住的，只有自家子孙。

这时悟空嘱咐子孙："我等且紧紧防守，饱餐一顿，安心睡觉，养养精神。天明看我使个大神通，拿这些天将，与众报仇。"——饱餐，就是"实其腹"，安心睡觉，就是"虚其心"，身，虽在乱事中，但心在事外，这种修为，世人少有。人呢，都心里搁不了事，有点事就浮想联翩，睡不着了，所以才会屡战屡败。天大的事，从不耽误吃饭睡觉，就是定力。

看这个架势，这场恶战有点收不了尾了，这时就要有高人来解围了，于是，《西游记》里非常重要的一个人物终于出场了。

第六回　观音赴会问原因　小圣施威降大圣

观音为什么推荐二郎神？

咱们进入第六回"观音赴会问原因　小圣施威降大圣"。

正当天神围绕，大圣安歇之时，南海普陀落伽山大慈大悲救苦救难灵感观世音菩萨带着大徒弟惠岸赴王母娘娘的蟠桃大会，却见天庭荒荒凉凉，席面残乱，于是便去见玉帝，时有太上老君在上，王母娘娘在后，并由此知道了事情的前因后果。

这里，观世音菩萨和太上老君的出现尤为重要。

佛教认为观世音菩萨为大慈大悲的菩萨，遇难众生只要诵念其名号，"菩萨即时观其音声"，即前往拯救解脱。曾因唐代避太宗李世民名讳，故去"世"字，略称"观音"。

清代全真道士刘一明说："'观'者，静观密察之谓；'音'者，阴阳消息之机。能观其机，而或顺或逆，抑阴扶阳，无不如意。此'观音'二字，不特为此回之眼目，而且为全部之线索。故西天取经，以观音起，以观音结，则知作佛成仙，唯在能观其天道耳。"

再说，这都到第六回了，如果一直任由悟空这般打闹玩乐，也就是无限重复，即便是修了道，就没什么大意思了，所以，观音菩萨的出现，就是给悟空找正事来了，谁找事谁结果，必须善始善终。于是，观音菩萨就成了《西游记》里的女主角，正式登场了。

天庭已经许久没有战事了，没想到被下界一个小小的孙悟空弄得乌烟瘴气。如果十万天兵出马失利，就是对孙悟空再不屑，天庭的大佬也要出手了。要是他们真出手，恐怕悟空就性命难保了。这时观音和太上老君同时出现，就是事态要有转机了。

菩萨先是命大徒弟惠岸行者，也就是李天王二太子木叉，前往花果山打探消息，如果可以的话，就上手帮帮忙。但结果是惠岸出手和大圣打了五六十回合，最后也败阵而走。

于是，菩萨低头思忖。菩萨的特异就是"观"，她肯定观到了一些真相：哪吒、木叉打不过孙悟空，确实是孙悟空武力高强；但十万天兵围而不打，是不是拥兵自重，并不真出力呢？玉帝面临的，到底是孙悟空引发的危机，还是别的危机？太上老君的金丹被孙悟空偷吃，此时也不出一个主意，到底意欲何为呢？

观音合掌启奏道："陛下宽心，贫僧举一神，可擒这猴。"玉帝道："所举者何神？"菩萨道："乃陛下令甥显圣二郎真君……"

此人不属于天庭天兵，是玉帝不待见的亲外甥，他有本事，想立功，关键跟天庭上的人相比，他还没有什么私心。我猜啊，既然菩萨知道二郎神杨戬，也许二郎神当初也是菩萨组建未来取经队伍中的一个人选，但后来发现人与神结合生出的人物，还是赶不上"天地生成"的悟空率真、执着，所以最后还是选择了悟空。所以此次让二郎神出场，一是让悟空知道有和他差不多的人物，二是已经决定放弃杨二郎了，此时用你，是为了将来不用你。

在民间广泛流传的"二郎劈山救母"的故事，就说的是这个杨二郎，即玉帝的外甥。大圣一见面就说出了他的身世。大圣道："我记得当年玉帝妹子思凡下界,配合杨君,生一男子,曾使斧劈桃山的,是你么?我行要骂你几声,曾奈无甚冤仇;待要打你一棒,可惜了你的性命。"

其实,这句的背后是"可惜了你这般帅气和美貌"。这二郎神可是《西游记》里的顶级帅哥,他仪容清秀貌堂堂,两耳垂肩目有光。头戴三山飞凤帽,身穿一领淡鹅黄。又驾鹰牵犬,铁嘴神鹰色黑,其哮天犬色白,出场就十分拉风。这么拉风的人,放在取经队伍里就会喧宾夺主,而且使得取经不像取经,倒像是时尚走秀了。

玉帝为什么不爱亲外甥?

由于二郎神是人神相配生出的,传说他有"三只眼",额头中间的眼睛是立着的,号称天眼,平时闭着,对敌作战时他才会将那竖眼睁开。因为曾经斩妖治水,所以是"水神";又善战,所以是"战神";又英俊,所以是"戏神",也就是戏曲的祖师爷。而且他性格孤傲,听调不听宣,玉帝舅舅也拿他没办法。心高不认天家眷,性傲归神住灌江。玉帝不喜欢他这个外甥。

说句题外话,二郎神是四川人最喜欢的半人半神。

先说二郎神和悟空这一战确实打得漂亮。你变成麻雀,我就变成雀鹰儿;你变成鱼儿,我就变成鱼鹰儿;你踢我变成的庙,我就变成你的本尊……可见这七十二变是你有我也有。莫非,这杨戬与菩提祖师也有点关联?总之,这二郎神就是悟空的克星,后来悟空也说:"小圣二郎,方是我的对手。"到了第六十三回,两人成了称兄道弟的朋友。本来嘛,两人无仇无怨,小时候谁还没打过架啊,能棋逢对手,那才过瘾啊!

此刻,天庭上,观音请玉帝同太上老君出南天门外,亲自观战。

这时眼看要见胜利果实了，观音与太上老君开始抢功。

菩萨开口对老君说："贫僧所举二郎神如何？——果有神通，已把那大圣围困，只是未得擒拿。我如今助他一功，决拿住他也。"菩萨先是很高兴二郎神克住了悟空，但见他迟迟拿不下悟空而着急，又担心二郎神伤了悟空，这矛盾心理使她急于出手"拿住他"，而不是"杀了他"。

老君道："菩萨将甚兵器？怎能助他？"菩萨道："我将那净瓶杨柳抛下去，打那猴头；即不能打死，也打一跌，教二郎小圣好去拿他。"老君道："你这瓶是个磁器，倘打着他便好，如打不着他的头，或撞着他的铁棒，却不打碎了？你且莫动手，等我老君助他一功。"

太上老君此时既心疼悟空，又心疼自己炼就的"如意金箍棒"，还心疼菩萨的"净瓶"，匠人对好东西都惜之如命。

菩萨道："你有甚么兵器？"老君道："有，有，有。"捋起衣袖，左膊上取下一个圈子，说道："这件兵器，乃锟钢抟炼的，被我将还丹点成，养就一身灵气，善能变化，水火不侵，又能套诸物；一名'金钢琢'，又名'金钢套'。当年过函关，化胡为佛，甚是亏他。早晚最可防身。等我丢下去打他一下。"

这一句，既说出了此物的"灵气"，也说出了自己"化胡为佛"，与佛门的关联，让菩萨放宽心：反正这一次你也拿不走孙悟空，不如留给我继续调教。

这金刚琢除了这次出场，后面再出场时也害苦了悟空。所以，这金刚琢也是悟空的克星。

于是，这金钢琢正打在悟空的天灵盖上，悟空立不稳脚，跌了一跤，又被二郎神的哮天犬照腿肚子咬上一口，由此被众神用绳索捆绑，使勾刀穿了琵琶骨。琵琶骨是位于胸腔上部、颈下两旁与肩胛相连的骨骼，用绞索穿过这里，一般人也就废了。悟空是被勾刀穿了琵琶骨，这更狠，悟空因此再也不能变来变去。玉帝传旨，即命大力鬼王与天丁等众押至斩妖台，将这厮碎剁其尸。

再说二郎神确实立了功，托塔天王与四大天王等诸神前来贺喜，都道："此小圣之功也。"二郎神倒也懂事，谦逊地说："此乃天尊洪福，众圣威权，我何功之有？"二郎神的手下也等着他请了赏，讨了功，回来同乐。可是，玉帝只是淡淡地赏赐二郎神金花百朵，御酒百瓶，还丹百粒，异宝、明珠、锦绣等件，教与义兄弟分享。只有重赏，没有高升，这二郎神只得谢恩后回了灌江口。

这亲舅舅怎么就不爱这俊朗的外甥呢？

一是可能确实恨自己的亲妹妹下凡，辱没了他们的血统。二是二郎神"劈山救母"，也忤逆了他的意志。三是玉帝不喜欢二郎神参与自己的政事，他能允许悟空在天庭闲逛，可就是不想看亲外甥擎着鹰、牵着狗在自己面前晃，宁肯让他自生自灭。若是二郎神真被选进了取经队伍，玉帝是肯定不会促成此事的，这也是最后大家都把目光投向悟空的原因。

为什么我猜测二郎神也曾是取经队伍的备选人才，但最后又被放弃了呢？1）二郎神自称"小圣"，自然从格局上赶不上"大圣"。和大圣一样，他也有六兄弟，还有一千二百草头兵，虽然这一回叫"小圣施威降大圣"，但毕竟二郎神的内心比不上悟空内心干净。2）他一听玉帝诏令就立刻前来，并不像菩萨所说的"听调不听宣"，而且与悟空叫阵时也宣称自己是"玉帝外甥"，可见这个身份也是他念念不忘的。他守着个小小的灌江口，恐怕内心也是有诸多不甘和凄凉的。这孩子从小就被自己不堪的身份弄得不尴不尬，怨恨玉帝又得不到玉帝的关爱，原生家庭的阴影使他成了个玩世不恭的"玩家"，又是水神，又是戏神什么的，所以他的心理赶不上悟空的光明正大，因果多的人心里就挂碍多。悟空可是没有前生后世这些心理阴影的！所以悟空挂碍少,可以轻松上阵。3)二郎神太漂亮了,如果他比唐僧还漂亮,一方面显不出唐僧的威仪,另一方面让妖精们也难以抉择,所以他和取经队伍确实不搭。其实,太漂亮有时也是人生障碍。丑点儿,自在,有大用。后来所有见到唐僧徒弟的人都被他们三个的丑吓得够呛,三藏总解释说:"你看不出来哩,丑自丑,甚是有用。"4)玉帝会不高兴。让自己的亲外甥去长"外教"的气势,明摆着欺人太甚!

所以,二郎神最后被驱除出局,成了"边缘人"。等悟空再大闹天宫时,玉帝宁肯让如来出手,也不再使唤这个外甥了。

第七回　八卦炉中逃大圣　五行山下定心猿

第七回为何是个大转折？

由此，我们进入第七回"八卦炉中逃大圣　五行山下定心猿"。这一回暗藏无数谜底，是《西游记》里的一篇大转折。大家想一下，本来《西游记》这本小说是写唐僧西天取经，作者却在前七回大费周章写了孙悟空，为什么？而且，除了悟空最初的师父菩提祖师有佛家的名号，悟空所得绝技，包括法器金箍棒，都是"道门"的功劳，让自己练就一身本领，这是在说没有"道门"的扶持，唐僧也完成不了西天取经吗？现实中的唐僧取经并没有悟空这类人在身边，作者这一番写作想必另有深意。

话表齐天大圣被众天兵押去斩妖台下，绑在降妖柱上，刀砍斧剁，枪刺剑刳，莫想伤及其身。南斗星奋令火部众神，放火煅烧，亦不能烧着。雷部众神以雷屑钉打，越发不能伤损一毫。

其实这就类似菩提祖师先前提到的"三灾"：雷劈、火烧，最后到太上老君的炼丹炉里再遇"风灾"。

看悟空不损毫毛，玉帝有点慌了，说："这厮这等，这等……如何处治？"

太上老君上前解释说："那猴吃了蟠桃，饮了御酒，又盗了仙丹，——我那五壶丹，有生有熟，被他都吃在肚里。运用三昧火，煅成一块，所以浑做金钢之躯，急不能伤。不若与老道领去，放在八卦炉中，以文武火煅炼。炼出我的丹来，他身自为灰烬矣。"

太上老君的意思就是，悟空已得金刚之躯，硬打他是不行了，让我的八卦炉再烧烧吧，看文火、武火能不能干掉他。

这玉帝好生奇怪。太白金星两次招安悟空，玉帝同意了；这次太上老君要领走悟空，玉帝又同意了，而每次的结果都是悟空"更上一层楼"。玉帝的心思让人捉摸不透，比如先前安排悟空去管理蟠桃园就是一桩奇案，是故意让他偷吃蟠桃、修行更上一层楼呢，还是让他继续惹众怒，以窥众臣的表现呢？虽然这次又是借观音之口起用自家外甥领了抓悟空的头功，但这会儿又让太上老君领走悟空，再次引发了不可收拾的局面，这玉帝到底是无能、无为，还是心思极缜密，让我们一时半会儿看不清楚？

再说太上老君。这太上老君的原型就是写《道德经》的老子。历史上只说他骑青牛西行，但在神仙谱系里他却是道教的教主，天宫中三清之一——道德天尊（另外两个是元始天尊、灵宝天尊）。其实不过是"一气化三清"，都是他一人的化身罢了。他在《西游记》里可是绝对顶级的存在，此时他领走悟空，又是意欲如何呢？

那老君到兜率宫（有"妙足"之意），将大圣解去绳索，放了穿琵琶骨之器，推入八卦炉中，命看炉的道人，架火的童子，将火煽起煅炼。原来那炉是乾、坎、艮、震、巽、离、坤、兑八卦。他即将身钻在"巽宫"位下。巽乃风也，有风则无火。只是风搅得烟来，把一双眼熰红了，弄做个老害病眼，故唤作"火眼金睛"。

这八卦各自对应自然界的事物是：乾对应天、坎对应水、艮对应山、震对应雷、巽对应风、离对应火、坤对应地、兑对应泽。悟空选了东南巽宫，有风则无火，且"巽为长女"，守柔顺之道，所以悟空不仅逃离一难，还炼就了"火眼金睛"。

真个光阴迅速，不觉七七四十九日（这就是阴尽阳纯），老君的火候俱全。忽一日，开炉取丹。那大圣双手侮着眼，正自搓揉流涕，只听得炉头声响。猛睁眼看见光明，他就忍不住，将身一纵，跳出丹炉，忽喇的一声，蹬倒八卦炉，往外就走。……老君赶上抓一把，被他一摔，摔了个倒栽葱，脱身走了。

当初正是老君的金刚琢打得悟空吃了一跤，所以这也是一报还一报。可太上老君什么功夫啊，会被悟空摔个倒栽葱？我怀疑，这又是老君故意的，就是要放跑悟空。有一件事，大家可能忽略了，老君如果决意要烧化了悟空，当初把他放到八卦炉里时，就该取出自己亲手锻造的"如意金箍棒"，把这金箍棒还留在悟空身边，就是要保留悟空这口"气儿"啊！

老君既然都如此"放水"，恐怕这次天庭是谁也不出力了，倒要看看玉帝如何处理。悟空即去耳中掣出如意棒，迎风幌一幌，碗来粗细，依然拿在手中，不分好歹，却又大乱天宫。

这次大闹天宫跟先前又不同了，先前身上还有阴邪，此时经过煅烧，却是一派纯阳了。

这时关于悟空的形容是：圆陀陀，光灼灼，亘古常存人怎学？入火不能焚，入水何曾溺？光明一颗摩尼珠，剑戟刀枪伤不着。也能善，也能恶，眼前善恶凭他作。看来"胡作"一词自古有之。就是这时悟空性命之"命"已然修成，水火都不能伤他了。

后面还有一句：善时成佛与成仙，恶处披毛与带角。就是这时就看怎么用他了，怎么修"性"了，如果用这个能力去修"善"，就是佛和仙；若用此命去作"恶"，就是披毛带角的大"魔"。反正这时

第七回 八卦炉中逃大圣 五行山下定心猿

他已经是变化无穷了，雷将神兵不可捉，没人整得了他了。

这时，万般无奈的玉帝遂传旨上西方请佛老降伏悟空。

本来玉帝代表王权，这个王权在本土宗教道教的庇佑下也算稳定，还能享用道教的鼎炉、丹药、法术等，可以说，悟空大闹天宫是王权遭遇的最大危机，但悟空也正因丹道而法力大增，造成了对王权的反噬。于是，王权不得不向外求助。这到底是要把麻烦推给佛祖，还是玉帝预知了悟空的来处去处，索性撒手不管了呢？还是玉帝要借此看看如来到底有多大本事呢？……

反正这时佛祖登场了。且不论这是不是当年儒释道三家争锋的事实，总之，从这一刻起，这本小说的真正意图，如一个大幕，渐渐拉开了。

猴儿为何撒泡尿？

原文是：如来闻诏，即对众菩萨道："汝等在此稳坐法堂，休得乱了禅位，待我炼魔救驾去来。"——一个"即"字，表明如来一直在等这一刻。

如来即唤阿傩、迦叶二尊者相随，离了雷音，径至灵霄门外。……佛祖传法旨："教雷将停息干戈，放开营所，叫那大圣出来，等我问他有何法力。"众将果退。大圣也收了法象，现出原身近前，怒气昂昂，厉声高叫道："你是那方善士？敢来止住刀兵问我？"如来笑道："我是西方极乐世界释迦牟尼尊者，南无阿弥陀佛。今闻你猖狂村野，屡反天宫，不知是何方生长，何年得道，为何这等暴横？"

大圣道："我本：天地生成灵混仙，花果山中一老猿。水帘洞里为家业，拜友寻师悟太玄。炼就长生多少法，学来变化广无边。因在凡间嫌地窄，立心端要住瑶天。灵霄宝殿非他久，历代人王有分传。

强者为尊该让我，英雄只此敢争先。"几句诗表明了态度，老子今儿要入住凌霄宝殿，帝王轮流坐，此刻到我家。

佛祖听言，呵呵冷笑道："你那厮乃是个猴子成精，焉敢欺心，要夺玉皇上帝龙位？他自幼修持，苦历过一千七百五十劫。每劫该十二万九千六百年。你算，他该多少年数，方能享受此无极大道？你那个初世为人的畜生，如何出此大言！……切莫胡说！但恐遭了毒手，性命顷刻而休，可惜了你的本来面目！"

前面几句，不仅说得灵霄殿内的玉帝舒服，也让我们明白了玉帝的来路，人家坐在那儿，也是自己经历无数劫难修来的。但最后一句，也道出了玉帝的真面目：玉帝并不是一贯的无作无为，没点本事，没点毒手，也管束不了那些天兵天将。只是此时他未出手罢了，一旦出手，你的小命"顷刻而休"！"可惜了你的本来面目！"这句，倒也是佛祖此刻的真心：悟空的本来面目还是非常好的，这"天地"生成的精灵也是人见人爱、佛见佛喜的，所以这时已显露了佛祖要留悟空一命的意思。

佛祖道："你除了生长变化之法，再有何能，敢占天宫胜境？"大圣道："我的手段多哩！我有七十二般变化，万劫不老长生；会驾筋斗云，一纵十万八千里。如何坐不得天位？"

仅这一句，佛祖便看出了悟空的天真与幼稚，就这些手段，怎能坐得天位？坐天位，要的可不是这些手段！几千年的帝王史，哪个皇帝用得着这些手段？

于是，就出现我们都知道的那一幕，佛祖跟悟空打了个赌：

佛祖道："我与你打个赌赛：你若有本事，一筋斗打出我这右手掌中，算你赢，再不用动刀兵苦争战，就请玉帝到西方居住，把天宫让你；若不能打出手掌，你还下界为妖，再修几劫，却来争吵。"

这个赌，怎么算悟空都不亏，要么坐天庭，要么继续为妖，悟空认了。但他还得确认一下。

那大圣闻言，暗笑道："这如来十分好呆！我老孙一筋斗去十万八千里。他那手掌，方圆不满一尺，如何跳不出去？"急发声道："既如此说，你可做得主张？"佛祖道："做得！做得！"

于是，悟空一筋斗去十万八千里，忽见有五根肉红柱子，撑着一股青气。他道："此间乃尽头路了。这番回去，如来作证，灵霄宫定是我坐也。"又思量说："且住！等我留下些记号，方好与如来说话。"拔下一根毫毛，吹口仙气，叫"变！"变作一管浓墨双毫笔，在那中间柱子上写一行大字云："齐天大圣，到此一游。"写毕，收了毫毛。

中，是修道之本。

又不庄尊，却在第一根柱子根下，撒了一泡猴尿。

第一根柱子，意味着要重新开始。但为何此时猴儿要撒泡尿呢？是动物的习性驱使他做记号吗？有可能。但前面已经写了"齐天大圣，到此一游"了啊。其实，尿，也是丹家之秘药，再说，道家也有"道在屎溺"的说法，所以，在"天的尽头"撒泡尿也是悟空心性通透的一个表现，无非是留下真种子而已。只不过，这种行为在佛祖的眼里是悟空蔑视权威的幼稚表现，前边是悟空说的话幼稚，此时是悟空的行为幼稚，还是先磨炼磨炼他吧。所以此回题目是"五行山下定心猿"，即五行山前是"猴"，猴幼而猿老，猴动而猿静，不过翻掌之间，格局大变。

于是，佛祖翻掌一扑，把这猴王推出西天门外，将五指化作金、木、水、火、土五座联山，唤名"五行山"，轻轻的把他压住。

"轻轻"二字，已见慈悲。

安天大会为哪般？

那边把悟空压在五行山下，这边如来佛祖就带阿傩、迦叶返回西方极乐世界了。这时，发生了一件有趣的事：天庭开了个"安天大会"。

时有天蓬、天佑急出灵霄宝殿道："请如来少待，我主大驾来也。"这天蓬就是后来的猪八戒。

原来，这佛祖还未与玉帝打过照面，如此说来，就是如来和悟空仿佛在灵霄门外演了一出大戏：如来为玉帝说了那么多好话，还帮他解决了悟空这个大麻烦；而玉帝在灵霄门里，始终像个窥视者，把这一切尽收眼底。如来处理得如此周全，又不邀功，干完事转身就走，哪儿像自己亲外甥又邀功又请赏的。这让玉帝顿感欠了如来天大的人情，从此时起，玉帝便开始被动，为后来西天取经一事埋下了伏笔。

佛祖闻言，回首瞻仰。……直至佛前谢曰："多蒙大法收殄妖邪，望如来少停一日，请诸仙做一会筵奉谢。"如来不敢违悖，即合掌谢道："老僧承大天尊宣命来此，有何法力？还是天尊与众神洪福，敢劳致谢？"——如来这真是太会说话了，干了大事，又不抢功，还将功劳归于天尊与众神，太给面子了。

玉帝传旨，即着雷部众神，分头请三清、四御、五老、六司、七元、八极、九曜、十都、千真万圣，来此赴会，同谢佛恩。——一个"请"字，说明此时这些人都躲在暗处，没有出头。

又命四大天师、九天仙女，大开玉京金阙、太玄宝宫、洞阳玉馆，请如来高坐七宝灵台。调设各班座位，安排龙肝凤髓，玉液蟠桃。

这几乎是全体出动了。表面上是吃吃喝喝，但别忘了其中还有"调设各班座位"的事。对玉帝来说，平衡各路、保障王权是最重要的，玉帝通过悟空事件，试探了道门与佛门，就好比原先有了左膀，现在又有了右臂。本来想看看这左膀右臂如何明争暗斗，没承想他们在悟空这件事上早就暗中各怀心事了。

一时间，三清等众神向佛前拜献曰："感如来无量法力，收伏妖猴。蒙大天尊设宴呼唤，我等皆来陈谢。请如来将此会立一名，如何？"如来领众神之托曰："今欲立名，可作个'安天大会'。"各仙老异口同声，俱道："好个'安天大会'！好个'安天大会'！"

这"安天大会"之名果然好，不言佛、不言道，只安天，这让玉帝舒服极了，佛与道从此不争不打了，咱们只"安天"。

在收伏悟空这件事上，道门贡献了蟠桃、仙丹、炼丹炉等，都是顶级的东西，难道道门不知用"五行山"来压制悟空吗？这阴阳五行可是道门的看家本领啊！最后倒让不讲"五行之说"的佛门用了，这显然是大家都"揣着明白装糊涂"，各怀心事罢了。面对如此之大局，咱老百姓就是"蒙"，总跟着瞎起哄、看的不过是热闹罢了。

所以，作为百姓的悟空后来也说自己这通乱闹是"被骗了"，打是打了个寂寞，但"命"炼成了。

诸仙献礼为哪般？

后面就是众神仙给如来献礼，且看王母娘娘引一班仙子、仙娥、美姬、毛女飘飘荡荡舞向佛前，献上净手亲摘大株蟠桃数枚。这王母娘娘是道教至高无上的女神，因所居昆仑丘于汉中原为西，故称西王母。《山海经》里说她"其状如人，豹尾虎齿而善啸，蓬发戴胜，是司天之厉及五残"。原本她的丈夫是东王公，与西王母这名字也般配，唐代以后，玉帝的传说出现后，这王母娘娘就成了天庭第一大女主了。

之后，又有南极寿星献上紫芝瑶草，碧藕金丹。然后，赤脚大仙又献上交梨二颗、火枣数枚。这又是什么东西呢？据说交梨、火枣乃腾飞之药，虽然不比金丹，却也可以免饥渴，并通晓过去之事。大概因为梨乃春花秋熟，外苍内白，有金木交互之义，故曰交梨。枣，味甘而色赤为阳，因此叫火枣。

王母娘娘的蟠桃，寿星的金丹，赤脚大仙的交梨、火枣，都是道门求长寿不老、长生不死的东西，跟佛门追求解脱轮回，最终达到涅槃的理念，全然不符。这其中是叫板还是暗讽，不得而知。但道门的意识渗透是无疑的。长老们这么做，却也更加强了佛祖要在东方传教的意志。佛祖笑呵呵地叫阿傩、迦叶将各所献之物一一收起。

此时如来也明白了一件事：收悟空时，道门都不出面，摆明了是故意把这机会让给了自己。你看，是你把他压在五行山下的，所以你的取经计划暂时无法成行了吧！这会儿又欢天喜地送上各种好吃的，表面上对佛祖恭敬有加，其实是道门在这一轮上占了上风。如来只好另做打算。

如来辞别了玉帝和众神后，又发一个慈悲心，念动真言咒语，将五行山召一尊土地神祇，会同五方揭谛，居住此山监押。但他饥时，与他铁丸子吃；渴时，与他溶化的铜汁饮。待他灾愆满日，自有人救他。

前文说过，因为悟空在太上老君的炼丹炉里炼过，炼丹就需要铁和铜，悟空可以用学会的三昧真火把吃下去的铁丸子和铜汁炼化吸收。如此看来，如来对道门的各种门道真是门清。而且，佛祖这个慈悲心也意味深长，为未来安排取经事宜留下伏笔。

如来留下悟空这个麻烦，就是要从长计议。从前七回看，佛道两家都没想真正把悟空弄死，都想利用他来展现自己的法力。拥有自由的灵魂和狂野的心的悟空，最终还是要在五百年的"高压"下好好想想这前前后后及未来的事了。所以，这一回的"五行山下定心猿"，心如猿，意如马，都是上蹿下跳的东西，该定一定了。

那悟空到底是道门的，还是佛门的呢？按小说言，悟空是用道门修炼的功夫，一路护佑了唐僧西天取经。所以，他第一个师父菩提祖师所做的一切就令人生疑——悟空的修炼和闹腾都无非是为了以后的使命。无论如何，悟空经过太上老君炼丹炉的煅烧，已经完成了"修命"阶段，下一步就是要"修性"了。

也就是说，从这一刻起，悟空的生命开始转弯。

第八回　我佛造经传极乐　观音奉旨上长安

为什么办"盂兰盆会"？

咱们进入第八回"我佛造经传极乐 观音奉旨上长安"。

话表如来让阿傩在五行山上压了"唵、嘛、呢、叭、咪、吽"的帖子，就辞别了玉帝，回至雷音宝刹，见到三千诸佛、五百阿罗、八大金刚、无边菩萨，先是发表了一番感言。如来对众道："我以甚深般若，遍观三界。根本性原，毕竟寂灭。同虚空相，一无所有。殄伏乖猴，是事莫识。名生死始，法相如是。"看来收伏悟空一事，对如来颇有触动，他说，这事没人能看清楚（是事莫识），有与无、生与死、开始与结束，自有法相。说完这话，见下面的人也没人追问，此事只好未来再说。所有的佛经，都是有问有答，可此时诸位菩萨都没追问，看来大家都觉得没到该问的时候，所以佛祖只能暂且放下。

话说烟霞缥缈随来往，寒暑无侵不记年。敢情人间已过了五百年，佛祖又旧事重提（重提旧事，看来念念不忘，必有回响），对众人说："自伏乖猿安天之后，我处不知年月，料凡间有半千年矣，今值孟秋望日。我有一宝盆，盆中具设百样奇花、千般异果等物，与汝等享此'盂兰盆会',如何?"这"盂兰盆会"跟悟空又有什么关联呢?

盂兰盆会,指中元节,每年农历七月十五日举办。按阴历一年十二月划分,上元节在正月十五;七月正在一年之中,为中元节;十月十五为下元节。古人认为上元是天官赐福日,中元为地官赦罪日,下元为水官解厄日。按日月会辰,七月为"申"月,属于阳气盛极,阴气暗生之月,阴气即杀气、鬼气,所以中元节又称"鬼节"。

看来,如来是要拯救悟空之难,悟空已服法五百多年,该让他改过自新了。见如来想如此大办盂兰盆会,众菩萨就请如来明示根本,指解源流。那如来微开善口,敷演大法,宣扬正果,讲的是三乘妙典,五蕴《楞严》。但见那天龙围绕,花雨缤纷。

最后,如来对众言:"我观四大部洲,众生善恶,各方不一:东胜神洲者,敬天礼地,心爽气平;北俱芦洲者,虽好亲生,只因糊口,性拙情流,无多作践;我西牛贺洲者,不贪不杀,养气潜灵,虽无上真,人人固寿;但那南赡部洲者,贪淫乐祸,多杀多争,正所谓口舌凶场,是非恶海。我今有三藏真经,可以劝人为善。"

关于这四大部洲,大家别太执着于具体某地。佛教认为四大洲是在须弥山周围咸海中的四个地方,此说具体见《长阿含经》,以土地形状和身形及寿命的区别来说事:土,代表法;身长,代表造作诸业之能力;寿命,代表福报的多少。比如:

东胜神洲[①],在须弥山东。因此洲人身形殊胜而得名胜身。土地极广、极大、极妙,形如半月。人面亦如半月,人身长八肘,人寿二百五十岁。花果山就属于东胜神洲,孙悟空就是这个洲产生的精灵。太白金星可以自由地来往此地见孙悟空,可见此地与天庭有关联。

北俱芦洲,在须弥山北。以其土胜三洲而得名。其土正方,犹如

---

① 也作东胜身洲。

池沼。人面亦像地形,人身长三十二肘,人寿一千岁,命无中夭。因为此地人太长寿,所以沉迷享乐,无修行之心。

西牛贺洲①,在须弥山西。为彼多牛,以牛为货,故名牛货。其土形如满月,人面亦如满月,人身长十六肘,人寿五百岁。佛言其多牛、多马、多珠玉。因为是如来的地盘,所以如来说此地不贪不杀,养气潜灵,不修道法,也长寿。而菩提祖师的灵台方寸山、斜月三星洞应该就是西牛贺洲之"心"。

南赡部洲,梵语称阎浮提洲,在须弥山南。其土南狭北广,形如车厢。人面亦像地形,人身多长三肘半,人寿百岁,中夭者多。

所以南赡部洲指的就是地球,也指我们所在的人世间。生活于此洲的人类在生态环境、福报、寿命等方面,都不及其他三洲。虽然如来说这里贪淫乐祸,多杀多争,正所谓口舌凶场,是非恶海,但《长阿含经》言:"阎浮提人有三事胜拘耶尼人。何等为三?一者,勇猛强记,能造业行;二者,勇猛强记,勤修梵行;三者,勇猛强记,佛出其土",就是说此洲因为苦难深重,所以洲上的人还是愿意有所追求的。

如来提前准备了什么?

回到小说。

诸菩萨闻言,合掌皈依,向佛前问曰:"如来有哪三藏真经?"如来曰:"我有《法》一藏,谈天;《论》一藏,说地;《经》一藏,度鬼(此处,鬼就是指人)。三藏共计三十五部,该

---

① 也作西牛货洲。

一万五千一百四十四卷,乃是修真之经,正善之门。我待要送上东土(这也算礼尚往来吧,当年王母娘娘等送蟠桃,五百年后佛祖要送三藏了,只是这个得自取。)……怎么得一个有法力的,去东土寻一个善信,教他苦历千山,询经万水,到我处求取真经,永传东土,劝化众生,却乃是个山大的福缘,海深的善庆。谁肯去走一遭来?"

这时,静观密察之神——观音菩萨,行近莲台,礼佛三匝,道:"弟子不才,愿上东土寻一个取经人来也。"

这件大工程,终于摆上日程了。

如来见了,心中大喜,道:"别个是也去不得,须是观音尊者,神通广大,方可去得。"

菩萨道:"弟子此去东土,有甚言语吩咐?"

如来道:"这一去,要踏看路道,不许在霄汉中行(就是要脚踏实地),须是要半云半雾;目过山水,谨记程途远近之数,叮咛那取经人。但恐善信难行,我与你五件宝贝。"即命阿傩、迦叶,取出锦襕袈裟一领,九环锡杖一根,对菩萨言曰:"这袈裟、锡杖,可与那取经人亲用。若肯坚心来此,穿我的袈裟,免堕轮回;持我的锡杖,不遭毒害。"

所谓"锦襕袈裟一领",锦襕,乃五彩,取之五行之意,有五行攒簇,则有根本;一领,指五行归一,所以"穿我的袈裟,免堕轮回"。"九环锡杖一根",九环,纯阳无阴,刀兵不入,锡杖为金类,刚柔兼济,所以"持我的锡杖,不遭毒害"。因此有人说:袈裟为体,锡杖为用。

然后如来又取三个"紧箍儿",递与观音菩萨的同时教了"金紧禁"的咒语三篇。紧,绵绵不绝,《紧箍儿咒》又曰《定心真言》,猴子为"心猿",心真则定,念头坚固,故用于悟空。禁,则禁贪,后用于黑熊。金,刚决果断,后用于善财。此是后话。

可见如来洞观一切,早就准备下这些东西,就等着五百年后这一天呢!如来又说:"假若路上撞见神通广大的妖魔。你须是劝他学好,跟那取经人做个徒弟。他若不伏使唤，可将此箍儿与他戴在头上，自然见肉生根。各依所用的咒语念一念，眼胀头痛，脑门皆裂，管教他入我门来。"

这里面有句话让人细思极恐，就是要收"神通广大的妖魔"来做取经人的徒弟。于是，下文就出现了沙悟净、猪悟能、孙悟空，我们来看一下他们是何等妖魔。

为何第一个度沙僧？

接受了任务后，观音菩萨领着惠岸就向东出发了。师徒二人正走间，忽然见弱水三千，乃是流沙河界。菩萨道："徒弟呀，此处却是难行。取经人浊骨凡胎，如何得渡？"看来渡流沙河是取经路上的重要开端。

此时，河中泼剌一声响亮，水波里跳出一个妖魔来，十分丑恶。他生得蓝面獠牙，赤须红发，手执一根宝杖，上岸就跟惠岸厮打。然后被木叉揪了去见观音。

这妖怪的一段身世告白令人惊心：

第一，他是玉帝的贴身侍卫：卷帘大将。"帘"可以分隔内外，能卷帘，则不分内外，是玉帝的心腹。

第二，在蟠桃会上，失手打碎了玻璃盏，由此被玉帝打了八百下，贬下界来。

第三，每隔七天，有飞剑来穿他胸胁百余下，痛苦万分。

第四，差不多每隔三天，吃个行人。最后，他又爆了个大料：他还吃了九个取经人。这流沙河有一个特性：八百流沙界，三千弱水深。鹅毛漂不起，芦花定底沉。再轻的东西落到这河里都会沉底，只有那九个取经人的骷髅浮在水面，不沉底，于是他就用绳把九个骷髅穿起来，没事拿来玩一玩。

这这这，到底是怎么回事？

原来这沙僧是玉帝的人，还专门驻守流沙河吃渡河之人，这不由让人细思极恐。玉帝难道一直在阻拦取经一事吗？

玉帝关注的是权力的平衡，但并不想让意识形态出现大的混乱。大家也都知道达摩祖师东渡见到梁武帝后的遭遇，最后只好"一苇渡江"，在北方苦修九年。所以任何意识形态的渗透都不是一件容易的事。看来如来在安天大会后五百年才具体操办取经一事，也是有原因的。这五百年间明争暗斗是一直没停止啊。只要悟空还压在五行山下，这事就成不了。在此之前，曾有过九个取经人都在流沙河被沙僧灭掉。幸亏这九人还是有修行功底的，所以他们的骷髅不会沉入河底。看来，但凡是取经人，都过不了沙僧这一关，所以菩萨要先收沙僧。

看过电视剧的人，都觉得沙僧在取经队伍里有点可有可无，是个边缘人。他最常说的几句话就是："大师兄，师父被妖怪捉走了！""二师兄，师父被妖怪捉走了！""大师兄，师父和二师兄被妖怪捉走了！"其实，在书里，他没说过这些话。

按理说，沙僧是天庭的禁卫军头领，功夫自然不差。但这种人最大的特点还是要忠心、忠心再忠心。所谓"卷帘"，就是贴身护卫，玉帝的隐私他无所不知，所以还得嘴严、嘴严再嘴严。这种人不能有个人意志，必须听话、懂规矩。因此，沙僧能独守荒蛮几百年，忠于使命，无论怎么被残害也不悔。所以，他必须是要被菩萨收收伏的第一个人，否则取经之事就没有结果。

有人说，为什么佛祖不灭掉他呢？灭不掉啊。他是玉帝的人，正所谓：我的孩子我可以打，但你不能打！再说了，那流沙河无比凶险，终归要有个摆渡人。所以，就算他是玉帝的卧底，与其打死他，不如利用他。

还有一事让人不明,他不过是打碎了蟠桃会上的玻璃盏,玉帝也揍过他了,也罚他下界了,怎么还有"七日一次,飞剑穿胸胁百余下"这种惩罚呢?在我看来,这恐怕是沙僧的自我惩罚。像他这种脑子固执的人,最怕被主子抛弃,平日可以混沌着过,可一到七日来复,阳气一起,就有飞剑来穿胸胁,痛苦万分。如此漫无尽头的折磨,让他既愤怒又冷漠,可以虐杀无数,又安心把玩取经人的头颅,所以,《西游记》里说他面色青黑、晦暗,其实也是他内心的晦暗吧。他永远想不清楚的是:为什么他如此忠心耿耿,还要遭此荼毒?但即便这样,他依旧忠心耿耿。

《西游记》里的人物形象都是栩栩如生的,悟空活泼率真,八戒憨厚狡黠,而沙僧明明有本事却被认为既老实又无能,实际上,沙僧这种人在团队里才是深不可测的高人。他属于早已训练有素的"体制"内的人,日后在取经团队里,他把一切看得明明白白,绝对不多事、不揽事,也绝对不让自己的利益受损。所以,在我看来,他就是忠心耿耿又了无情趣之人罢了。

菩萨道:"你在天有罪,既贬下来,今又这等伤生,正所谓罪上加罪。我今领了佛旨,上东土寻取经人。你何不入我门来,皈依善果,跟那取经人做个徒弟,上西天拜佛求经?我叫飞剑不来穿你。那时节功成免罪,复你本职,心下如何?"

若论谁是看透人心的高手,那肯定非菩萨莫属。看菩萨这几句话说的,句句打了沙僧的腰:第一,你是罪人,而且现在罪上加罪。其实,悟空、八戒、沙僧都是罪人,但悟空不认为自己有罪,八戒不在乎自己有罪,只有沙僧认为自己真有罪,并认为自己罪孽深重。其实,他的罪最轻,不就是打碎个玻璃盏嘛。但打碎玻璃盏这事,正显示的是他的"无明"。第二,你若入了佛门,我便不叫飞剑来穿你。这就彻底解决了沙僧内心的苦痛。第三,功成免罪,复你本职。官复本职可是沙僧的最大心愿，所以他马上皈依了菩萨。虽然他仍念念不忘旧主子，但一定要认下新主子，况且新主子还能让他回到旧主子身边。有此等好事，何乐而不为？

所以这时他最大的担心就是："但恐取经人不得到此，却不是反误了我的前程也？"也就是，取不取经不重要，别误了我"官复原职"的前程。菩萨赶紧安慰他，说："岂有不到之理？你可将骷髅儿挂在头顶下，等候取经人，自有用处。"就此给他摩顶受戒，指沙为姓，就姓了沙；起个法名，叫做个沙悟净。从此沙僧洗心涤虑，再不杀生。

以上是沙僧初见，下面是八戒初识。

八戒是什么来路？

菩萨与木叉继续东行，至福陵山时，又遇到一个妖魔挡道。这妖怪生得又甚凶险：卷脏莲蓬吊搭嘴，耳如蒲扇显金睛。獠牙锋利如钢锉，长嘴张开似火盆。……手执钉钯龙探爪，腰挎弯弓月半轮。木叉又与这妖魔大战一番。

他两个正杀到好处，观世音在半空中抛下莲花，隔开钯杖。怪物见了心惊，便问："你是那里和尚，敢弄甚么眼前花儿哄我？"八戒这一开口就逗人笑。

然后就是一番自我介绍："我不是野豕，亦不是老彘，我本是天河里天蓬元帅。只因带酒戏弄嫦娥，玉帝把我打了二千锤，贬下尘凡。一灵真性，径来夺舍投胎，不期错了道路，投在个母猪胎里，变得这般模样。是我咬杀猪母，可死群彘，在此处占了山场，吃人度日。"

敢情又是个杀母吃人的妖魔，而且原来是"体制"内的天蓬元帅。前面的"卷帘"主内守，这"天蓬"主放荡，自然与沙僧性格大异，沙僧还有个人样，这亥猪就看不得了。他接着说："山中有一洞，叫做云栈洞。洞里原有个卯二姐。他见我有些武艺，招我做个家长，又唤作'倒蹅门[①]'。不上一年，他死了，将一洞的家当尽归我受用。"

这"倒插门"又把人逗笑了。八戒的语言风格真是生动活泼。这八戒就是"倒插门"的命，后来到了高老庄还是"倒插门"。

原来这猪曾是统领天庭十万水军的天蓬元帅。所谓"蓬"就是漂泊不定啊。而且贪吃、贪女色。按理说醉酒后调戏了嫦娥，并无实际犯罪，却被玉帝打了两千锤（真是扛揍啊），罚下天界。这倒不是玉帝和嫦娥有什么关联，而是嫦娥背后是太阴真君，在天界谱系中，凡是"太"字辈的都不好惹，太上老君、太白金星等都属于元老派，安天大会玉帝为什么请元老们到场，也无非是告诉元老们，我有新力量加持了，你们看着办。但天蓬元帅动元老们的蛋糕，玉帝还是要惩戒一下，给元老们面子的。其实，就连豪气冲天的孙悟空花果山的团队里也有元老，就是那四只通臂老猿。

再者，明代有两个组织比较强大，一个是锦衣卫，一个是水师，比如当时有郑和下西洋。偏偏小说中天庭这两个部门的头领都受了惩罚，恐怕也是影射现实吧。看来作者吴承恩虽在世外，看得却比世内之人清楚。

咱们回到小说。小说就是小说，也不必以阴谋论去揣测小说的各种影射了。

菩萨用说服沙僧的路数来收八戒，道："你既上界违法，今又不改凶心，伤生造孽，却不是二罪俱罚？"人，一旦先设定有罪，一生就被钳制了，就得乖乖服管、好好赎罪。

可没想到八戒的反应是这样的："若依你，教我嗑风！常言道：'依

[①] 即倒插门，也称入赘。

着官法打杀,依着佛法饿杀。'(就是我这种人,按照官法就要被打死,按照佛法守戒就要被饿死)去也!去也!还不如捉个行人,肥腻腻的吃他家娘!管甚么二罪三罪,千罪万罪!"——看,八戒是活得既没有罪恶感,也没有羞耻感,话说得利索,性格也比沙僧通透。

菩萨只好又从他这个"好吃"入手劝诫:"'人有善愿,天必从之。'汝若肯归依正果,自有养身之处。世有五谷,尽能济饥,为何吃人度日?"菩萨这是说饿了吃五谷杂粮一样可以填饱肚子,何必要吃人呢?其实这个劝说对八戒也有点苍白无力。

后面我们会讲菩萨为什么要收八戒进取经队伍。

我估计此时八戒答应了菩萨,只不过是因为对方是菩萨,八戒为人随和,面儿是一定要给对方的。

八戒说:"我欲从正,奈何'获罪于天,无所祷也'!"即,谁不想改邪归正啊,只是我是从天获罪,没地方说理去!于是菩萨道:"你只要跟取经人做个徒弟,往西天走一遭来,将功折罪,管教你脱离灾瘴。"八戒倒也痛快,直接喊"愿意"。于是菩萨又给他摩顶受戒,指身为姓,就姓了猪,替他起个法名,就叫做猪悟能。

这里说,八戒被菩萨收伏后就开始持斋把素了。后来一见唐僧,求唐僧的第一件事儿就是动动"荤",因为师父比菩萨好说话。八戒说:"师父,我受了菩萨戒行,断了五荤三厌,在我丈人家持斋把素,更不曾动荤;今日见了师父,我开了斋罢。"三藏道:"不可!不可!你既是不吃五荤三厌,我再与你起个别名,唤为八戒。"那呆子欢欢喜喜道:"谨遵师命。"因此又叫做猪八戒。

佛家以大蒜、小蒜、兴渠、慈葱、茖葱为五荤。道教把雁、狗、乌龟作为不能吃的三种动物,列为教条。认为"雁有夫妇之伦,狗有护主之谊,乌龟有君臣忠敬之心,故不忍食"。以上是从吃食上论,其实,佛教的"八戒"实际另有所指:不杀生,不偷盗,不淫欲,不妄语，不饮酒，不眠坐高广华丽床座，不装饰打扮及观听歌舞，正午过后不食。以上无论哪一条，对八戒都是考验。

这时，已看到猪八戒的好几个名号：天蓬元帅、妖怪、法名猪悟能、诨名八戒、外号呆子。关于名字的解读，我们之后会讲。

菩萨与木叉继续前行，又遇到一条玉龙叫唤求救。那龙说自己是西海龙王敖闰之子。因纵火烧了殿上明珠，他父王不仅不护着孩子，反倒把他告上天庭，玉帝把他吊在空中，打了三百下，说要杀了他。

观音闻言，便马上前往天庭。事已至此，必须跟玉帝说个明白了，取经之事不能再藏着掖着了。

见到玉帝，菩萨上前礼毕，道："贫僧领佛旨上东土寻取经人，路遇孽龙悬吊，特来启奏，饶他性命，赐与贫僧，教他与取经人做个脚力。"菩萨是打着佛祖旗号来的，而玉帝五百年前求过佛祖替他解围，既然此时菩萨明说了，玉帝便不好驳逆。由此，取经这件事已摆上明面，玉帝也就只好把这条小龙送给菩萨。

于是，菩萨把小龙送到深涧之中，只等取经人来，变成白马，上西方立功。在《易经》里，龙就是马，乾乾奋进、自强不息。

这时，就差大主角孙悟空了。

菩萨怎么收悟空？

菩萨带木叉又奔东土。行不多时，忽见金光万道，瑞气千条。木叉道："师父，那放光之处，乃是五行山了，见有如来的压帖在那里。"前面流沙河是茫茫漠漠、黄云日暗；八戒的福陵山恶气遮漫、狂风乱起；唯有悟空的五行山最祥瑞了。

师徒们正说话处，早惊动了那大圣。大圣在山根下，高叫道："是那个在山上吟诗，揭我的短哩？"菩萨闻言，径下山来寻着。只见那石崖之下，有土地、山神、监押大圣的天将，都来拜接了菩萨，引至那大圣面前。看时，他原来压于石匣之中，口能言，身不能动。菩萨道："姓孙的，你认得我么？"大圣睁开火眼金睛，点着头儿高叫道；"我怎么不认得你。你好的是那南海普陀落伽山救苦救难大慈大悲南无观世音菩萨。承看顾！承看顾！我在此度日如年，更无一个相知的来看我一看。你从那里来也？"有那么多人监押着，谁敢来啊！

菩萨道："我奉佛旨，上东土寻取经人去，从此经过，特留残步看你。"这里菩萨说了，是特意来看悟空。为什么道门、佛门都看上悟空了呢？因为悟空真、纯、净，没有前生，也没有后世，属于"天选之人"。

大圣道："如来哄了我，把我压在此山，五百余年了，不能展挣。万望菩萨方便一二，救我老孙一救！"为什么悟空说如来哄了他呢？因为如来当初跟他打赌时说：赢了，就取代玉帝；输了，就下界为妖。可如来没有履行诺言，反手一个神掌将悟空压在五行山下五百年，剥夺了悟空最为珍惜的自由。

菩萨道；"你这厮罪业弥深，救你出来，恐你又生祸害，反为不美。"菩萨依旧用罪业劝说悟空，说若是救你，你再惹祸怎么办？悟空没理会罪业说，再大的罪业，五百年也消得差不多了，而是直接请菩萨指条门路，情愿修行，这就是悟空的明白之处，过去闹也闹到极致了，总得走条新路了，所以书中紧接着出现一句诗：人心生一念，天地尽皆知。善恶若无报，乾坤必有私。菩萨对这句的解释是：出其言善，则千里之外应之；出其言不善，则千里之外违之。即心念若广大，天地一定知晓，正念、正愿一起，必有善报，一切正能量都会向你聚拢；若是恶念私心，哪怕是千里之外，也会恶报显现，负能量越聚越多，人必然没了未来。这些话我们一定要牢记啊，人生全在一念，保持善念，人就安宁踏实，就会越过越好。

菩萨听闻悟空立志修道，满心欢喜，果然当年没看错悟空。

菩萨对大圣道："你既有此心，待我到了东土大唐国寻一个取经的人来，教他救你。你可跟他做个徒弟，秉教伽持，入我佛门，再修正果，如何？"大圣声声道："愿去！愿去！"

你看，沙僧、八戒，都要菩萨许诺点什么才肯入佛门，许诺沙僧可以官复原职，许诺八戒可以吃到更好的；而悟空则不是，悟空的起心动念很正，就是要走新路，要继续修行。所以结尾处说：那大圣见性明心归佛教。

就此，菩萨彻底放下心来，道："既有善果，我与你起个法名。"大圣道："我已有名了，叫做孙悟空。"因为他的法名正与悟能、悟净相合，所以菩萨十分开心，说："甚好，甚好！"

尽管还没找到取经人，但所有的准备工作都做好了，看来此次取经势在必得。

法名里有什么秘密？

大家不觉得奇怪吗？菩萨每收一妖，第一件事是先起个法名。法名就是摆脱俗名，由改"名"而改"命"。

比如对沙僧，菩萨先是指"沙"为姓，姓，"性"也。沙，水散石也，所以为"土"。真土本净，沙僧因打破玻璃盏而获罪，就是失去了光明，真土由此而变为假土，所以成了流沙，离开流沙河，进入取经队伍，就又恢复其真土的本性，所以他也是取经队伍里最坚定的。因为只要不坚定，他就又变成流沙，孤苦无依、心神不宁，过那吃人的妖魔生活。

为什么法名为"悟净"呢？其实书里已经写清楚了，但我们没认真看。菩萨收了沙僧后，说沙僧从此洗心涤虑，再不伤生。"洗心涤虑"为"净"。土，在身体对应脾，脾神为"意"，思虑最伤脾，而"火生土"，心火与脾土又是核心关联，所以沙僧进入佛门后要时时刻刻修"洗心""涤虑"，如此方能成器。

我们凡人取名字，大多求个五行和合，以及数理的和合。但法名不求这些，法名一般要根据你的问题或你要追求的目标而起。

再比如八戒指身为姓，姓猪，猪为亥水，有阴柔之性，水性散漫，得"酒"之阴，则酒后戏嫦娥，被贬后，更是坠入食色之性，做妖吃人。菩萨为其起法名"悟能"，何为"能"？菩萨收了八戒后，用了一个词：持斋把素，所以对八戒而言，持斋把素为"能"。这就是让八戒去食色之性，恢复其良能。

悟空的法名在前面解释过了，孙，取其绵绵不绝之阳气和他的"赤子之心"；而"空"，本代表意念及天性之空灵，又是菩提祖师起的这名，菩提代表"心"门，"心"之本意也是空灵。但菩萨认可悟空之名，在于"见性明心"四个字，"见性明心"才是"空"的良能。

哎呀！由此看，作者是个高人，所有的答案早放在字里行间，只是我们糊涂、眼瞎，看不见、悟不出。

最后讲一下，为什么都从了"悟"字辈呢？

《说文解字》："悟，觉也。从心吾声。"咱们说一下"悟"字吧。看到悟字的古文（㥱），真是感叹古人造字的精妙，两个"五"、一个"心"。五，就是阴阳相逆，所以"悟"就是不断地自我否定、否定再否定，不断地在心里自我抗争，最后的"觉醒"才是"悟"！《困知记》："无所觉之谓迷，有所觉之谓悟。"必须自己折腾够了才有"悟"！中国字，确实赶不上西方字母好记、好学，但它是哲学啊，从汉字看中国人的思维方式，每个字里都暗含九曲，玩味不尽。"学者，觉悟也，事其事则日就于觉悟也。"也是，不干事怎么能觉悟呢？！

为什么还要有"混名"?

上一节讲到,觉悟从"干事"里来,不是静坐瞎想就能觉悟的。所以,悟空要干的事是:见性明心;悟能要干的事是:持斋把素;悟净要干的事是:洗心涤虑。

有人说:六祖慧能不是顿悟的吗?错,他也是从砍柴、舂米中顿悟出来的。砍柴,是日日生发;舂米,是日日累积资粮。说他顿悟,只是觉得他不识字却有如此高的见地,这恰恰说明:读书识字可能是觉悟的障碍,难以直指人心。

大家就算没读过《西游记》,肯定也看过电视剧,知道里面师徒四人几乎每一个人都有四五个名号,有俗名、法名、混名、自号、外号、道名等。名号最多的就是悟空,最初叫"石猴",得了水帘洞后,将"石"字隐去,称"美猴王",这便有点忘了本性了。后来又号"齐天大圣"。想悟道时,被菩提祖师取了法名"孙悟空",这个名号是悟空最喜欢和念念不忘的,见着菩萨跟菩萨说,见着唐僧跟唐僧说,一是悟空有情有义,心中一直不忘菩提祖师;二是大丈夫气节所致:行不改名坐不改姓,任凭谁来都没用。

不仅菩萨一见他们仨要起法名,唐僧见了仨徒弟,也要给他们起名,见他们都有法名后,还不死心,非要每个人再起个"混名",这,又是意欲何为呢?

唐僧初见便要给他起名,悟空说:"不劳师父盛意。我原有个法名,叫做孙悟空。"三藏欢喜道:"……我再与你起个混名,称为行者,好么?"悟空道:"好!好!好!"自此时又称为孙行者。

可见,光"悟空"不行,光"明心见性"还不行,还得"行真"。

就是"有为"是"无为"的根基,如果不明心见性、不行真,就得了个"顽空"。整部小说,都在说悟空的行动力,占山为王是"行",外出求学是"行",大闹天宫是"行",但在这些时光中,都只叫"悟空",不叫"行者"。只有在有了使命、助力唐僧取经、杀敌除魔之后,才叫"行者"。所以,唯有利他、行正道,才是用"有为"悟"无为"之妙意,是真"行者"。

唐僧见到悟能后,见他要开戒,由是给他取混名:八戒。菩萨取法名"悟能",八戒未必懂,但"八戒"这名,简单明确,时时叫着,也能提醒自己。

唐僧收了沙僧后,先是用戒刀与他剃掉了满头红发,他可是三个徒弟里唯一剃度的。三藏见他行礼,真像个和尚家风,故又叫他做沙和尚。因为沙僧一心想着官复原职,日日叫他"和尚",就是时时提醒他已入佛门,要换换脑子了。再说他当卷帘大将前,常年衣钵谨随身,……沿地云游数十遭,可能就当过和尚,所以菩萨收伏沙僧时,许诺他"复你本职",他最后的正果本职是"金身罗汉",就是告诉我们沙僧的本职就是"和尚",而不是什么"卷帘大将"。

总之,唐僧师徒聚齐后,各有二名,法名:玄奘、悟空、悟能、悟净。同时唐僧又号"三藏",以比喻"经、律、论"三藏;悟空又名"行者";悟能又名"八戒";悟净又名"和尚"。

可以说,前面的"法名"为道之"体",就四者的"道体"论,玄,幽远、奥秘;奘,凡人之大谓之奘。

而行道还得有"经、律、论"三藏,即光有三藏还不成,还得行道,还得守戒律,还得清净修。所以,后面的几个"混名"——三藏、行者、八戒、和尚,为道之"用",即要想得道,必须行道。就是三藏要行"三藏",行者要行"明心见性",八戒要行"持斋把素",和尚要行"洗心涤虑"。法名为体,混名为用。法名是使命,混名是完成使命的要素。

"道名"意味着什么？

有了法名，有了混名，还得有道名，要不显现不了三教合一。但这些都不是明说，而是暗指。所以在书中又反复提及：八戒是"木母"，悟空是"金公"，沙僧是"黄婆"，隐喻木金土三合；三藏是"赤子婴儿"，比喻太极本体。三徒喻五行之气的攒簇。三藏收三徒，太极而统五行也；三徒归三藏，五行而成太极也。同时，要以龙马精神（小白龙）保赤子唐僧归太极。其实，这几句，就是《西游记》整部书的修行路径和要旨。

一直跟着我学《内经》的人才能弄明白这些称号。这么说吧，《内经》讲阴阳五行超越了《易经》，而道门讲阴阳五行又超越了《内经》。道门对五行有一种拟人化的说法：肝木叫"木母"，肺金叫"金公"，心火叫"姹女"，肾水叫"婴儿"，脾土叫"黄婆"。于是五行就以一个家庭的方式呈现出来，其中，木母与金公是夫妻，二者相克又反侮，所以悟空和八戒第一次相见，就是扮了夫妻。西行路上，二人既亲密无间，又相生相克，尽显木母金公之本色。木母和金公的和合在于黄婆，姹女（真阴）和婴儿（真阳）的和合也在于黄婆，也就是，"升降金木之轴，道家谓之黄婆"；婴儿姹女之交，也须黄婆为媒。所以，五行之中，黄婆的作用非凡。

从某种意义上说，心肾为体，如如不动、保持天真为妙；肝肺为用，升降开合最妙。而能轮转肝肺的，就是中土之黄婆——脾。所以中国文化重视这个中土，也叫"真土"。而沙僧所在流沙，就是真土，以土之无定来比喻真土之败，又比喻真土之无形。后来沙僧第一次见到取经队伍，自我介绍里的一句"先将婴儿姹女收，后把木母金公放"，就是在强调自己的作用。

后来《西游记》中多次说悟空就是"金公",八戒就是"木母",而斡旋其中的"黄婆"就是沙僧。比如第三十回中写道:意马心猿都失散,金公木母尽凋零。黄婆伤损通分别,道义消疏怎得成!第三十二回"莲花洞木母逢灾",说的就是八戒遇到了银角大王。第四十回"婴儿戏化禅心乱 猿马刀圭木母空",也是在说唐僧和八戒。就是说,悟能是木火一家,东方木为三,南方火为二,是五;悟空是金水一家,西方金为四,北方水为一,是五;悟净,是土,也是五。这就是《悟真篇》所言:"东三南二同成五,北一西方四共之。戊己自居生数五,三家相见结婴儿。"

这就是《西游记》会有师徒四人和白龙马聚集的原因。

先说木母与金公的关系,二者如同夫妻。肺金克肝木,所以他们的关系不是金公克木母,就是木母反侮金公。丈夫管着女人,就是金克木;若木母太强大了,对丈夫的态度就是轻慢,就是天天瞧不起丈夫,成天叨叨兼侮辱,这就叫反侮。这份关系放到《西游记》里,就是一路上悟空和八戒相克反侮、相互斗嘴,而且彼此还谁都离不开谁,夫妻就是夫妻,遇到大事就联手。所以说这种克与侮,既相互抑制,又相互成就,并不见得都是坏事。再者,俗语言"申亥相害",猴为申,猪为亥,就是"猪见婴猴泪长流"。猪懒,猴好动。两者相配好比猪八戒和孙悟空,一路打,一路合。在身体上,亥猪对应三焦,水道出焉;申猴对应膀胱,主气化。从气上论,二者相和,无气化,则水道无法出焉。没有悟空,就没有八戒。

再说"黄婆"。丹道医学称脾为"黄婆",它主持的地盘为"黄庭",所以丹道医学有《黄庭经》。而《黄帝内经》之所以叫"黄帝内经",也有暗指黄帝代表"中央之神"(脾胃)和土德的意思。地球有土,才能与天感应而生万物;人身有脾,心、肝、肺、肾都要通过脾的加持来完成自我功能的实现。一二三四五，代指先天；六七八九十，代指后天。后天的关键不是"六七八九十"，而是"六七八九十"是先天"一二三四五"加"五"。没有这个"五"，没有这个"土"，生命就落在了空处。因此，脾，对于生命，既是后天，又是先天。所以，别看沙僧不言不语，但他是取经队伍里的凝聚力，这个凝聚力也是由他的私意来维系的，没他，这个队伍就散伙了。

《西游记》第四十回用一个故事说了这件事儿。

话说红孩儿掳走了唐僧。行者道："兄弟们，我等自此就该散了！"八戒道："正是，趁早散了，各寻头路，多少是好。那西天路无穷无尽，几时能到得！"沙僧闻言，打了一个失惊，浑身麻木道："师兄，你都说的是那里话。我等因为前生有罪，感蒙观世音菩萨劝化，与我们摩顶受戒，改换法名，皈依佛果，情愿保护唐僧上西方拜佛求经，将功折罪。今日到此，一旦俱休，说出这等各寻头路的话来，可不违了菩萨的善果，坏了自己的德行，惹人耻笑，说我们有始无终也！"

其实这里，孙悟空只是赌气，恨师父不肯听他的。猪八戒只是起哄。沙僧却被吓麻了：散伙，那意味着孙悟空回花果山与徒子徒孙继续快活，猪八戒继续"倒插门"，而他沙僧呢，回那鸟不拉屎的流沙河，隔七天来一次万箭穿胸？！于是，受了刺激的沙僧，一下子口才都被激活了，忽然变得口若悬河，会动之以情，晓之以理。总之，为了自己心中那点原罪，他只求洗心革面，官复原职，所以要誓死保住这个团队，完成取经的任务。所以啊，"听话听音，锣鼓听声"，任何人的话，都要听出他背后的意思。

咱们再深入讲一下悟净、悟能、悟空的名字。

沙僧俗名不知，法名沙悟净，混名和尚，道名黄婆，外号沙僧，最后被佛祖封为金身罗汉。为什么沙僧要洗心涤虑？因为在道名里，沙僧为中土"黄婆"，脾神为"意"，古语说"心猿意马"，普通人的心与意都躁动不安，束之太紧，则有烦燥火炎之患，若想降伏其心，就得暂时将心火南移而藏北水，水火既济，自然念虑不生，这就是洗心退藏。所以，洗心涤虑，用了"洗涤"二字，也就是要行沐浴之功，才能收伏心神与脾意。法名嘛，要么含天命，要么含此生要修正的东西。显然，起名"悟净"，是要沙僧反复净其意、静其虑。为什么最后封为"金身罗汉"？大概是因为土生金，金就是最纯粹的土。

猪八戒俗名猪刚鬣，法名猪悟能，混名猪八戒，道名木母，外号呆子，最后被佛祖封为净坛使者。亥猪代表肾水，肾水代表欲望，执着、沉迷于欲望就是"呆"。修炼的方式就是节欲，克制他的欲望，"持斋把素"就是八戒控制欲望的方法，能悟此"能"，能得此"能"，故称悟能。最后被佛祖封为净坛使者时，八戒不满，大声嚷道："他们都成佛，如何把我做个净坛使者？"如来道："因汝口壮身慵，食肠宽大。盖天下四大部洲，瞻仰吾教者甚多，凡诸佛事，教汝净坛，乃是个有受用的品级。"佛祖只是依据其本性来分封。你不是好吃懒做嘛，那就给你个美差：吃供奉。这确实是个"有受用的品级"。在众人中，猪八戒离神性最远，离人性最近，得人性一个"吃"字，而且还是吃最好的东西，也算好了。

大家可能有点不明白，沙僧只是"登山牵马有功"就封为罗汉，而猪八戒一路要比沙僧辛苦多了，却只封了个净坛使者。其实这个好理解，这就好比在公司团队中，八戒干活儿多，但怨言亦多，一会儿要撒，一会儿怠工，又总想多吃多占，甚至还骚扰女性；而沙僧不言不语，就是想完成任务后官复原职，远离万箭穿胸之苦。二者就在一个"定"与"不定"的差别上，土能定，而水长流，能者多劳而无功，净者少事而得利，这就是职场本相，切记切记！

悟空俗名石猴，法名悟空，混名行者，道名金公，外号美猴王、齐天大圣等，最后被佛祖封为斗战胜佛。其实，佛祖是最看好悟空的，悟空的明心见性也是最符合佛教本意的。佛祖说："喜汝隐恶扬善，在途中炼魔降怪有功，全终全始，加升大职正果，汝为斗战胜佛。"看，佛祖对悟空没有一句贬词，所行，即隐恶扬善、炼魔降怪、全终全始，这就是"行者"本意，功莫大焉！

由此可知："名可名，非常名。"单一个猴儿：俗名石猴，外号美猴王，法名孙悟空，混名行者，道名金公，最后因扶助唐僧取经有功又被佛祖封为斗战胜佛。所以，名虽多，但哪个是你？哪个是假？哪个是真？真值得我们反复思索。悟空这个名，叫道之体。道的本性是什么，道的本性不是空吗？"空"才能生万物，"实"是生不了万物的。产道要不空，孩子都没个"得道处"啊！

而且这"空"，一定是玄空，后面就会讲到。所谓"玄空"，就是特神秘、特玄远。好比胎儿，用俗眼是看不到的，你根本不知道它在里面怎么运化。现如今，我们可以通过B超看到胎儿形体的变化，但那个"灵"、那个"元神"是怎么变化的，我们还是无从得知。

就"名"而论，《西游记》告诉我们，有法名、有混名、有俗名，可我们普通人，通常只有一个大名、一个小名，充其量是个代号或黑暗中的一声回应。而真正的我们，却永远在"名字"之外，像个孤独寂寞而又懵懂的灵魂，不曾思索过"道体"，不知"我是谁"，更不知"我之用"，甚至"胡用""乱用"自己，白白耗费了一生……

至此，观音先帮唐僧收三徒，而成五行攒簇，再有白龙自强不息之脚力，是告诉我们光明白五行之理还不行，还要有行动力，要脚踏实地。而唐僧也要悟其净、悟其能、悟其空，才能取到真经。

历史上的唐僧特别伟大

怎么也该说说唐僧了。

小说里说：唐僧前世是佛祖的二徒弟，名唤金蝉子，如来说："因为汝不听说法，轻慢我之大教，故贬汝之真灵，转生东土。"不听说法，轻慢大教，确实是大罪。

唐僧本名陈祎，小名江流，法名玄奘，号"三藏"，最后被佛祖封为旃檀功德佛。旃檀功德佛是三十五佛之一，在佛经《大宝积经》卷九十"优波离会第二十四"及《佛说决定毗尼经》中有记载。此乃是佛以无碍天眼，遥见无量劫的未来，得知某弟子应在某世界，化度若干众生的一种授记，不是封官。

原先《西游记》在这里有一回，叫"陈光蕊赴任逢灾 江流僧复仇报本"，但现行版本去了这一回，或只作为附录。为什么呢？因为明刊本都没有过多说这段故事，只有朱鼎臣本有简单交代，后清代张书绅《新说西游记》把这一回扩展成第九回。看来《西游记》在流传过程中，总有说书人的填补，而现行版本的第九回还是按原著编辑的，就是"袁守诚妙算无私曲 老龙王拙计犯天条"。我们下回再讲。

这被现行版本作为附录的一回主要讲唐僧的前世今生。如今通行的世德堂本因其有亵渎圣僧的嫌疑索性就弃之不用了。我们简单看一下。

此回开篇就出了一个错，说大唐贞观十三年，唐太宗"传招贤文榜"，唐僧之父陈光蕊赴长安应试。而唐僧应观音之招，赴西方取经的时间也是大唐贞观十三年，最后一回有道唐僧回到大唐，把通关文牒献上，太宗看了，乃贞观一十三年九月望前三日给。太宗笑道："久劳远跋，今已贞观二十七年矣。"（历史上没有贞观二十七年，因为贞观年号止于二十三年）。也就是唐僧是贞观一十三年九月十五的前三日出发的，至贞观二十七年返回长安，一共走了十四年。

而据历史记载，真正的高僧玄奘西行求法，往返共历十七年，行走五万余里，所历"百有三十八国"。历史上真实的唐僧什么样呢？玄奘（602—664，另有其生于600年一说），本姓陈，名祎，洛州缑氏（今河南偃师缑氏镇）人，通称三藏法师，俗称唐僧。他于贞观三年（629，一说贞观元年）二十七岁时出发（这时李世民也才三十一岁），历尽艰险，长途跋涉，到达了印度佛教中心那烂陀寺，在那里受学五年，之后又周游印度。贞观十七年（643），玄奘谢绝了印度众僧的挽留，携带六百五十七部佛经回国。于贞观十九年（645）抵达长安，受到唐太宗的盛情接待。这一年，他已经四十三岁了。

第二年，玄奘口述，弟子辩机执笔的《大唐西域记》问世。该书记叙了玄奘西行之见闻，共十二卷。其中，"亲践者一百一十国，传闻者二十八国"，有疆域、气候、山川、风土、人情、语言、宗教、佛寺，以及大量的历史传说、神话故事等。读《大唐西域记》，别有一番风味，玄奘口才好，弟子辩机文笔好，真值得一读。

比如书中对戈壁大流沙的记录，非常生动："从此东行，入大流沙。沙则流漫，聚散随风，人行无迹，遂多迷路。"——这是形容风。"四远茫茫，莫知所指，是以往来者聚遗骸以记之。"——这是所见，亦是心情：沙漠之上，往来的人把遗骸聚拢起来标记道路，苍茫悲怆尽在其中。"乏水草，多热风。风起则人畜惛迷，因以成病。时闻歌啸，或闻号哭，视听之间，恍然不知所至，由此屡有丧亡，盖鬼魅之所致也。"——这是所闻。其情其景，仿佛就在眼前，文笔真切、高雅、流畅。

再比如，书中真有"女儿国"的记载："拂懔国[①]西南海岛有西女国，皆是女人，略无男子。多诸珍货，附拂懔国，故拂懔王岁遣丈夫配焉。其俗产男皆不举也。"是说拂懔国西南海岛有个"女儿国"，每年拂懔

[①] 也作拂菻国，中国中古史籍对东罗马帝国（拜占庭帝国）的称谓。

国国王会遣送男子去此国配种，但生下的男孩子都不抚养，只留女孩。

由此看来，《西游记》的编纂也不是没有根据的，如果可能，大家还是要读一下《大唐西域记》，里边记述了很多有意思的事。

其中还有一篇，专门写了罗刹女吃人的传说，"昔此宝洲大铁城中，五百罗刹女之所居也。城楼之上竖二高幢，表吉凶之相。有吉事吉幢动，有凶事凶幢动。恒伺商人至宝洲者，便变为美女，持香花，奏音乐，出迎慰问，诱入铁城，乐燕会已，而置铁牢中，渐取食之。时赡部洲有大商主僧伽者，……与五百商人入海采宝，风波飘荡，遇至宝洲。时罗刹女望吉幢动，便赍香花，鼓奏音乐，相携迎候，诱入铁城。商主于是对罗刹女王欢娱乐会，自余商侣，各相配合，弥历岁时，皆生一子。诸罗刹女情疏故人，欲幽之铁牢。时僧伽罗夜感恶梦，知非吉祥，窃求归路"，后来有一天马救了僧伽罗等商人。总之，故事很长，在此就不赘述啦。但其中，罗刹女吃人、魅惑、天马等要素都有了。

看来，元代吴昌龄《唐三藏西天取经》杂剧、明吴承恩《西游记》小说等，均由《大唐西域记》里的事迹衍生而来。

后来真实的唐僧在长安和洛阳两地组织译经事业，共译出佛教经、论七十五部，凡一千三百三十五卷，不仅为中国佛教的发展做出了巨大的贡献，也是了不起的大德大僧。在读小说时，我们一定要把历史上的唐僧与小说里的唐僧区别开来。

唐僧身世之谜

咱们回到小说。因为《西游记》的大主角是孙悟空，所以小说的前七回都是在讲孙悟空，虽然整个故事以唐僧取经为蓝本，但唐僧在《西游记》里只能算第二主角。而且从人物形象上来说，小说里的唐僧远远不如真实的唐僧，在小说中，唐僧流的眼泪快赶上林黛玉了，而西行路上那个伟大的、真实的唐僧肯定是勇猛精进的大丈夫，不会这么哭哭啼啼的。我是真心膜拜《大唐西域记》里的玄奘法师，若论历史人物，刘邦、曹操也是大英雄，但他们身上亦正亦邪，唯独司马迁、玄奘、苏东坡等人让我赞叹不已，是我心之所仪。

咱们看看附录这一回"陈光蕊赴任逢灾 江流僧复仇报本"。小说中说唐僧之父陈光蕊高中状元，被当朝宰相殷开山之女殷温娇（小名满堂娇）抛绣球招亲，绣球打中了状元陈光蕊，两人缔结秦晋之好。陈光蕊被任命为江州知府，便携妻带母前去赴任。途中，母张氏病在万花店。陈光蕊用一贯钱买了条鲤鱼，欲待烹与母亲吃，却见鲤鱼会眨眼，因为鱼是没有眼皮的，于是陈光蕊认为此鱼神奇，便把鱼送到洪江里放了生。到江州上任的路上，刘洪、李彪两个艄公起了谋财害命之心，将陈光蕊推入河中，刘洪又将怀有身孕的殷小姐霸占，更邪乎的是，这刘洪竟然穿了陈光蕊的衣冠，拿了官凭，带着殷小姐堂而皇之地到江州上任去了……

故事至此，已然奇矣！后面还有更奇的。

那陈光蕊的尸首沉在水底，被洪江口巡海夜叉发现后，报告了龙王。这龙王就是陈光蕊放生的鲤鱼。龙王恩将恩报，就把陈光蕊的尸身安置一壁，口内含一颗定颜珠，休教损坏了，日后好还魂报仇。而殷小姐也忍辱负重，不久后生下一子。临盆之后，耳边听得有人嘱曰："满堂娇，听吾叮嘱：吾乃南极星君，奉观音菩萨法旨，特送此子与你。异日声名远大，非比等闲。刘贼若回，必害此子，汝可用心保护。汝夫已得龙王相救，日后夫妻相会，子母团圆，雪冤报仇，定有日也。谨记吾言。快醒，快醒！" 敢情玄奘是南极星君奉观音菩萨法旨送到人间的，这在古代叫"夺胎"，按"夺胎"说，唐僧跟陈光蕊、刘洪都没有关系。

于是，殷小姐先是写了血书，又咬下婴儿左脚的一个小指，以作为以后见面的凭证，然后把婴儿绑在江中一块木板上，让其顺流而下。那男婴后被金山寺长老收养，取名"江流"，也算是出生即出家了。十八岁时，长老为他取法名"玄奘"，翻译过来就是"神秘的大能量"。至此，玄奘方知自己也有父母，于是先去江州府认了母亲，又找到万花店瞎了双眼的祖母，用舌头舔祖母的眼睛，使她复明。又找到外公殷开山，带兵捉杀了刘洪、李彪两个恶徒。此时陈光蕊也得龙王相助而起死回生，一家团聚皆大欢喜。但后来殷温娇小姐总觉得自己一女侍了二夫，就"从容自尽"了。

从此，陈光蕊为学士之职，随朝理政。玄奘立意安禅，回金山寺修行报恩。《西游记》中，父子二人再无相见。

回到这一篇的开篇，说大唐贞观十三年，陈光蕊中状元、娶妻生子，后面又说贞观十三年唐僧出发取经，所以，在这似乎不存在的十八年里，一切都是谜一样的存在：一个杀人强盗可以代替状元做官十八年？一个官位能坚持十八年不调换？一个宰相的女儿十八年杳无音信，父母不管不问？一个如此刚烈的女人能在生下唐僧后再与强盗继续生活十八年？……诸多疑案，确实令人不解。相比较悟空无父无母的豪气冲天，唐僧如此凄惨的身世倒真是如梦幻泡影，何况书中还有暗示，这只是唐僧的第十次投胎，先前沙僧在流沙河吃掉的九个取经人，也是唐僧的前身。

作者用意何在呢？

为何唐僧总哭？

其实，这一回"陈光蕊赴任逢灾 江流僧复仇报本"细细读来，让人感到阵阵寒意，那个小小的元婴在娘肚子里就感知到了人世间的恶意，祖母流落他乡、父亲被杀、母亲被掳，自己出生当天就被丢弃，成了天生的孤儿。一个从小就没有家庭、没有父母关爱的孩子，内心会是怎样的呢？这些是否会影响到他对家庭的态度、对俗常的态度、对女性的态度、对爱的态度、对宗教的态度？……

释迦牟尼佛，出生在帝王之家，须菩提出生在富有之家，观音菩萨也是出生在转轮王家，他们的广大、智慧、慈悲都有着与生俱来的从容，至少他们都曾集万千宠爱于一身，他们对爱的感知是完整的。他们自愿放弃一切去追寻真理，其实源于内心的圆满自足，源于他们对"爱"的完整的领悟。而这一切，唐僧都没有，他从娘胎里就被剥夺了一切，十八岁前，他只是被灌输了一些禅理，但突然有一天，有个酒肉和尚大骂他"你这业畜！姓名也不知，父母也不识，还在此搞甚么鬼！"那一刻，如五雷轰顶，他惊醒了，他开始寻找本源。

但在找寻的路上，他先生了嗔恨之心，所以叫作"复仇"。在这场复仇中，他又看到了什么呢？父亲虽然高中状元，但不能避杀身之祸；母亲虽然娇养，却被强盗劫掠；外公虽然位高，对女儿却不管不问；而强盗居然能居官作恶……世间如此冷漠不堪，恩爱夫妻瞬间生离死别，父母子女互不得养、慈孝全无，官场黑暗纵贼虐民，真真是：看透了这般冷酷虚伪，唯有空门可以立意安禅。

唯有让唐僧从小与父母离散，才能让唐僧从小就一心向佛；也唯有让唐僧子报父仇，才能让唐僧彻底斩断尘世缘分，从此再无俗念。但他内心的问题解决了吗？他的仇恨烟消云散了吗？为什么他在西行路上屡屡哭泣，为什么他面对女人总是战战兢兢？为什么他总是抱怨悟空？为什么他总是心疼八戒？……诸如此类的问题，我们还须一步步看下去，才能看清些许吧。

其实，我们每个人都对自己的前生后世充满了好奇，但我们一生的反省都是在父亲一支和母亲一支寻找自我形成的蛛丝马迹，父母之家族血脉对我们有影响吗？当然有，比如我自己，近的，我身上就有母亲的刚烈和骄傲，就有父亲的隐忍和认真；远的，我只见过外祖父，他聪明、深沉，一生都酷爱《封神演义》，所以我也有他神神道道、睿智的一面。这些都是基因印记，也许我身上还有更多的祖先的印记，只是我不得而知。但父精母血还是限制了我们关于自我的想象，如若有一天，我们跳出来想一下：父母生我之前我是谁？我们也许就自由了。

这是一个非常重要的哲学话题，也是我们一生都绕不过去的人生命题。

咱们再看唐僧。先说他父亲，陈光蕊之名就代表"阳"，陈，偏旁为"阜部"，代表"山"，右边为"东"，所以"陈"的本意是东方高地，光蕊是阳光之意。他聪慧异常（贫民弟子中状元），又心地善良（放生鲤鱼），但他也略显懦弱和凉薄，所以小说里，哪怕作为冤魂，他也无一丝复仇、寻妻的愿望，自始至终都被动接受着命运。绣球砸着自己了，就入赘；被沉尸江底了，就认命。而其妻殷温娇，其姓"殷"，阴也，她胆大（抛绣球择夫）、貌美、隐忍。敢和杀夫盗贼一起生活十八年，还能狠心咬下婴孩脚趾，也不是一般的女子。哪怕那个杀人越货的刘洪，也有可圈可点的个性，一般人可以做强盗，但不敢冒充别人去当一州之长，既没有能力，也做不得十八年。唐僧之母怀孕期间一直在这家伙身边，其气息也会影响胎儿吧。这些东西都是唐僧作为一个取经人必备的特性：聪慧、善良、胆大、坚忍……

但毕竟，我们不是父母，父母也不是我们，我们的一生，一定会有自己的使命。这使命，便是我们在投胎前就决定了的，甚至是像唐僧那般，前九世投胎就决定了的，那一丝执念，让我们必须不断地修正、找寻合适的时机，完成一个新的自我。

对唐僧而言，十八岁，是个契机，务必要了了尘缘。太早，做不到；太晚，后面的事做不成。从十八岁到二十六七岁这段时间，还有许多工作要准备——学识上的、身体上的，以及精神上的。成熟，从来都不是一蹴而就的。

再者，唐僧在本土一直修的是小乘，此教认为存在有实体的"我"，和实在的"法"，并坚持戒、定、慧和八正道，强调个人解脱与涅槃的追求，追求的目标是成为阿罗汉。而此次观音上东土找取经人去西方取大乘法，强调普度众生和利他的观念。大乘法以"般若"为中心，所谓般若，就是提倡"法空"和"人空"，觉知"空"的智能。

唐僧，能"空"吗？前世本空，但这一世，一出场，就这么凄惨；一出场，就反复哭，大家可以去数一数，看这一回江流儿哭了多少回。这个故事虽然没有俄狄浦斯王的故事那般悲壮而惨烈，但毕竟是刘洪杀其父娶其母，透着一股阴冷的气息。这样的原生家庭让未来的唐僧情何以堪？

忽然有点明白了，一开篇说的那个"错"，可能不是错，开篇说大唐贞观十三年，唐太宗"传招贤文榜"，唐僧之父陈光蕊赴长安应试当状元，这一年也是江流儿出生之年；而唐僧应观音之招，赴西方取经的时间也是大唐贞观十三年，这一年是唐僧最荣耀、最高光的一年，这种特意的重叠可能就是一种"笔法"，有点像从心理上掩埋那不堪的过去。都说人生有无奈，都说人生有不得已，但事实是：外祖父十八年对女儿殷温娇的真实境遇不知情；祖母因儿子陈光蕊始终没能来接她而流落他乡乞讨十八年；殷温娇十八年有夫而无夫，有儿而无儿；江流儿十八年不知姓氏，不识父母……这其中的凉薄，任凭谁，不寒彻骨？！难怪这一家人骨肉团圆后就各自散去了，母亲自杀（与贼相伴十八年没有自杀，见到全部亲人后却"从容自尽"，这事，不值得探究吗？这个我们以后会讲），父亲赴任，江流儿永远地返回金山寺，一家人从此永不相见了……

若我是江流儿，也会永远出走，而且，走得越远越好，因为越刻意掩埋的东西越铭心刻骨。似乎，有点理解唐僧为什么总流泪了，在妖魔黑暗的洞穴里，他既害怕，又痛苦、又悲悯（因为父亲可怜、母亲可怜，自己也可怜），他要摆脱那些阴影，为众生的苦找寻解脱……

唉！九九八十一难，哪一个不是心魔？！

第九回　袁守诚妙算无私曲 老龙王拙计犯天条

什么是人间好生活？

咱们进入《西游记》第九回"袁守诚妙算无私曲 老龙王拙计犯天条"。

在第八回中，菩萨和木叉终于到了长安大唐国。师徒隐遁真形，变作两个疥癞游僧，入住土地庙中。到第九回却画风一转，写一个渔夫和一个樵夫的斗嘴。

这两人是不登科的进士和能识字的山人。渔翁名唤张稍，樵子名唤李定。这大概是作者自喻吧，我们知道吴承恩就是不登科的进士、能识字的山人，山人就是一个"仙"字。他是要通过二人的对话来抒怀了。我们听听他俩说了什么：

张稍说："李兄，我想那争名的，因名丧体；夺利的，为利亡身；受爵的，抱虎而眠；承恩的，袖蛇而去。算起来，还不如我们水秀山青，逍遥自在，甘淡薄，随缘而过。"

这些年，我们也算看清楚了：争名的，因名丧体；夺利的，为利亡身；受爵的，抱虎而眠（当官的犹如抱虎而眠，属于高危职业）；承恩的，袖蛇而去（承受恩宠的，也不过如怀揣着一条毒蛇，随时有丧命的危险）。所以这一段话就好似《红楼梦》中跛足道人的《好了歌》："世人都晓神仙好，惟有功名忘不了！古今将相在何方？荒冢一堆草没了。世人都晓神仙好，只有金银忘不了！终朝只恨聚无多，及到多时眼闭了。世人都晓神仙好，只有娇妻忘不了！君生日日说恩情，君死又随人去了。世人都晓神仙好，只有儿孙忘不了！痴心父母古来多，孝顺儿孙谁见了？"

这时我们看渔翁、樵夫俨然是世外高人了，但下一秒，二人又争执起——樵夫李定道："张兄说得有理。但只是你那水秀，不如我的山青。"渔翁张稍道："你山青不如我的水秀。"神仙境里居然争起了高下，还是不能免俗啊。其实，没有山青，哪有水秀？没有水秀，哪来山青？争来争去，毫无意义。

也有人说，山青是静，水秀是动，一佛一道而已，其实不必有此过度解释。

下面两人又斗起诗词来，一个赞水秀，一个誉山青，又不禁让人想起黛玉和湘云的月下联词。咱们就看看什么是人间好生活：

第一，见天地之静美，得天籁之美音，得夫妻和美，得四季之美。

渔翁的《蝶恋花》："烟波万里扁舟小，静依孤篷（这是眼所见），西施声音绕（这是耳所听）。涤虑洗心名利少，闲攀蓼穗兼葭草。数点沙鸥堪乐道，柳岸芦湾，妻子同欢笑。一觉安眠风浪俏，无荣无辱无烦恼。"

樵夫的《蝶恋花》："云林一段松花满，默听莺啼，巧舌如调管。红瘦绿肥春正暖，倏然夏至光阴转。又值秋来容易换，黄花香，堪供玩。迅速严冬如指捻，逍遥四季无人管。"

第二，好生活还得享受美好的饮食。这点也很重要。我一个特别喜欢美食的朋友说：千万别快死了才发现这个还没吃过呢，还得再来。

渔翁的美食是:"仙乡云水足生涯,摆橹横舟便是家。活剖鲜鳞烹绿鳖,旋蒸紫蟹煮红虾。青芦笋,水荇芽,菱角鸡头更可夸。娇藕老莲芹叶嫩,慈菇茭白乌英花。"

而樵夫的美食是:"崔巍峻岭接天涯,草舍茅庵是我家。腌腊鸡鹅强蟹鳖,獐犯兔鹿胜鱼虾。香椿叶,黄栋芽,竹笋山茶更可夸。紫李红桃梅杏熟,甜梨酸枣木樨花。"

第三,好生活指无恐惧的、能无忧虑地安眠的日子。

渔翁的《天仙子》:"一叶小舟随所寓,万叠烟波无恐惧。垂钩撒网捉鲜鳞,没酱腻,偏有味,老妻稚子团圆会。鱼多又货长安市,换得香醪吃个醉。蓑衣当被卧秋江,鼾鼾睡,无忧虑,不恋人间荣与贵。"

樵夫的《天仙子》:"茅舍数椽山下盖,松竹梅兰真可爱。穿林越岭觅干柴,……酕醄醉了卧松阴,无挂碍,无利害,不管人间兴与败。"

第四,好生活还得有好生意(就是要有事儿干),有点闲钱,可以换酒喝。

渔翁的《西江月》:"……入网大鱼作队,吞钩小鳜成丛。得来烹煮味偏浓,笑傲江湖打哄。"

樵夫的《西江月》:"……虫蛀空心榆柳,风吹断头松楠。采来堆积备冬寒,换酒换钱从俺。"

第五,好生活还得幽雅,幽雅就是心头无事儿,成天随心尽意。

渔翁的《临江仙》:"……困卧芦洲无个事,三竿日上还捱。随心尽意自安排,朝臣寒待漏,曾似我宽怀?"

樵夫的《临江仙》:"苍径秋高拽斧去,晚凉抬担回来。野花插鬓更奇哉,拨云寻路出,待月叫门开。……"

第六,是有闲。有闲,才有创造;有闲,才有逸致。有闲,才有时间教孩子读书学艺,自己吹拉弹唱。

渔翁诗曰:"闲看天边白鹤飞,停舟溪畔掩苍扉。倚篷教子搓钓线,罢棹同妻晒网围。性定果然知浪静，身安自是觉风微。绿蓑青笠随时着，胜挂朝中紫绶衣。"

樵夫诗曰："闲观缥缈白云飞，独坐茅庵掩竹扉。无事训儿开卷读，有时对客把棋围。喜来策杖歌芳径，兴到携琴上翠微。草履麻绦粗布被，心宽强似着罗衣。"

大家看看，这好日子，我们占了几项。

好日子，不必服官服、着罗衣、挣大钱，每天高高兴兴出门，晴天也好，雨天也罢，粗布斗笠，心静意闲，口舌场中无我分，是非海内少吾踪。每晚归来，上有星空屋有灯，自有美意在心中。争什么山青与水秀，一切尽在不言中。

有趣的是，"渔樵对唱"在中国文化当中是一个重要的原始意象，他们身在世内，心在世外，是智者和闲人，用真实的生活诉说着人间的真谛。道家方士炼丹，离我们很远；佛家西方取经，我们更望尘莫及。只有生活就在当下，见天地、见众生，也能见我们自己。

人间真有神算子吗？

没想到，二人争着争着，行到分别路口时，竟相互出了恶语。可见，人都是一时清楚、一时糊涂。知道什么是"好"，行起来却处处是"恶"。这就是人性的不可信赖。

张稍道："李兄呵，途中保重！上山仔细看虎。假若有些凶险，正是'明日街头少故人'！"李定闻言，大怒道："你这厮愈懒！好朋友也替得生死，你怎么咒我？我若遇虎遭害，你必遇浪翻江！"张稍道："我永世也不得翻江。"李定道："'天有不测风云，人有暂时祸福。'你怎么就保得无事？"张稍道："李兄，你虽这等说，你还没捉摸；不若我的生意有捉摸，定不遭此等事。"李定道："你那水面上营生，极凶极险，隐隐暗暗，有甚么捉摸？"张稍道："你是不晓得。这长安城里，西门街上，有一个卖卦的先生。我每日送他一尾金色鲤，他就与我袖传一课。依方位，百下百着。今日我又去买卦，他教我在泾河湾头东边下网，西岸抛钓，定获满载鱼虾而归。明日上城来，卖钱沽酒，再与老兄相叙。"二人从此叙别。

由此，又引出一桩奇案。

没想到路上说话，草里有人。有个巡水的夜叉，听见了渔樵的对话，就上报水晶宫里的龙王，说如果算卦的算这么准，岂不是鱼虾都要被打光了？龙王便要去杀了那个算卦的。

这算卦的神人是谁呢？能知天地理，善晓鬼神情。……真个那未来事，过去事，观如月镜；几家兴，几家败，鉴若神明。知凶定吉，断死言生。开谈风雨迅，下笔鬼神惊。招牌有字书名姓，神课先生袁守诚。

这人正是当朝钦天监台正先生袁天罡的叔父，袁守诚。这袁天罡就是曾给小时候的武则天相面的那一位，说武则天：龙瞳凤颈，极贵验也；若为女，当作天子。江湖上所传《推背图》，就是号称两大神算李淳风与袁天罡合著。袁守诚是袁天罡的叔叔，看来这神算有祖传，"纸上得来终觉浅，绝知此事要躬行"。我劝大家别学这些，"盗天机"这事，学不来。

于是龙王变成一个白衣秀才上前问卦。

问什么呢？龙王曰："请卜天上阴晴事如何。"先生即袖传一课，断曰："云迷山顶，雾罩林梢。若占雨泽，准在明朝。"龙王曰："明日甚时下雨？雨有多少尺寸？"先生道："明日辰时（7点—9点）布云，巳时（9点—11点）发雷，午时（11点—13点）下雨，未时（13点—15点）雨足，共得水三尺三寸零四十八点。"哎呀！准到这地步，也

第九回　袁守诚妙算无私曲　老龙王拙计犯天条

太神了。"

龙王笑曰："此言不可作戏。如是明日有雨，依你断的时辰、数目，我送课金五十两奉谢。若无雨，或不按时辰、数目，我与你实说：定要打坏你的门面，扯碎你的招牌，即时赶出长安，不许在此惑众！"先生欣然而答："这个一定任你。请了，请了。明朝雨后来会。"

原来这龙王是八河都总管，司雨大龙神，有雨无雨，惟大王知之。本来以为胜券在握，不想此时，半空中传泾河龙王接旨。竟然是玉帝下令：明朝施雨泽，普济长安城。旨意上的时辰、数目，与那先生判断的毫发不差，顿时吓得那龙王魂飞魄散。

人间竟有如此通天彻地之人，这该如何是好？

那龙王为了不输赌局，听信了军师所言：行雨差了时辰，少些点数不就成了？于是他挨到那巳时方布云，午时发雷，未时落雨，申时雨止，却只得三尺零四十点，改了他一个时辰，克了他三寸八点，雨后发放众将班师。不知如此便犯了天条。

为了写小说，作者这一番编排，也是煞费了苦心。所谓巳时发雷，巳时是阳之极，午时下雨，午时是阴之始，阴阳相交为雨，到未土之时，水土相合，则雨足，共得水三尺三寸零四十八点，是三十三加四十八，为九九八十一，与乾之九九之数相合，属于水火既济，所以，袁守诚能通天彻地，无非是因为"守诚""无私曲"，符合天道。这里也告诉我们一个秘密，世间确实有神算子，但神算子一定是遵循天道的人。而龙王为了和袁守诚怄气，逞能，故意后推了一个时辰，午时发雷，未时落雨，申时雨止，乱了阴阳水火不说，还只下了三尺零四十点的雨，三十加四十是七十，七为火数，由此把"水火既济"改为"未济"，少了那三寸八点，正好是三八二十四，二十四应对二十四节气，无二十四节气就不能化生万物，所以，龙王之罪不只是争强好胜，最主要是"犯了天条"，天条就是天道，忤逆天道就是死罪。

但这时，龙王以为可以蒙混过关，继续去找袁守诚闹事，去砸袁守诚的算卦摊，哪知天网恢恢疏而不漏，袁守诚把他的未来早已看透，仰面朝天冷笑道："我不怕！我不怕！我无死罪，只怕你倒有个死罪哩！别人好瞒，只是难瞒我也。我认得你，你不是秀士，乃是泾河龙王。你违了玉帝敕旨，改了时辰，克了点数，犯了天条。你在那剐龙台上，恐难免一刀，你还在此骂我？"

龙王见说，心惊胆战，毛骨悚然。急丢了门板，整衣伏礼，向先生跪下道："先生休怪，前言戏之耳，岂知弄假成真，果然违犯天条，奈何？望先生救我一救！不然，我死也不放你。"守诚曰："我救你不得，只是指条生路与你投生便了。"龙曰："愿求指教。"先生曰："你明日午时三刻，该赴人曹官魏征处听斩。你果要性命，须当急急去告当今唐太宗皇帝方好。那魏征是唐王驾下的丞相，若是讨他个人情，方保无事。"龙王闻言，拜辞含泪而去。

由此，又引出大名鼎鼎的唐太宗。

话说这泾河龙王半夜跑去给李世民托梦，唐太宗一听是由臣子魏征处斩龙王，就轻易地应了此事。唉！这也是唐王自以为无所不能，轻易介入了他人的因果，由此招来祸端。

这也给我这等心软、好答应事的人提了个醒，治得了病，救不得因果啊！

第十回　二将军宫门镇鬼　唐太宗地府还魂

唐太宗为何神游冥府？

由此，我们进入《西游记》第十回"二将军宫门镇鬼　唐太宗地府还魂"。

有人会好奇，一个唐僧取经，怎么又扯出李世民了？这个关系可大了。如果一个和尚默默上路，其影响力是微乎其微的；如果是皇帝亲自派出的，那就非同小可了。可怎么能让皇权亲自介入呢？那首先要颠覆皇帝的思想，比如李世民的玄武门之变，射杀自己亲兄弟这事，说明他是不忌惮鬼神的，所以，如何把一个无神论者变成一个有神论者，就是这一回的主旨。

再说，取经一事，已经由佛祖和观音亲自操盘，玉帝虽然不高兴，但欠佛祖的人情，也只好默许了，也就是佛道两家在天界暂时平衡了。可这第三家——儒家——的势力恰恰在东土大唐啊，而这，正是佛道两家必争之地，只有得到皇权的认可，才能真正推动取经、传经事业，找到唐僧固然重要，但找到唐僧背后的那个人，使这件事成为手拿官牒的国家行为、国事外交和历史事件，更重要。

于是，李世民必须登场了。这真是一部奇妙无穷的小说啊！

回到小说。这一回讲了好多个梦，通过"梦"来洗心、洗脑，一世恍如多世，却比说教要入心、入骨，如此通过造"虚境"来改造真人，可谓高矣！

这太宗也是个心重的，梦醒后仍念念在心。早已至五鼓三点，太宗设朝，聚集两班文武官员。一个个官员威仪端肃，却唯独不见魏征丞相。原来魏征正在家接玉帝金旨，玉帝叫他午时三刻，梦斩泾河老龙，所以他在家试慧剑，运元神呢。唐王自然不知道自家的臣子还归玉帝指派，就宣魏征前来，进入便殿，在将近巳末午初的时候，开始与魏征对弈下棋，好拖住他，以救龙王。

这里关于"棋道"，也就是"博弈之道"，说了一段有意思的话：与其恋子以求生，不若弃子而取胜；与其无事而独行，不若固之而自补。彼众我寡，先谋其生；我众彼寡，务张其势。善胜者不争，善阵者不战；善战者不败，善败者不乱。这些都是儒家、法家、兵家的那些求生之路，就是凡是用心太过的话，反受其害。

君臣两个对弈此棋，正下到午时三刻，一盘残局未终，魏征忽然踏伏在案边，鼾鼾盹睡。唐太宗万万没想到，就这么一会儿，魏征已在梦中斩了龙头。当晚回宫，唐太宗思及此事，渐觉神魂倦怠，身体不安。

当夜二更时分，太宗又梦到龙王索命，但又见一个女真人（也就是观音菩萨）上前，将杨柳枝用手一摆，那没头的龙，悲悲啼啼，径往西北而去。原来那龙又去阴司地狱告状去了。

就此，太宗病危。医官道："皇上脉气不正，虚而又数，狂言见鬼；又诊得十动一代，五脏无气，恐不讳只在七日之内矣。"所谓脉象"十动一代"，就是脉跳十下一停，死期在十日之内，医官认为七日内恐怕就不行了。

太宗感慨道："寡人十九岁领兵，南征北伐，东挡西除，苦历数载，更不曾见半点邪祟，今日之下却反见鬼！"尉迟公道："创立江山，杀人无数，何怕鬼乎？"此后，大将秦叔宝和尉迟敬德就开始把守宫门，几夜安稳。于是，太宗召巧手丹青，传二将军真容，贴于门上，这就是关于门神传说的由来。后两日，后门又开始闹鬼，于是又让魏征把守后门。可几日后，李世民还是身体渐重，最后瞑目而亡。

大家看这事啊，观音菩萨已驱赶业龙到地府，而后文说地府也已经将他送入轮藏，转生去了，另外还有三大将把守前门后门，就说明这事已与那龙王索命无关了。李世民到底怕什么呢？怕的是玄武门之变中死去的兄弟。这是他内心最大的阴影，之所以让尉迟恭把守前门而平安，正因为是他杀死的李元吉，所以冤魂不敢上前索命。

玄武门之变发生在李渊武德九年六月初四（626年7月2日），在这场政变中，李世民射杀太子李建成，尉迟恭杀死李世民的弟弟李元吉。三日后，李渊立秦王李世民为皇太子。当年八月，李渊传位于皇太子李世民。次年，改元贞观。如此看来，所谓夜夜哀号的龙王，应该是指李渊。

却说太宗渺渺茫茫，魂灵径出五凤楼前，……独自个散步荒郊草野之间。这便是"唐太宗入冥记"，其实，这也是他的一场大梦而已。

他先是到达幽冥地府鬼门关，见到的第一批鬼就是先主李渊，先兄建成，故弟元吉，他们大喊"世民来了！世民来了！"那建成、元吉上来就对李世民揪打索命。可见这是李世民内心最大的隐痛和恐惧来源。儒家"忠孝"两字在此事件中荡然无存，必须找出新的理念和说辞，才能平息此痛。

唐代伊始，用老子李耳为李家先祖，以示正统，所以以道教为国教。李世民时期也是道教大昌，因此道门才不乐意佛教东传。所以唐僧取经一事在此时也只是刚刚启动。真正佛教大昌是在武则天时代，武则天为了取代李家王朝，必须借助外来势力来提升自己的合法性及正当性，加之她曾在感业寺出家，夙有佛缘，于是大肆推奉佛教，说自己是转世而来，就不必遵循儒、道两家的道统。

还阳路上发生了什么？

咱们回来接着说李世民这个大梦。

到了阎罗殿上，李世民又见到十代阎罗王，阎罗命掌生死簿判官："急取簿子来，看陛下阳寿天禄该有几何？"这时有个崔判官，原来是李渊的礼部侍郎，这会儿已在阴间，得受酆都掌案判官。阴间有熟人就好办事，这崔判官急转司房，将天下万国国王天禄总簿，先逐一检阅，只见南赡部洲大唐太宗皇帝注定贞观一十三年。崔判官吃了一惊，急取浓墨大笔，将"一"字上添了两画，却将簿子呈上。

"壹贰叁肆伍"等大写汉字的出现，便是考虑到省得有居心不良的人改来改去的缘故。十王从头看时，见太宗名下注定三十三年。阎王惊问："陛下登基多少年了？"太宗道："朕即位今一十三年了。"阎王道："陛下宽心勿虑，还有二十年阳寿。此一来已是对案明白，请返本还阳。"并差崔判官、朱太尉二人送太宗还魂。

事实上，真实的李世民二十七岁登基，贞观十三年他四十一岁，活了五十岁，在位二十三年。而玄奘取经，小说《西游记》说是总共用了十四年，十四加十三是二十七年，贞观只有二十三年，此时应该李世民已死去五年，如果按真实历史算，玄奘出发时是贞观三年，走了十七年，那就是贞观二十年，李世民还在世，所以二人还是见了面的。

中国本土文化有阳间、阴间之说，佛教传入华夏后，融合本土神话,才有"地狱"一说。其实,全世界的宗教都有地狱的概念,大家都用剥人皮、下油锅、千刀万剐等来形容地狱的惨毒,不过,这些都是人间真实的存在啊!只要把人间最悲惨的东西聚集在一起,就已然是地狱了。说地狱之惨毒,无非是让人因恐惧而起信,争取努力向善,不入地狱受苦。

按理说,天堂和地狱无非都是人心所造,天天想着美好的事,做着美好的事,此心就是天堂;如果内心阴暗,做坏事而不知忏悔,成天担惊受怕,此心就是地狱。所以哪怕是君王如李世民,心里抹不掉玄武门的惨烈记忆,也难逃地狱走一回。

《西游记》的这一段,和《红楼梦》的宝玉神游"太虚幻境"有异曲同工之妙,只不过宝玉的梦是上天,李世民的梦是下地狱。若说哪个艺术性高,当然是《红楼梦》啦!

因为很少有人从地狱生还,都是"有去路,无来路"。所以崔判官、朱太尉就领着李世民来了次地府游,主要是让李世民见识一下地狱之苦,回去办个水陆大会,超度死去的众生。

咱们看看地府一日游的路径:先是"幽冥背阴山"——阴风飒飒,黑雾漫漫。这里有催命的判官,急急忙忙传信票;追魂的太尉,吆吆喝喝趱公文。这跟人间没什么两样。然后是"阴山背后一十八层地狱",这里都是前世造业的人,不忠不孝的人,瞒心昧己、巧语花言的人,还有大斗小秤、强暴欺善、谋财害命、宰畜屠生的人。是人生却莫把心欺,神鬼昭彰放过谁?善恶到头终有报,只争来早与来迟。太宗听了太尉和判官说的这些话,心中惊惨。之后就到了著名的奈何桥,桥长数里,阔只三戢①。高有百尺,深却千重。过了奈何桥,又到柱死城,只听哄哄人嚷,分明说:"李世民来了!李

---

① zhǎ,这里当是"拃"。

世民来了!"又大喊"还我命来!还我命来!"太宗听叫,心惊胆战,大喊救命。

面对这些索命鬼,崔判官说:"陛下得些钱钞与他,我才救得哩。"太宗道:"寡人空身到此,却那里得有钱钞?"这句让人哑然而笑,这可真是"一生只有孽随身"啊!虽然贵为天子,富有四海,也买不来生死;即便妻妾成群、子孙满堂,也替不了病苦和忧愁;虽然有忠臣义士,也帮不了患难。钱财更是生不带来、死不带去,这时要打点索命冤魂,竟一分也拿不出。所以,人啊!越早明白这些,就活得越通透些。

这时怎么办呢?崔判官说:"陛下,阳间有一人,金银若干,在我这阴司里寄放。陛下可出名立一约,小判可作保,且借他一库,给散这些饿鬼,方得过去。"太宗问曰:"此人是谁?"判官道:"他是河南开封府人氏,姓相名良,他有十三库金银在此。陛下若借用过他的,到阳间还他便了。"太宗甚喜,情愿出名借用。

回阳后的太宗派尉迟恭给这个叫相良的人还钱时,才发现相良原来是个卖水的穷人,但他只要赚些钱,就斋僧布施,买金银纸锭、记库焚烧。可见,人所积的,不过是"善果"与"阴德",哪里是什么钱财!阳世间是一条好善的穷汉,那世里却是个积玉堆金的长者。尉迟恭将金银送上他门,这贫穷的老两口自然不敢收,道:"小的若受了这些金银,就死得快了。虽然是烧纸记库,此乃冥冥之事;况万岁爷爷那世里借了金银,亦何凭据?我决不敢受。" 最后只好建了一个"大相国寺",左边建了相公相婆这老两口的生祠,镌碑刻石,此是后话。

当然,这都是作者编的,"大相国寺"确实在开封,但是北齐时的一个寺庙,后来唐睿宗又重建了。

把借的钱分完后,判官复分付道:"这些金银,汝等可均分用度,放你大唐爷爷过去,他的阳寿还早哩。我领了十王钧语,送他还魂,教他到阳间做一个水陆大会,度汝等超生,再休生事。"众鬼闻言,得了金银,俱唯唯而退。

估计将来的孩子也不信这些了,也没人给逝去的先人烧纸钱了。所以啊,这个故事想表达的是,若生前多善念、多做良心事,就积下了阴德,就相当于在阴司里有点功德钱,遇到索命讨债的,可以买个平安。这些呢,都是封建迷信,但做好人好事,肯定是没有错的。这唐王冥府一日游后,说:"善哉真善哉!作善果无灾!善心常切切,善道大开开。莫教兴恶念,是必少习乖。休言不报应,神鬼有安排。"

摆脱了冤亲债主后,他们三人又到了"六道轮回"之所,这地方就好看些了:行善的,升化仙道;尽忠的,超生贵道;行孝的,再生福道;公平的,还生人道;积德的,转生富道;恶毒的,沉沦鬼道。这里的"六道"与我们平时所言的"六道"怎么不同呢?这是道门的六道,分仙道、贵道、福道、人道、富道和鬼道,而佛门的"六道"还没传进来呢。

而判官送唐王直至那"超生贵道门",还千叮咛万嘱咐:"陛下到阳间,千万做个'水陆大会',超度那无主的冤魂,切勿忘了。若是阴司里无报怨之声,阳世间方得享太平之庆。"

之所以让你再活二十年,一是要做个水陆大会,暗含着派唐僧取经之意;二是去掉心中的阴霾,再创二十年太平。唐王答应着,然后被一脚踹入水中,从仿佛被淹死的窒息感中返回了阳间。

幸好,唐王醒来了。这一醒,还脱胎换骨了。他不是被爱情唤醒的,他是被死亡恐惧唤醒的,他是被自己残害过的骨肉唤醒的,他必须为先前的暴戾赎罪。

地府意味着什么？

至此，地府已经出现了两次，一次是悟空在地府消了生死簿，这次又给唐王增了二十年阳寿。此次我们还能发现，地府中不仅关押、惩罚坏人，还能记住好人的"阴德"，怎么感觉这地府做了好事呢？如此说来，地府的存在岂不是显示公平、正义的？这么说到底有没有依据呢？

我们先看一下希腊神话中的地府。主神宙斯取得天、地、海和冥府的统治权后，自己留下天空和万神主人的身份，把大地留给自己的祖母盖娅，把海洋赠给自己的二哥波塞冬，把冥府送给自己的大哥哈迪斯。哈迪斯的冥界大致分为宫殿、塔尔塔罗斯和爱丽舍乐园三大块。宫殿里住着冥王哈迪斯、冥后和三位判官。判官一拉达曼提斯负责审判亡灵的言论，他具有超凡的智慧和正义之心。判官二埃阿科斯生前以公正闻名，主要负责审判亡灵的行为。判官三弥诺斯负责审判亡灵生前的思想。所有的亡灵将在真理田园接受三位判官的审判，判官要以"智慧""正义""公正"三个标准对亡灵生前的思想、言论和行为进行判决，最终确定其去处。

这么说来，人，无论生前富贵贫贱，死后还能有个公平处；生前若不得公平、正义，死后能得，也算是冥府做到了人人平等。

相比之下，中国地狱里的崔判官就有失公正，乱改唐王的阳寿，有作弊之嫌。任凭悟空消了"生死簿"，也有点欺软怕硬。

真有"六道轮回"吗？

好，我们再说一下佛教的"六道轮回"。

其实，佛教提及的"六道"，包含在"十界"当中，看全了，我们才知其中的真意。

佛教著述中常常把生命和情欲比作疾病，而佛法就是治愈这疾病的药。它认为生命存在十种状态，即"十界"。这十界并非指人死后进入的某种有差别的世界，而是生命在现实中感觉境界的断与续，其实，我们时时都在轮回中：明白时，我们在善道里轮回；糊涂时，我们在恶道里轮回。

咱们从下往上说：地狱道、饿鬼道、畜生道、阿修罗道、人道、天道，称为六道，指人类生命的常态，是生命原本就具有的，也叫作"六道轮回"，所谓六道轮回其实是对生命状态的一种比喻。

地狱道：在六道十界的最深处。指受生命原有的魔性冲动所支配，痛苦最深重，毫无喜乐，好比人在大病之中。不是真有什么地狱，只要你痛苦万分、百病缠身，就会感受到求生不得、求死不能、欲火焚身的"炼狱"之苦。人死如灯灭，而活着时感受到这一切，才最痛苦。

饿鬼道：恐怯多畏，乐少苦多，故谓之"鬼"。这是指人受欲望支配的状态，各种贪嗔痴，有欲而不得，痛苦得不能自已，好比人已元气大虚。

畜生道：指在比自己强大的事物面前恐惧、战栗、被奴役的状态，好比人结婚之后为身家名利所驱使。被骂了，就垂头丧气；被夸了，就摇头摆尾，成天战战兢兢的，岂不就如同畜生？

以上为三恶道。其实，我们每时每刻都可能在三恶道轮回，受折磨。比如，上午被上司骂了，就好比在"畜生道"中，心中哀鸣；下午又各种贪嗔痴，看见美女想美女，看见豪宅想豪宅，就如同"饿鬼"一般；晚上被老婆骂无能，便有了"地狱"般的痛苦。

那"三善道"又是什么呢？

阿修罗道：指为斗争和竞争心所驱使，处在骄傲、嗔恚的状态。好比大学生聪明但又无力自控，拼命耗散元气。悟空大闹天宫时就好比阿修罗，所以要受五百年被压之苦。

人道：指在光明与黑暗、善与恶中拼搏向上的状态。就像儿童，没有过去与未来，只有当下，因为还有良知和自控能力，所以可以修行。

天道：指理想实现，充满欢乐的状态，但这种满足还是物欲及荣誉心的满足，还只是阶段性的幸福。就像吃奶的婴儿，有人抱着、哄着、养着，要什么有什么。

以上"三善道"虽然还可以，但还是不稳定的状态，处在不止的轮回中。佛教实践的真正目标就是：终止六道轮回、超越生命的虚浮无定性，追求永恒的幸福。于是，便有了以下人类心态的更高目标。尤为可贵的是，这种努力并不建立在虚妄、脱离实际的说教上，而是建立在现实世界的行动之中。

于是，在六道之上，还有四种高级的人生状态：声闻、缘觉、菩萨、佛。

声闻：就是学习先哲的教导，渴望了解人生真理，并由于学习永恒真理而感到喜悦，即由"听声音"而了悟"真理"。"人身难得，真法难闻。"宠物也生活得幸福，但它们无法"声闻"。所以生而为人是一个不可估量的机会，生而为人，至少有机会闻听真理，获得觉悟。那么，为什么要学习经典呢？生而为人而又听闻了"真法"，就有了相对稳定的快乐。

缘觉：即因缘而觉悟，这是一种开悟的生命状态。生命开始与宇宙和自然朴素印证，融为一体，并因此而喜悦。

但以上这两种生命状态还只是自己喜悦，缺少"利他"，即拯救他人的慈悲的性质，在这两种生命状态中，人还是一个"小我"，还只是醒悟了部分真理。下一个境界"菩萨"，则把个人心胸开拓得更为广阔，把精神扩展为宇宙的自我、普遍的自我。

菩萨：因利他而喜悦，甚至自觉地放弃神性，自觉地推迟进入涅槃，并亲自体验人能体验到的最大的精神及肉体上的痛苦，如同地藏菩萨和基督的经历。这里有一种"我不入地狱，谁入地狱"的大无畏精神，以及自觉为大众饱尝痛苦的广大的爱与慈悲。如果说基督为了救济人类，放弃了神性，道成肉身作为人来到世间，并被残忍地钉在十字架上，那么菩萨的怜悯则更为深重，连人类之外的生命也加以救济。这也正是千百年来宗教弥久不衰的原因之一，它以其真、善、美而直指人心，唤醒人类内心深处的那份崇高与自觉。

最后则是绝对的幸福境界。

佛：指由修行而达到的最高境界。它穷尽了宇宙和生命的"终极真理"，是一种彻底的觉悟，觉悟到生命的永恒和绝对的幸福境界。

但"佛"的境界绝不是离开现实的人生去寻求，佛存在于每一个人的生命之中。每个觉悟了的人、与宇宙永恒的光明同在的人，破除了"我执""断见"的人、为全人类的幸福自觉奋斗的人，就是佛，佛的梵文原意就是"觉悟者"，在这个时刻，"宇宙之法"与"我"的本质合为一体，克服了欲望和自我保存的本能。它并不否定"小我"，而是要完成从"小我"到"大我"的扩大。由此，生命开始变革，开始形成超越时空的那种极致的美感。

所以，"十界论"并没有将生命割裂，反之，它主张生命本来就包含全部十界，即所有的生命里都潜藏着"佛"的境界，菩萨式的自我牺牲也是一种高尚的本能，只要我们肯努力实践，并将这种努力持之以恒，我们就可以摆脱生命的灰暗痛苦，甚至最终可以达到"佛界"那种生命的辉煌境界。

尽管我们的每一天都在六道里轮回不止，但后面这四项，却给我们指出了摆脱六道轮回的方法和方向，声闻和学习，可以让我们摆脱愚蠢，靠近真知，就会因缘而觉悟，觉悟后就会找到使命，行利他之菩萨道，最后启动"人人皆有佛性"，感受终极的幸福。

这也是我们此次学习《西游记》要牢记在心的东西吧，我们不参与三教之争，但我们要明白唐僧师徒西行的动力和目的。

第十一回　还受生唐王遵善果　度孤魂萧瑀正空门

为什么写刘全和相良？

由此进入第十一回"还受生唐王遵善果 度孤魂萧瑀正空门"。

唐王还阳后，逐一做了在地府答应的事：一、大赦天下。二、把宫中三千彩女出旨配军。三、传榜天下，遍传天下。榜曰："乾坤浩大，日月照鉴分明；宇宙宽洪，天地不容奸党。使心用术，果报只在今生；善布浅求，获福休言后世。千般巧计，不如本分为人；万种强徒，争似随缘节俭。心行慈善，何须努力看经？意欲损人，空读如来一藏！"其中，我们百姓要记住的是："千般巧计，不如本分为人；万种强徒，怎似随缘节俭。心行慈善，何须努力看经？意欲损人，空读如来一藏！自此时，盖天下无一人不行善者。"

以上这些都是皇帝能做到的事，但下面两点却是他做不成的。

四、当时唐王在地府时，答应回阳后一定用瓜果酬谢地府。阎王说这里有东瓜、西瓜，却少南瓜。唐王便答应找人送南瓜到地府。于是就有了刘全送瓜的故事，表面看这是个"果报"的故事，但内涵却有趣。

这刘全的妻子李翠莲因为擅出闺门,被刘全骂了几句,就自杀了。刘全揭了皇榜,要去冥府找回妻子。于是他头顶一对南瓜,服毒而死,入了地府。可惜他妻子李翠莲归阴日久,身形已无,只剩魂魄,已经无法跟他回阳间了。这该怎么办呢?

如果熟知希腊神话,就知道有一个与此类似的凄美故事,一个伟大的音乐家俄耳甫斯用优美的旋律和动人的诗句,打动了冥王哈迪斯,答应他带着死去的妻子离开冥界。但冥王告诉俄耳甫斯:在他领着妻子走出冥界之前,绝不能回头看她,否则他的妻子将永远留在冥界。有时候,提醒就是刻意的误导,又仿佛是给脆弱心灵下的心锚,即将走出冥界的俄耳甫斯还是忍不住回头看了一眼妻子,只一瞬间,他妻子的灵魂便烟消云散……这是人类历史最凄美、最绝望、最懊悔终生的一次回头。神,总是让人自己犯错,一方面嘲笑人性的任性与脆弱,一方面让人自己承担命运……

但中国的地府有办法,中国的地府永远有办法——可以"借尸还魂"啊。阎王道:"唐御妹李玉英,今该促死;你可借他尸首,教他还魂去也。"就是让李翠莲借李世民妹妹李玉英公主的身体还魂。于是唐王的妹妹李玉英公主正在花阴下徐步绿苔而行,被鬼使扑个满怀,推倒在地,活捉了他魂;却将翠莲的魂灵,推入玉英身内。等这个李玉英苏醒过来,顿时变成了李翠莲,不仅不再认自己的皇兄皇嫂,还乱嚷道:"这里那是我家!我家是清亮瓦屋,不像这个害黄病的房子,花狸狐哨的门扇!放我出去!放我出去!"你看,世上就有人不爱皇宫的家,就喜欢清亮瓦屋,最后这公主和刘全高高兴兴地返家,继续过夫妻恩爱、儿女双全的日子去了。这个故事跟希腊神话比,没有那么深刻的悲剧性,只是彰显了中国人"贫贱不能移"的品性。

五、还开封相良夫妇的钱。这个前面已讲了,相良两口儿坚决不收唐王退还的金钱，说："小的若受了这些金银，就死得快了。"这是说相良夫妇轻富贵而坚守善道。以上两个故事，都写了民间夫妇勘破世事，不为钱财富贵所动，也是作者写"千般巧计，不如本分为人；心行慈善，何须努力看经？"的本意吧。

其实，人生在世，到底求什么呢？大家此时可以按下暂停键，扪心自问一下：求世事安稳？这个谁都做不了主。求老公爱你？这个你稍微自问一下：你有多可爱？求泼天的富贵，你接得住吗？求身体健康，我们能不生气、不嗔怨、不老吗？求孩子听话，都是自己的皮儿包的馅儿，好坏还得从自身找。求世人尊重，那你有多少品质、多少业绩、功德能拿得出手？求成道成佛，咱吃得了那些苦吗？……诸如此类，原来全在自身。有人说：我只求家庭美满、无嗔无恨、清亮瓦屋、十亩良田、儿孙满堂，幸福快乐。哎呀，这大概是尘世间顶级的福报了，这不仅得自己几世修着，还得老天给啊！就说李玉英，有多少人愿意放弃那皇宫的富贵？又有多少人能像相良夫妇笑眯眯地无欲无求？

如此这般，我们俗人只能痛着、苦着。而且，还不能先求什么，只能先做什么。古语道：万般带不走，只有孽随身。《易经》里那句话叫"自天佑之"，就是自己的命，都是自己保出来的，靠谁都靠不住。所以：本分为人，心行慈悲，就是自己保佑自己的根本法。本分是做人道，慈悲善良是向阳道。所以我们平日不能思忖自己想要什么，而是要思忖：我是否本分？我是否守得住良心？

那有人说了：资本家的第一桶金赚得不本分、不太善良，却得了富贵，怎么讲？在我看来，如果他后来给大众提供了工作，养活了众多家庭，也算是行了菩萨道。就像辛德勒，他一边靠战争来牟利，一边也救了那么多的犹太人。关键得看一个人的发心。

人啊，可以奸诈取巧，也可以恶言恶语，关键这种人哪个得着好了！常有人说某人被抓时吓得尿了裤子，我就想不通了：自己平时做了什么，难道不自知吗？如果真做了不好的事，被抓时应该是始终悬着的心终于放下了、落停了，反而踏实了才对啊。所以说，人之不明白在于自欺欺人，总存侥幸之心，以为自己会是漏网之鱼。什么叫本分呢？就是不存侥幸之心，坏事坚决不做，恶语坚决不说，有一丝不好的念头就马上"呸呸呸"，时刻警惕着自己的心。本分，便是推己及人，知道自己怕什么，就知道别人也怕什么，就尽量不难为别人。同时，不作恶，也不刻意求善，才是良知。良知，不累人、不累心，凡累人、累心的都不是良知。王阳明说：无善无恶心之体，有善有恶意之动（这个累心）。知善知恶是良知（就是诸善奉行、诸恶莫作），为善去恶是格物（这个累人）。

历史上的儒释之争

唐王最后所做，是完成对冥王的承诺：出榜招僧，修建水陆大会，超度冥府孤魂。

由此，先是一番儒、释之争，然后引出唐僧和观音菩萨。

水陆大会是佛教中最殊胜的法会。水陆是指水陆空三界众生居住受报之处。水陆大会主要是要超度亡灵、普度众生、消灾解厄、弘法利生等。

因为唐王李世民"出榜招僧"，全国的僧人都陆续来到长安。唐王便让太史丞傅奕操办此事，没想到傅奕却上书反对办水陆大会，于是便有了傅奕与宰相萧瑀的一场关于儒与释的争辩。

傅奕说："西域之法，无君臣父子，以三涂六道，蒙诱愚蠢；追既往之罪，窥将来之福；口诵梵言，以图偷免。且生死寿夭，本诸自然；刑德威福，系之人主。今闻俗徒矫托，皆云由佛。自五帝、三王，未有佛法；君明臣忠，年祚长久。至汉明帝始立胡神，然惟西域桑门，自传其教，实乃夷犯中国，不足为信。"意思是从三皇五帝开始，中国人就没有佛法，再说佛法也不讲君臣父子这些纲常，而且背亲出家，所以不宜宣讲。而萧瑀一帮人则说：佛法在于清净仁恕，果正佛空。自古以来，皆云三教至尊而不可毁、不可废。所以要严惩谤佛之人。最后萧瑀一派得到唐王的首肯，并出法律：但有毁僧谤佛者，断其臂。

其实，唐朝最严重的一次儒佛冲突，是唐宪宗要迎佛骨入宫内供养三日，韩愈听到这一消息，大笔一挥，写下《谏迎佛骨表》，当天差点就送了命，后来被人保下来，发配到远方。

其实，时任刑部侍郎的韩愈是出于维护儒家思想正统地位的目的，反对佞佛，上此表加以谏阻。他的焦虑在于他认为统治阶级在宗教问题上最好不要公开表态，因为有"楚王好细腰"的前车之鉴，国君所好，下必效之，如此，便不好收场。其实历代大多政府推崇儒学，但是民间流行佛学、道学；当唐朝朝廷偏好道学和佛学后，韩愈才上了《谏迎佛骨表》。事实上，古代的统治阶级也知道年轻人酷爱老庄之学与佛学后会出现另类的精神状态，比如贾宝玉，一读老庄就神采飞扬，一读四书五经，就困倦难当。所以一直以来，统治阶级只以儒学为科举考试的要点，以保证年轻人走世间法。

咱们对此不多说了，回到小说。

次日，三位朝臣，聚众僧，在那山川坛里，逐一从头查选，内中选得一名有德行的高僧。你道他是谁人？灵通本讳号金蝉，……小字江流古佛儿，法名唤作陈玄奘。……查得他根源又好，德行又高；千经万典，无所不通；佛号仙音，无般不会。

太宗喜道："果然举之不错，诚为有德行有禅心的和尚。朕赐你左僧纲、右僧纲、天下大阐都僧纲之职。"玄奘顿首谢恩，受了大阐官爵。又赐五彩织金袈裟一件，毗卢帽一顶。教玄奘前赴化生寺，择定吉日良时，开演经法。玄奘遂选到本年九月初三日，黄道良辰，开启做七七四十九日"水陆大会"。届时，太宗及文武国戚皇亲，俱至期赴会，拈香听讲。

第十二回　玄奘秉诚建大会　观音显像化金蝉

唐僧的高光时刻

由此进入第十二回"玄奘秉诚建大会 观音显像化金蝉"。

却说南海普陀山观世音菩萨，自领了如来佛旨，在长安城访察取经的善人，日久未逢真实有德行者。这时见到水陆大会的法师坛主，正是江流儿和尚，他不仅是如来佛第二个徒弟金蝉子转生，又是菩萨亲自送投胎的长老，菩萨十分欢喜，就将佛赐的宝贝——锦襕异宝袈裟、九环锡杖等，捧上长街，与木叉货卖。

这时，有愚僧见菩萨变化个疥癞形容，身穿破衲，赤脚光头（这就是真人不露相），自然有眼无珠，认不得真身。可他见那袈裟却明艳有光，这不是捧着金饭碗要饭嘛！便笑话菩萨。唯有散朝而回的宰相萧瑀，着手下人问那卖袈裟的要价几何。

菩萨道："袈裟要五千两，锡杖要二千两。"萧瑀道："有何好处，值这般高价？"菩萨道："袈裟有好处，有不好处；有要钱处，有不要钱处。"萧瑀道："何为好？何为不好？"菩萨道："着了我袈裟，不入沉沦，不堕地狱，不遭恶毒之难，不遇虎狼之穴，便是好处；若贪淫乐祸的愚僧，不斋不戒的和尚，毁经谤佛的凡夫，难见我袈裟之面，这便是不好处。"又问道："何为要钱，不要钱？"菩萨道："不遵佛法，不敬三宝，强买袈裟、锡杖，定要卖他七千两，这便是要钱；若敬重三宝，见善随喜，皈依我佛，承受得起，我将袈裟、锡杖，情愿送他，与我结个善缘，这便是不要钱。"——这就是，你若担得起，我白送；担不起，多少钱不卖你。萧瑀闻言，倍添春色，便请菩萨入朝见驾。唐王问过袈裟和锡杖的好处后，便要买下送与唐僧，于是菩萨就送了这两件宝物给唐王。

唐僧遂将袈裟抖开，披在身上，手持锡杖，侍立阶前。君臣个个忻然。诚为如来佛子，你看他：凛凛威颜多雅秀，佛衣可体如裁就。辉光艳艳满乾坤，结彩纷纷凝宇宙。

当时文武阶前喝采，太宗喜之不胜，即着法师穿了袈裟，持了宝杖，又赐两队仪从，着多官送出朝门，教他上大街行道，往寺里去，就如中状元夸官的一般。

这可真是唐僧的高光时刻，好比他父亲当年中状元一般。

到了水陆法会七日正会之时，菩萨与木叉夹在众人丛中："一则看他那会何如，二则看金蝉子可有福穿我的宝贝，三则也听他讲的是哪一门经法。"

那法师在台上，念一会《受生度亡经》，谈一会《安邦天宝篆》，又宣一会《劝修功卷》。这菩萨近前来，拍着宝台，厉声高叫道："那和尚，你只会谈'小乘教法'，可会谈'大乘教法'么？""你这小乘教法，度不得亡者超升，只可浑俗和光而已；我有大乘佛法三藏，能超亡者升天，能度难人脱苦，能修无量寿身，能作无来无去。"

随后，菩萨即显法身——遂踏祥云直至九霄，现出救苦原身，托了净瓶杨柳。太宗大喜，当即命图神写圣远见高明的吴道子，展开妙笔，图写真形。又问众僧，谁肯领旨上西天拜佛求经。

玄奘闻言，自荐去西天取经。

这里面有一个问题，既然已经送袈裟、锡杖，干吗不好事做到底，直接传了大乘佛法？唐僧受了袈裟、锡杖，属于顿悟，但西天取经，是渐悟的实践之功，就如我们先前所言：一个念头就可以到西天，但得不到真经，唯有一步步实践，才能得正果真身。

这也是老子所言："上士闻道，勤而行之；中士闻道，若存若亡；下士闻道，大笑之。"唐僧就守了个"勤而行之"。而我们一般人呢，闻道，则内心狐疑，总觉得又对又不对，反复踌躇，无行动之力。下士嘛，根本不信有"道"，还大笑。

无论如何，唐僧和悟空一样，都是行动者。

唐王如何送唐僧？

于是，唐王便与唐僧结拜为兄弟，称他为"御弟圣僧"，于次日一早，送唐僧启程。唐王在此做了四件事，都意味深长。

一是先给了唐僧"取经文牒"，这类似于现在的护照，又盖了"通行宝印"，以后就是到一个地界盖一个当地的章，也就是修到一个境界给个证明。走的时候带上，回来时交回，这就是有始有终。

二是送唐僧一个"紫金钵盂"，在途中化斋用。这个礼物送得好。若论送礼，其实送钱没什么意思，送个金饭碗天天拿着，唐僧自然时时刻刻放不下唐王的情义，而且有为唐王取经之意。所以最后到灵山时，阿难迦叶索要"人事"，唐僧只得把这个紫金钵盂送了出去，一则代表真正放下了世间俗念，不再是为唐王取经，而是为众生取经，这才是成佛的境界；二则代表得了真经，已经脱胎换骨，不再以人间之食物为食。

三是送了唐僧一个雅号。太宗道:"当时菩萨说,西天有经三藏。御弟可指经取号,号作'三藏'何如?"玄奘又谢恩。这是让唐僧牢记自己的使命。唐王能为唐僧取这个雅号,也可见唐王的智慧了得!

何为三藏?后面佛祖有言,三藏:有法一藏,谈天;有论一藏,说地;有经一藏,度鬼。共计三十五部,五千零四十八卷为一藏,共计一万五千一百四十四卷。此时三藏得"三藏"之名,但未得"三藏"之实,只有得到金水一藏、木火一藏、土一藏后,才能五行攒簇,践行渐修,最后才能得面见如来,得大乘之法。

四是唐王在饯行酒中弹了一撮长安的土。太宗道:"今日之行,比他事不同。此乃素酒,只饮此一杯,以尽朕奉饯之意。"三藏不敢不受。接了酒,方待要饮,只见太宗低头,将御指拾一撮尘土,弹入酒中。这是告诫唐僧"宁恋本乡一捻土,莫爱他乡万两金"。唐王真是个情深的行为艺术家,只是盼唐僧早去早回。

最后,再选两个长行的从者,又银骔白马一匹,送为远行脚力。所以大家要记住,当时跟唐僧出长安的是两个仆从和一匹马。

而玄奘临走前,对寺庙的和尚道:"我已发了洪誓大愿,不取真经,永堕沉沦地狱。大抵是受王恩宠,不得不尽忠以报国耳。我此去真是渺渺茫茫,吉凶难定。"此时看,唐僧的格局尚未开啊!

又道:"徒弟们,我去之后,或三二年,或五七年,但看那山门里松枝头向东,我即回来;不然,断不回矣。"

这两句,也道出了唐僧出发前内心的苦楚:一是洪誓大愿取真经是自己的本分,二是受王恩宠,不得不尽忠以报国。所以其左手持杖,为取经之根本;右手持紫金钵盂,为报唐王之恩。这心理负担也着实太重了。而且,此时他把取经一事也想简单了,以为六七年就能回来,不承想走了十四年。

但他命好，遇到了大明白孙悟空。

但在遇到孙悟空之前，还要有些磨难。人，都是绝处逢生啊！

第十三回　陷虎穴金星解厄　双叉岭伯钦留僧

绝处怎样逢生？

咱们进入第十三回"陷虎穴金星解厄 双叉岭伯钦留僧"。

却说三藏自贞观十三年九月望前三日，蒙唐王与多官送出长安关外，一二日马不停蹄，早至法门寺。

众僧们灯下议论佛门定旨，上西天取经的原由。有的说水远山高，有的说路多虎豹，有的说峻岭陡崖难度，有的说毒魔恶怪难降。

这正是衣食和尚之俗念，不知度难处、度疑惑处才是修行的要点。此时三藏只以手指自心，点头几度。……答曰："心生，种种魔生；心灭，种种魔灭。"这句话，绝顶正确；但这句话，事到临头时，又似乎全无用处。如若心已灭，还用西行？还用取经？！

很快，下面发生的事，就告诉我们唐僧的心远没有他自己说的那么稳定。

不多日，唐僧便出了国界，开始了西行路上第一难。

这长老心忙，太起早了。原来此时秋深时节，鸡鸣得早，只好有四更天气。先是"心忙"，心忙则意乱，意乱就会走错路，然后落于"虎穴"。

又恐怕错了路径。正疑思之间，忽然失足，三人连马都跌落坑坎之中。三藏心慌，从者胆战。先是"心忙"，后是"心慌"，于此遭遇了西行途中第一难。

书中写唐僧于"悚惧"中遭遇了三个魔王：一个"南山白额王"寅将军，比喻虎；一个熊罴精"熊山君"；一个野牛精"特处士"（"特"就指的是牛）。从三者的名号看，还都算仁义，只是给刚上路的唐僧来个下马威而已，所以只是吃了唐僧两个随从，将二从者剖腹剜心，剁碎其尸。将首级与心肝奉献二客，将四肢自食，其馀骨肉尽分给各妖。只听得咽啅之声，真似虎啖羊羔，霎时食尽。把一个长老，几乎唬死。

从中医角度看，"南山白额王"寅将军对应"心肺"，"熊山君"对应"肾"；野牛精"特处士"对应"脾"，就是这场灾难让唐僧心惊、肺忧、肾恐、脾颤、魂散。此时恐怕再也想不起那句：心生，种种魔生；心灭，种种魔灭。唐僧如此，况我辈乎？

太阳升起时，妖魔四散了。三藏昏昏沉沉，也辨不得东西南北。正在那不得命处，忽然见一老叟，手持拄杖而来，走上前用手一拂，绳索皆断。对面吹了一口气，三藏方苏。

原来这老者是太白金星，早晨出现于东方，称启明；晚上出现于西方，称长庚。每日都这么从东到西地奔波，所以西方取经这事也少不得他忙乎。这颗星在希腊神话中指爱与美的女神，在中国则是个慈祥的老者。题目所谓"陷虎穴金星解厄"，是说唐僧靠自己的一点阳刚之气走出虎穴，用太白金星的话说，就是因你的本性元明，所以吃不得你。你跟我来，引你上路。在启明星的指引下，这唐僧牵了马匹，独自个孤孤凄凄，往前苦进。

那长老，战兢兢心不宁；这马儿，力怯怯蹄难举。

刘伯钦是不是"山神"?

行至双叉岭，三藏只见前面有两只猛虎咆哮，后边有几条长蛇盘绕；左有毒虫，右有怪兽。三藏孤身无策，只得放下身心，听天所命。……万分凄楚，已自分必死，莫可奈何。

这大概是真实的唐僧取经路上最真实的写照了。到了这种境地，也只能"放下身心，听天由命"了。其实，人到紧要关头，就这八个字最重要。就好比人一登上飞机，就上了万米高空，这时你想什么都没用了，只有"放下身心，听天由命"是正途。

这时出现个能打虎的英雄刘伯钦救下了唐僧。繁体的"劉"，就带有杀气，伯是老大，钦是钦敬，这刘伯钦刚毅果敢，又是个孝顺、善良之人，守住这些做人的根本，虽与虎豹为邻，却也能镇守山林，过得祥和。

这刘伯钦的出现很是奇怪。首先,猛兽都怕他,他甚至能打死老虎。

只见一只斑斓虎，对面撞见。他看见伯钦，急回头就走。这太保霹雳一声，咄道："那业畜！那里走！"那虎见赶，急转身抡爪扑来。这太保三股叉举手迎敌，唬得个三藏软瘫在草地。这和尚自出娘肚皮，那曾见这样凶险的勾当？太保与那虎在那山坡下，人虎相持，果是一场好斗。

他两个斗了有一个时辰，只见那虎爪慢腰松，被太保举叉平胸刺倒，可怜呵，钢叉尖穿透心肝，霎时间血流满地。揪着耳朵，拖上路来。好男子！气不连喘，面不改色，对三藏道："造化！造化！这只山猫，够长老食用几日。"三藏夸赞不尽，道："太保真山神也！"

刘伯钦打虎比武松打虎要厉害。唐僧的一句话也许是对的，这刘伯钦可能真是山神。《西游记》里多次提到土地、山神，但大多是被妖怪欺负的土地和山神，唯独这个"山神"正气十足，勇猛威武。而且他的三四个家童，也都是怪形恶相之类。他的吃食更是没盐没酱的老虎肉、香獐肉、蟒蛇肉、狐狸肉、兔肉点剁、鹿肉干巴，满盘满碗的。

唐僧在刘伯钦家做了三件事。

第一，唐僧宁可饿死，不吃刘伯钦的肉食。

三藏道："太保不必多心，请自受用。我贫僧就是三五日不吃饭，也可忍饿，只是不敢破了斋戒。"

伯钦就不理解了，说倘若饿死，怎么办？

三藏道："感得太保天恩，搭救出虎狼丛里，就是饿死，也强如喂虎。"

这里唐僧说的不是"吃虎"，而是"喂虎"。

大家都听说过佛祖以身饲虎的故事吧，说曾有一世，佛祖做太子时，见一只母虎带着数只小虎，饥饿难忍，母虎因此欲将小虎吃掉。三太子萨埵见状，将二位兄长支走，来到山间，卧在母虎前，饿虎已无力啖食。萨埵又爬上山岗，用利木刺伤身体，然后跳下山崖，让母虎啖血。母虎啖血恢复气力后与小虎们一起食尽萨埵身上的肉。为了挽救老虎生命而甘愿牺牲自己肉身的萨埵太子就是佛祖释迦牟尼的前世，这种表现释迦牟尼前生累世忍辱牺牲、救世救人、各种善行的绘画作品被称为本生故事画。

由此知，此时唐僧只在戒律上用功，还不知布施的意义。

第二，吃斋之前先念经。

刘伯钦坐下，正要举筷子，只见三藏合掌诵经，唬得个伯钦不敢动箸，急起身立在旁边。三藏念不数句，却教："请斋。"伯钦道："你是个念短头经的和尚？"三藏道："此非是经，乃是一卷揭斋之咒。"伯钦道："你们出家人，偏有许多计较，吃饭便也念诵念诵。"

在山神的眼里，打虎就是打虎，吃饭就是吃饭，没有那么多啰唆。

唐僧呢，打虎自然不能打，打人更不能打，还吃素，饭前还得念经，在山神的眼里，这是把生活复杂化了。

第三，帮刘伯钦超度老父亲。

这里奇怪的是，唐王之所以派人去西天取经，是因为菩萨说东土的小乘佛法无法超度亡灵，那为什么唐僧此时却用小乘佛法超度了刘父呢？这大概是为了让唐僧对生死轮回深信不疑，更坚信西天取经的决心吧，佛仙此时帮帮忙是可以的。

以上三点，应该就是唐僧在长安的日常生活状态。刘伯钦在此处存在的意义，就是"山神"负责引路，帮唐僧找到孙悟空。而当地的"土地"呢，是负责喂养压在山下的孙悟空。

几日后，伯钦送唐僧至两界山，刘伯钦说："东半边属我大唐所管，西半边乃是鞑靼的地界。那厢狼虎，不伏我降，我却也不能过界，故此告回，你自去罢。"三藏心惊，抡开手，牵衣执袂，滴泪难分。正在叮咛拜别之际，只听得山脚下叫喊如雷道："我师父来也！我师父来也！"

哎呀！悟空来也！

第十四回　心猿归正　六贼无踪

何为咒语？

咱们进入第十四回"心猿归正 六贼无踪"。

心猿就是心如猿，指"心"的浮躁动荡不安之象。在《西游记》中，心猿指孙悟空。佛教的《维摩经》中说："以难化之人，心如猿猴故，以若干种法，制御其心，乃可调伏。"

刘伯钦说："这山旧名五行山，因我大唐王征西定国，改名两界山。先年间曾闻得老人家说：'王莽篡汉之时，天降此山，下压着一个神猴，不怕寒暑，不吃饮食，自有土神监押，教他饥餐铁丸，渴饮铜汁，自昔到今，冻饿不死。'"

由此可知，悟空是王莽篡汉的时候被压在五行山下。王莽篡汉是公元9年—23年，至唐太宗贞观十三年（639），就是说，悟空实际上被压了六百多年，口口声声说"我老孙五百年前"如何如何的悟空，大概是喜欢说五百这个整数吧。

三藏见那石匣之间，果有一猴，露着头，伸着手，乱招手道："师父，你怎么此时才来？来得好！来得好！救我出来，我保你上西天去也！"

这长老近前细看，你道他是怎生模样：尖嘴朔腮，金睛火眼。头上堆苔藓，耳中生薜萝。鬓边少发多青草，颔下无须有绿莎。眉间土，鼻凹泥，十分狼狈；指头粗，手掌厚，尘垢馀多。还喜得眼睛转动，喉舌声和。

看看悟空被打压成这样，还能"喜"，还能"喉舌声和"，真是了不起。

三藏闻言，满心欢喜道："只是我又没斧凿，如何救得你出？"那猴道："不用斧凿，你但肯救我，我自出来也。"

这句透出端倪，悟空属于"自救"。

于是唐僧上山顶揭了压帖，那压帖是"唵、嘛、呢、叭、咪、吽"六个金字，这六字是观音菩萨心咒，又称六字大明咒、六字大明陀罗尼、六字箴言、六字真言、嘛呢咒，源于梵语，此咒即是观音菩萨的微妙本心，藏传佛教认为，常诵此咒，可积累功德。

关于这咒语的解释很多，比如有人解释："唵"字，皈依佛；"嘛"字，皈依法；"呢"字，皈依僧；"叭"字，皈依上师；"咪"字，皈依本尊；"吽"字，皈依空行。还有人解释说："唵"，象征五智，是一个吉祥的字，大多数咒都由"唵"字开头；"嘛呢"的意思是宝；"叭咪"代表莲花；"吽"字则是宣说、迎请观音菩萨的遍知。全咒可译为："您，莲花宝，赐予一切的遍知。"

好，我们暂且不论解释的对错，我就问大家：你念"您，莲花宝，赐予一切的遍知"有用吗？没用。咒就是咒，即便你懂了其中的意思，也还是要念原咒。无论出声与不出声，你真心默念此咒后，会有身心的震动，而这才是咒语的意义所在。

为什么这咒语有无上的法力呢？

有一种解释还可以看："唵"表示佛部心，指诸佛菩萨的智慧身、语、意。"嘛呢"表示宝部心，就是摩尼宝珠，取之不尽、用之不竭、随心所愿、无不满足，向它祈求自然会得到精神需求和各种物质财富。"叭咪"表示莲花部心，就是出淤泥而不染的莲花，表示现代人虽处于五浊恶世的轮回中，但诵此真言，就能去除烦恼，获得清净。"吽"表示金刚部心，是祈愿成就的意思，必须依靠佛的力量，才能循序渐进、勤勉修行、普度众生、成就一切，最后达到佛的境界。

总之，得道心才能去凡心，用六字真言压伏悟空，就是使"心猿"归正的具体方法吧。

而且还有种说法："唵"为白色，象征本尊之智慧，属于禅定波罗蜜多，能除傲慢心；"嘛"为绿色，象征本尊之慈心，属于忍辱波罗蜜多，能除嫉妒心；"呢"为黄色，象征本尊之身、口、意、事业、功德，能除贪欲心；"叭"为蓝色，象征本尊之大乐，属于布施波罗蜜多，能除愚痴心；"咪"为红色，象征本尊之大乐，属于布施波罗蜜多，能除吝啬心；"吽"为黑色，象征本尊之悲心，属于精进波罗蜜多，能除瞋恚心。总而言之，念"唵嘛呢叭咪吽"能够清除贪、瞋、痴、傲慢、嫉妒及吝啬这六种烦恼，堵塞六道之门，超脱六道轮回，往生净土而证菩提。

其实，以上都是宗教人士的解释。我从个人角度谈一下自己的感悟吧。六字真言是我们常念的"嗡啊吽"的扩展。而"嗡啊吽"三音正对应人体三丹田，"嗡"，对应脑部，发"嗡"音可以打开脑部"泥丸宫"，可以开智慧，当你发"嗡"音时，可以感受到有"气"在头部环绕。"啊"，恰恰是"心音"，比如我们心里感到受伤害时，或激动时会"啊、啊"个不停，所以"啊"音对应中丹田，可以增强心力，发"啊"音时，我们可以感觉到整个胸腔的振动。而"吽"音对应下丹田，可以让我们感到腹腔的鼓荡。由此看来，"嗡、嘛、呢、叭、咪、吽"对应的是不过所谓的"六脉七轮"，也就是中医所言的"中脉"。

最关键的是，这"中脉七轮"涉及的是人体的精神能量中心，比如上丹田，是"黄庭"和"光宅"——这里"纯想即飞""纯情即沉"(《楞严经》)。此处是人体心智和体能的一个核心所在，是空灵和实在的核心所在。人如果内守这里，便能认识真理，得大觉悟、大自在和大喜乐，以及混沌般的平静。而中丹田涉及我们的免疫力、爱和幸福感，而且因为对应膻中，所以也是快乐的源泉。下丹田是沉睡的灵根，是"蛇力"[①]，是唤醒人类觉性的重地，是灵修的起始点；也是创造生命的福田，是生命的根谛，是真阴真阳的媾和之所，所以这里涉及我们的宗教感、生命的延续与再生。

从医理上讲，中脉无药可医，但这个咒语却可以开中脉。所以，咒语的作用在于"音气相合"，而不在文字；文字是"符"，音声是"咒"，所以咒语在"念"、在"诵"，而不是在"理解"。因为人的理解是有限度的，甚至有可能是荒谬可笑的，更未必是真理。而"音气相合"是可以突破人体限制，突破人的思维惯性，打开人体的秘密通道的。这也是咒语属于"秘法"的原因吧。

用六字真言压住悟空六百年，无非是让悟空这个"心猿"，能修出佛心、慈悲心、莲心、金刚心等，这时再从五行山下腾空而起，就是摆脱五行，这就是先"归正"，再摆脱五行之限制，再一步步送唐僧西行而践行，就是这本书的真意所在。

为什么杀六贼？

唐僧对孙悟空道："揭了压帖矣，你出来么。"那猴欢喜，叫道：

[①] 印度瑜伽理论中的概念，也译作"昆达里尼"，指潜在人体脊柱底部的能量。

"师父，你请走开些，我好出来。莫惊了你。"伯钦听说，领着三藏，一行人回东即走。走了五七里远近，又听得那猴高叫道："再走！再走！"三藏又行了许远，下了山，只闻得一声响亮，真个是地裂山崩。众人尽皆悚惧，只见那猴早到了三藏的马前，赤淋淋跪下，道声："师父，我出来也！"对三藏拜了四拜，急起身，与伯钦唱个大喏道："有劳大哥送我师父，又承大哥替我脸上薅草。"谢毕，就去收拾行李，扣背马匹。

悟空这是元气满满啊，真是又懂事又会说，还一出来就开始干正事。谁被压个六百年不死撅撅、病恹恹的？所以，被压制还得看被什么压，被六字真言压着，不衰反旺。

三藏见悟空第一面，就着急给他起名字。一看人家有法名，还不死心，硬要再起个混名。说："我再与你起个混名，称为行者，好么？"悟空道："好！好！好！"自此时又称为孙行者。悟空心性通透，再说已经答应过菩萨，所以总是"好！好！好！"，知道什么是"好"，又能好好"行"，非大智慧不可得也。

那孙行者请三藏上马，他在前边背着行李，赤条条，拐步而行。不多时，过了两界山，忽然见一只猛虎，咆哮剪尾而来。三藏在马上惊心。行者在路旁欢喜道："师父莫怕他。他是送衣服与我的。"一棒便打死了老虎。这又比刘伯钦打虎上了大大一个台阶。

唬得那陈玄奘滚鞍落马，咬指道声："天那！天那！刘太保前日打的斑斓彪，还与他斗了半日；今日孙悟空不用争持，把这虎一棒打得稀烂，正是'强中更有强中手'！"

这里的唐僧"咬指"表情，笑煞人也。后面八戒也总"咬指"，大概是跟师父学的吧。

这一段是讲"伏虎"，此处有"伏虎"，后面必有"降龙"。药王殿里通常有孙思邈降龙伏虎图，龙对应"肝"，比喻"要强心"；

虎对应"肺",比喻"傲慢心"。中脉通透的人,降龙伏虎都轻而易举。

剥下虎皮做成虎皮裙后,悟空一拐一拐地,就更有模样了。到了陈姓老者家,又讨得热水洗了澡,跟唐僧要了件和尚衫,这就是洗心革面,真做了和尚;又讨来针线缝好了虎皮裙,这就叫"补漏"。看来悟空什么都会、什么都懂啊。

次早,悟空起来,请师父走路。三藏着衣,教行者收拾铺盖行李。既然带着铺盖行李,还有四季衣服,可见唐僧的行李也不少。

师徒们正走多时,忽见路旁唿哨一声,闯出六个人来,各执长枪短剑,利刃强弓,大咤一声道:"那和尚!那里走!赶早留下马匹,放下行李,饶你性命过去!"唬得那三藏魂飞魄散,跌下马来,不能言语。行者用手扶起道:"师父放心,没些儿事,这都是送衣服送盘缠与我们的。"

我们看悟空是怎么应付此事的。

悟空叉手当胸,对那六个人施礼道:"列位有甚么缘故,阻我贫僧的去路?"

那人道:"我等是剪径的大王,行好心的山主。大名久播,你量不知。早早的留下东西,放你过去;若道半个'不'字,教你碎尸粉骨!"

行者道:"我也是祖传的大王,积年的山主,却不曾闻得列位有甚大名。"

那人道:"你是不知,我说与你听:一个唤作眼看喜,一个唤作耳听怒,一个唤作鼻嗅爱,一个唤作舌尝思,一个唤作意见欲,一个唤作身本忧。"

一听名字就知道,其实这六个毛贼就是人的眼、耳、鼻、舌、身、意,这六者,正是人欲。

悟空笑道:"原来是六个毛贼!你却不认得我这出家人是你的主人公,你倒来挡路。"——妙哉,悟空指心猿,心乃六识之主,修道之初便要斩此六欲。此六欲非妖非魔，只是可笑的人欲。解决了它们，以后猴儿便只与妖魔斗法了。

于是行者从耳中取出绣针似的金箍棒，那六贼笑道："这和尚是一个行针灸的郎中变的。我们又无病症，说甚么动针的话！"

人之六欲倒真不是病，而是"病"的根源，所以，悟空又一棒将这六贼打死了。

唐僧一改先前吓得说不出话的模样，开始口若悬河，怒道："出家人'扫地恐伤蝼蚁命，爱惜飞蛾纱罩灯'。你怎么不分皂白，一顿打死？全无一点慈悲好善之心！早还是山野中无人查考，若到城市，倘有人一时冲撞了你，你也行凶，执着棍子乱打伤人，我可做得白客，怎能脱身？"这里的"白客"，指清白无罪的人，与从事非法活动的"黑客"相对。

这里却只见唐僧的私心，怕连累到自己。

悟空道："我若不打死他，他却要打死你哩。"——这，真真又是棒喝也！可惜唐僧听不明白，只以为悟空是在杀人，而不是在杀人欲。而修行的第一条，是要灭人欲啊。

《西游记》真是千古奇书，其实，这一路上悟空都在给唐僧讲课，只不过唐僧懵懂，听不懂。而我们又何尝不是呢！记住，《西游记》里面的数字，人命，妖精的名字、山的名字、武器的名字等，都大有意味，不可以随便看过的。

三藏道："我这出家人，宁死决不敢行凶。"

这句话里，暴露了唐僧的妇人之仁。后面他接着骂悟空："只因你没收没管，暴横人间，欺天诳上，才受这五百年前之难。今既入了沙门，若是还像当时行凶，一味伤生，去不得西天，做不得和尚！忒恶！忒恶！"其实唐僧不知自己正因为这"妇人之仁"，而受路途诸多磨难，难上西天。

唐僧如此认假失真,且絮絮叨叨个没完,是非不两立,邪正不并行,气得悟空一跺脚回东而去,嗖的一下跑没影儿了。只剩得唐僧一人凄凄凉凉,往西前进。

这里显示了唐僧的两个性格,前面对待刘太保时,是反复求,反复哭泣;对待徒儿,则是絮絮叨叨,反复批评指责。他倒是能分出内外,自己人就往死里骂。

所以像我这种懒得骂人、懒得絮叨的,就不配有徒儿。

却说悟空一句"老孙去也!"三藏急抬头,早已不见,只闻得呼的一声,回东而去。撇得那长老孤孤零零,点头自叹,悲怨不已,道:"这厮!这等不受教诲!我但说他几句,他怎么就无形无影的,径回去了?罢!罢!罢!也是我命里不该招徒弟,进人口!如今欲寻他无处寻,欲叫他叫不应,去来!去来!"

这时,只得观音菩萨再次降临,化身"老母",给了唐僧《紧箍儿咒》。看来观音菩萨为取经一事操碎了心,一会儿变癞疮和尚,这会儿又变成"老母",一片婆心啊。

老母道:"我那里还有一篇咒儿,唤作'定心真言',又名做'紧箍儿咒'。你可暗暗的念熟,牢记心头,再莫泄漏一人知道。我去赶上他,教他还来跟你,你却将此衣帽与他穿戴。他若不服你使唤,你就默念此咒,他再不敢行凶,也再不敢去了。"

那唐僧收了菩萨给的衣帽,藏在包袱中间。却坐于路旁,诵习那《定心真言》。来回念了几遍,念得烂熟,牢记心胸不题。

第十四回　心猿归正　六贼无踪

龙王怎么点醒悟空?

我有一事不明,在这里跟大家探讨一下:悟空在我眼里已经是个玲珑剔透之人，本事大，人品好，又懂事、又谦逊、又肯牵马担行李、不惜力，关键心猿正，悟性高，一见六贼就知灭人欲，唯一的缺点就是偶尔吹吹牛，可那也是真牛过、打过十万天兵天将的人啊！干吗非得受唐僧的气，甘愿做了不领薪金，还得出生入死的打工人呢？想想这世上有多少本事大、做事为人都好的人，唯独克服不了内心的孤傲，绝不附庸任何派系或任何人，更不会低声下气去服侍一个不如自己明白的人，悟空到底为了什么呢？

下一段里就有答案了。

悟空别了师父，先去东海龙王的水晶宫喝杯茶，只喝一盅茶的工夫，就解开了这个疑惑。

龙王道："近闻得大圣难满，失贺！想必是重整仙山，复归古洞矣。"悟空道："我也有此心性，只是又做了和尚了。"——就是原本出了五行山，悟空还是想做山大王的。龙王道："做甚和尚？"行者道："我亏了南海菩萨劝善，教我正果，随东土唐僧，上西方拜佛，皈依沙门，又唤为'行者'了。"

龙王道："这等真是可贺！可贺！这才叫做改邪归正，惩创善心。既如此，怎么不西去，复东回何也？"——如此说来，当山大王是邪，当和尚是正。

行者笑道："那是唐僧不识人性。有几个毛贼剪径，是我将他打死，唐僧就绪绪叨叨，说了我若干的不是。你想老孙可是受得闷气的？是我撇了他，欲回本山，故此先来望你一望，求钟茶吃。"

茶毕，行者回头一看，见后壁上挂著一幅"圯桥进履"的画儿。

我们常说"回头是岸"，世间的事啊，这个"回头"挺重要。"圯桥三进履"的故事大家都知道，就是汉代张良三次在桥下捡鞋跪献给黄石公的故事。龙王道："此仙乃是黄石公，此子乃是汉世张良。石公坐在圯桥上，忽然失履于桥下，遂唤张良取来。此子即忙取来，跪献于前。如此三度，张良略无一毫倨傲怠慢之心。石公遂爱他勤谨，夜授天书，着他扶汉。后果然运筹帷幄之中，决胜千里之外。太平后，弃职归山，从赤松子游，悟成仙道。"

苏轼曾评价张良，说："古之所谓豪杰之士者，必有过人之节。人情有所不能忍者，匹夫见辱，拔剑而起，挺身而斗，此不足为勇也。天下有大勇者，卒然临之而不惊，无故加之而不怒。此其所挟持者甚大，而其志甚远也。"也就是说，有大抱负的人才不在乎一时之荣辱呢！

讲完张良的故事后，龙王说了一句直中悟空命门的话："大圣，你若不保唐僧，不尽勤劳，不受教诲，到底是个妖仙，休想得成正果。"

这句话一下子就解了我开篇时的疑惑：悟空如果不保唐僧，不尽勤劳，不受教诲，就是纵有天大的本事、活了成千上万岁，也终究是个妖仙，是个山大王，永远得不了正果！

原来，得"正果"这事才是最重要的。悟空最初的人生疑惑是"了生死"，而且他也确实消了"生死簿"，但被压了五百多年后，他明白了长生不死并不能让他解脱，不过还是度日如年，毫无乐趣。当初菩萨收伏沙僧、八戒时，要么威逼，要么利诱，唯独对悟空是直说："待我到了东土大唐国寻一个取经的人来，教他救你。你可跟他做个徒弟，秉教伽持，入我佛门，再修正果，如何？"只是当时悟空只想脱离苦海，并未深思，见到唐僧后，细心服侍，也只是报恩。此刻被龙王点醒，原来跟随唐僧，根本不是什么"报恩"的事，甚至唐僧是谁都不重要，重要的是保一个"取经人"，让自己"修成正果"这事才重要。

这不由得让我想起那个奇葩的问题：假如你不信仰基督教，可你干了一辈子好事，死后能够进天堂吗？回答是：不能。为什么呢？因为你不是基督徒。所以你未必稀罕天堂那个门。

其实,"天堂""地狱"都是宗教里的词汇,所有的宗教,无非都是在给人的灵魂指路,只不过各自开的门不同罢了。悟空虽然解决了肉身问题,但灵魂始终无所皈依,修"正果"就是给灵魂找个去处。

那有人问了:对没有宗教信仰的人而言,灵魂就无归处吗?人,可以不信宗教,但一定会有信仰,比如我们本土信仰祖宗,你做了那么多好事,光了宗、耀了祖,祖宗当然会接纳你呀。

那又有人问了:我能成佛成仙吗?成仙得修炼,成佛得三皈依。虽说佛也认为"诸恶莫作、诸善奉行",但做事前还有个"念头"啊,如果为了行善而行善,也未必得善果,还得看念头的真伪。

听到龙王这一句,悟空沉吟半晌不语。龙王道:"大圣自当裁处,不可图自在,误了前程。"悟空道:"莫多话,老孙还去保他便了。"于是,行者急耸身,出离海藏,驾着云,径直回去了。所以说,悟空始终是个心里明白又有行动力的人。

这行者,须臾间看见唐僧在路旁闷坐。他上前道:"师父!怎么不走路?还在此做甚?"三藏抬头道:"你往那里去来?教我行又不敢行,动又不敢动,只管在此等你。"行者道:"我往东洋大海老龙王家讨茶吃吃。"三藏道:"徒弟啊,出家人不要说谎。你离了我,多一个时辰,就说到龙王家吃茶?"行者笑道:"不瞒师父说:我会驾筋斗云,一个筋斗,有十万八千里路,故此得即去即来。"

三藏道:"我略略的言语重了些儿,你就怪我,使个性子丢了我去。像你这有本事的,讨得茶吃;像我这去不得的,只管在此忍饿。你也过意不去呀!"

然后便揸挲行者去解开包袱,见到菩萨送的衣帽。行者道:"这衣帽是东土带来的?"三藏就顺口儿答应道:"是我小时穿戴的。这帽子若戴了,不用教经,就会念经;这衣服若穿了,不用演礼,就会行礼。"看来唐僧的谎话说得挺利索的。

三藏见他戴上帽子，就开始默默地念那《紧箍儿咒》。行者叫道："头痛！头痛！"那师父忍不住又念了几遍，把个行者痛得打滚。

这段读来让人笑死了，唐僧一边说出家人不能撒谎，一边又骗悟空戴上了致命的紧箍，还悄没声地念起了《紧箍儿咒》。唉！我的傻悟空啊！这下是彻底被套牢了。

第十五回　蛇盘山诸神暗佑　鹰愁涧意马收缰

降龙为什么要靠观音？

第十五回"蛇盘山诸神暗佑 鹰愁涧意马收缰",这一回讲到给心猿套上了紧箍,给意马拴上了辔头,唯有心与意受到约束,才能修成正果,完成西天取经。

此前说了悟空"伏虎",此回便说观音"降龙";此前说了"心猿归正",此回便说"意马收缰"。这就是小说的妙处:处处有伏笔,节节藏玄机。文学家就是了不起,脑子里有宇宙时空图,笔下还得前后呼应、生动有趣。所以我们要认真阅读,方不辜负作者之用心。

却说行者服侍唐僧西进,行经数日,正是那腊月寒天,忽见蛇盘山鹰愁涧窜出一条龙,把唐僧的白马连鞍辔一口吞下肚去,依然伏水潜踪(其实吃了这凡马,也是先给自己腾出个位置,好顺利入职)。

这时,三藏道:"既是他吃了,我如何前进!可怜啊!这万水千山,怎生走得!"说着话,泪如雨落。行者见他哭将起来,他那里忍得住暴燥,发声喊道:"师父莫要这等脓包行么!你坐着!坐着!等老孙去寻着那厮,教他还我马匹便了。"三藏却才扯住道:"徒弟啊,你那里去寻他？只怕他暗地里撺将出来，却不又连我都害了？那时节人马两亡，怎生是好！"行者闻得这话，越加嗔怒，就叫喊如雷道："你忒不济！不济！又要马骑，又不放我去，似这般看着行李，坐到老罢！"也难怪悟空发脾气，守着一个哭啼啼的窝囊废，任谁都受不了。此刻，在唐僧心中，悟空是妖；在悟空心中，师父是魔。

正恼怒间，空中来了六丁六甲、五方揭谛、四值功曹等神明来护驾。这六丁六甲代表木火，五方揭谛代表五行，四值功曹代表四季，正是一年四季护佑天下的神明。有他们暗中护佑着唐僧，悟空便去大战小白龙。

战罢多时，盘旋良久，那条龙力软筋麻，不能抵敌，打一个转身，又撺于水内，深潜涧底，再不出头，被猴王骂詈不绝，他也只推耳聋。原来悟空水下作战有问题，抡不动金箍棒，所以也奈何不了小白龙。

三藏道："你前日打虎时，曾说有降龙伏虎的手段，今日如何便不能降他？"这便是前后呼应。但此处之"降龙"，也暗指悟空之火暴脾气，龙对应肝木，肝对应"怒"。一时半会儿打不败龙，急得悟空三尸神咋，七窍烟生。

得知还得去请观音，三藏道："若要去请菩萨，几时才得回来？我贫僧饥寒怎忍！"

唐僧的语言模式基本就这样了，虽说都是心里话，但就是有放不下的"我"。

为什么观音可以降龙呢？因为龙为刚健之物，属于"坎水"之真阳，降龙需以柔克刚，需要用"离火"中的真阴，而不能硬碰硬。再说，此时就是观音要给唐僧换马，必须以"龙马精神"健步西行，才得正果。这就叫"真脚力"，俗脚力走的是平凡道，真脚力行的是超凡道。

菩萨到时，只见孙行者正在涧边叫骂。见到菩萨，就转而迁怒于菩萨了。他对菩萨大叫道："你这个七佛之师，慈悲的教主！你怎么生方法儿害我!"菩萨道:"我把你这个大胆的马流,村愚的赤尻!我倒再三尽意,度得个取经人来,叮咛教他救你性命,你怎么不来谢我活命之恩,反来与我嚷闹?"行者道:"你弄得我好哩!你既放我出来,让我逍遥自在耍子便了;……你怎么送他一项花帽,哄我戴在头上受苦?把这个箍子长在老孙头上,又教他念一卷甚么'紧箍儿咒',着那老和尚念了又念,教我这头上疼了又疼——这不是你害我也?"菩萨笑道:"你这猴子!你不遵教令,不受正果,若不如此拘系你,你又诳上欺天,知甚好歹!再似从前撞出祸来,有谁收管?——须是得这个魔头,你才肯入我瑜伽之门路哩!"

这段对话真的令人痛快欢喜。我总感觉菩萨是真心喜欢悟空,时时帮着,又时时管束着,取经事儿大,可收伏这灵猴也是大事儿啊。

按说菩萨与悟空的相识始于大闹天宫之时,五百多年压在五行山下,"更无一个相知的来看我一看"。第一个去看他的就是观音菩萨,可见观音一直未抛弃悟空。菩萨说"我奉佛旨,上东土寻取经人去,从此经过,特留残步看你",悟空示弱,一求观音,菩萨就满心欢喜。人与人相处、见面,能满心欢喜,就是大善缘啊,心欢喜,就是遂了心的本性,上一段对话也是心的直来直去,毫无人间俗念之挂碍,彼此都没有虚假的客气,当然菩萨就笑盈盈了。

菩萨道:"那猴头,专倚自强,那肯称赞别人?今番前去,还有归顺的哩。若问时,先提起'取经'的字来,却也不用劳心,自然拱伏。"行者欢喜领教。你看,两人见面一说就透,而且彼此总是"欢喜"。

下面有一个玄机,说菩萨上前,把那小龙的项下明珠摘了。前文曾说这小龙烧毁了殿上的明珠,被父亲告发而获罪,可见当年只是小龙偷走了明珠,并不是烧毁了。此处菩萨收走明珠,并不是收取小龙入职的费用,而是菩萨指明这龙王三太子的过错,以《易经·乾卦》之三爻论,就是"君子终日乾乾,夕惕若,厉无咎",要他加倍勤勉戒惧，才可以没有灾难。

菩萨又吩咐道："你须用心了还业障，功成后超越凡龙，还你个金身正果。"到一百回时，小龙的金身正果是什么呢？是被封为八部天龙马，盘绕在灵山山门里擎天华表柱上，从此可以终日聆听梵音佛声，当然是大果报啦！再说，龙族在天庭成天被吃龙肝，也是憋屈，有个修成正果的，龙族也欢喜啊。

悟空为什么做不了取经人？

收伏完白龙马，菩萨要回南海之时，悟空又不干了。

行者扯住菩萨不放道："我不去了！我不去了！西方路这等崎岖，保这个凡僧，几时得到？似这等多磨多折，老孙的性命也难全，如何成得甚么功果！我不去了！我不去了！"也是，这凡僧太不对悟空的秉性了。

这番说辞像极了一个孩子任性撒娇的样子，我们且看菩萨如何劝他。

菩萨道："你当年未成人道，且肯尽心修悟；你今日脱了天灾，怎么倒生懒惰？"

这首先是肯定了悟空的过往。在别人眼里，悟空原先就是混世魔王，是妖猴，但在菩萨眼里，悟空以前所做的一切，都是在"尽心修悟"，这是两人之间最大的"懂"，也是菩萨一直肯帮助悟空的理由。在菩萨眼里，悟空原先遭遇的一切是"天灾"，是正当的人生磨砺，而不是"自作孽，不可活"。佛祖和菩萨都对悟空有慈悲心，是他们都看到了悟空的真相，而非我们看到的表象。悟空不仅"尽心修悟"，而且善良、勇敢、悟性高，是天生的"取经人"。

但为什么最后选了唐僧当"取经人",而悟空只做了大师兄呢?唉!人类,多傲慢啊,怎么能听一个猴子教化,所以,形象,形象这事还是挺重要的。

再说,跟唐僧相比,悟空性格太倨傲,神仙他尚且看不上呢!比如下文写到唐僧听得半空中有人言语道:"圣僧,多简慢你。我是落伽山山神、土地,蒙菩萨差送鞍辔与汝等的。汝等可努力西行,却莫一时怠慢。"慌得个三藏滚鞍下马,望空礼拜道:"弟子肉眼凡胎,不识尊神尊面,望乞恕罪。烦转达菩萨,深蒙恩佑。"你看他只管朝天磕头,也不计其数,路旁边活活的笑倒个孙大圣,孜孜的喜坏个美猴王,上前来扯住唐僧道:"师父,你起来罢,他已去得远了,听不见你祷祝,看不见你磕头。只管拜怎的?"长老道:"徒弟呀,我这等磕头,你也就不拜他一拜,且立在旁边,只管唡笑,是何道理?"行者道:"你那里知道,象他这个藏头露尾的,本该打他一顿;只为看菩萨面上,饶他打尽够了,他还敢受我老孙之拜?老孙自小儿做好汉,不晓得拜人,就是见了玉皇大帝、太上老君,我也只是唱个喏便罢了。"三藏道:"不当人子!莫说这空头话!"

唐僧虽然"肉眼凡胎",识不得真假,但却永远虔心膜拜,不管对方是否看得见、听得着,因为他心中时时有佛,处处有菩萨,这是宗教最喜欢的教徒的模样。老孙火眼金睛的,"自小儿做好汉,不晓得拜人,就是见了玉皇大帝、太上老君,我也只是唱个喏便罢了",这样的人,是令所有权威头疼或者憎恶的人,用唐僧的话说:你就不是个人!佛祖、菩萨能容悟空,已是大慈悲,但悟空做不了"取经人"。

为什么呢?菩萨下面说了:"我门中以寂灭成真,须是要信心正果。"可见"取经人"首先要"正信",悟空虽聪慧异常,但他是从"空"入手,且多行动、少学习,倚仗的是"先天一灵",又"猴性"不灭,所以只是"行者",不是"信者"。

而且，悟空身上还有一个特性，是孤傲，只要孤傲，就很难有团队精神，就眼里没有任何权威。他喜欢自己做事，而不是和别人一起做事。所以菩萨把他收入取经团队，也是在修他这个毛病。其实我们每个人降临在世，都会带有自己所缺失的一面，比如在西方星盘学中有"南交点、北交点"一说，就指出了人这一生要努力修补自身缺憾的一面。如果不经历一些事或经他人的提醒，人很难醒悟并下决心抛弃这些天性里带来的东西。其实，人的成功源于天性，人的失败也源于天性，而修行，就是要修自我的完整性。比如有些人就会认为自己高人一等，而不愿放下身段来倾听别人的意见，这样就导致他们一方面不能轻松地"分享自己"，一方面以一己之优越感而嘲笑别人，招人恨。所谓"修"，就是要放下自我，学会接纳社会不同层面的意见来增强自己的辨别力，并让自己活得更有力、更舒坦。

但菩萨还是喜欢悟空的，而且非常非常喜欢。这么说吧，假如我们有两个小孩，一个特别灵且性情特别可爱，嘴巴甜，可这孩子就是不爱学习，不走所谓的世间成功之道，成天惹是生非，不是跟天神打，就是跟妖魔斗；而另一个孩子听话、顺遂，坐得住，爱学习，从不惹是生非。那母亲的内心一定有点纠结，前者无疑更招母亲欢喜，也操心最多；后者省心，交给老天管就是了。

悟空确实有的吹

下面就是菩萨对悟空这淘气孩子的万般许诺。菩萨说："假若到了那伤身苦磨之处，我许你叫天天应，叫地地灵。十分再到那难脱之际，我也亲来救你。"哎呀，这份宠溺已经很了不得了！

随后，菩萨将杨柳叶儿摘下三个，放在行者的脑后，喝声："变！"

即变做三根救命的毫毛,教他:"若到那无济无主的时节,可以随机应变,救得你急苦之灾。"这相当于给了悟空免死金牌啊!当然了,悟空死不了,但死不了的人也难免急苦之灾啊。树木之中杨柳最柔,而柳叶则更柔,柳叶变毫毛则至柔、至细,将此至柔、至细放在悟空脑后,虽看不见听不到,唯以至柔、至细的心意感知,当然可以"随机应变"。大慈大悲的菩萨对悟空也是用心到极致了!

行者闻了这许多好言,才谢了大慈大悲的菩萨。

对悟空这等人物,就是要连打带哄才行,谁让人家有了好根性呢!

再者,读《西游记》,会发现里面重复太多,比如大圣逢人自我介绍时,都要从五百年前的齐天大圣说起。比如下两回见到黑风怪时的一段自我介绍:

"我:自小神通手段高,随风变化逞英豪。养性修真熬日月,跳出轮回把命逃。一点诚心曾访道,灵台山上采药苗。……花果山前为帅首,水帘洞里聚群妖。玉皇大帝传宣诏,封我齐天极品高。几番大闹灵霄殿,数次曾偷王母桃。……三十三天闹一遭。我佛如来施法力,五行山压老孙腰。整整压该五百载,幸逢三藏出唐朝。吾今皈正西方去,转上雷音见玉毫。你去乾坤四海问一问,我是历代驰名第一妖!"

这些值不值得吹呢?太值得了!关键都是人家实干出来的,没有一句虚的。试问,我们谁敢这么吹?

第十六回　观音院僧谋宝贝　黑风山怪窃袈裟

为什么不能斗富？

咱们来看第十六回"观音院僧谋宝贝　黑风山怪窃袈裟"。

在第十四回中，悟空曾跟龙王抱怨唐僧"不识人性"，怨他杀了六贼。其实是唐僧不识道性，不知六贼是六欲。此回是讲悟空真"不识人性"，炫耀袈裟而惹了大祸。

话说师徒二人来到巍峨宏大的观音禅院，禅院的和尚见到行者的相貌，有些害怕，便问："那牵马的是个甚么东西？"三藏道："悄言！悄言！他的性愚，若听见你说是甚么东西，他就恼了。他是我的徒弟。"那和尚打了个寒噤，咬着指头道："这般一个丑头怪脑的，好招他做徒弟？"三藏道："你看不出来哩，丑自丑，甚是有用。"这就叫"说着丑行着妙"，也是有意蕴的话。

三藏与行者进了山门。山门里，又见那正殿上书四个大字，是"观音禅院"。三藏又大喜道："弟子屡感菩萨圣恩，未及叩谢。今遇禅院，就如见菩萨一般，甚好拜谢。"于是，三藏展背舒身，铺胸纳地，望金像叩头。那和尚便去打鼓，行者就去撞钟。三藏俯伏台前，倾心祷祝。

祝拜已毕，那和尚住了鼓，行者还只管撞钟不歇，或紧或慢，撞了许久。那道人道："拜已毕了，还撞怎么？"行者方丢了钟杵，笑道："你那里晓得！我这是'做一日和尚撞一日钟'的。"还说："是你孙外公撞了耍子的！"吓得那些和尚直呼悟空雷公爷爷。

这里悟空又得了两个"号"，一是"孙外公"，暗喻先天灵气来自天外，是外来主人公，得此先天灵气，才会"感而遂通"；一是"雷公爷爷"，这是悟空之"法相"，"雷"乃生发之机、悟道之始。"做一日和尚撞一日钟"，就是日日要累积功果，不可懈怠，不可日日空观。

这时出来一位二百七十岁的老僧，我们来看一下人老了有多难看：满面皱痕，好似骊山老母；一双昏眼，却如东海龙君。口不关风因齿落，腰驼背屈为筋挛。关键这老僧还贪心不已，做了二百五六十年的和尚，收拢了七八百件袈裟，还都挂出来显摆了一下，然后就问唐僧师徒有何宝物。

这时唐僧倒也明白，说："可怜！我那东土，无甚宝贝；就有时，路程遥远，也不能带得。"悟空不干了，说咱不是也有袈裟吗？！三藏把行者扯住，悄悄的道："徒弟，莫要与人斗富。你我是单身在外，只恐有错。"行者道："看看袈裟，有何差错？"三藏道："你不曾理会得。古人有云：'珍奇玩好之物，不可使见贪婪奸伪之人。'倘若一经人目，必动其心；既动其心，必生其计。汝是个畏祸的，索之而必应其求，可也；不然，则殒身灭命，皆起于此，事不小矣。"

谁说唐僧不懂人性啊，这一番话，可算把人性看得透透的。首先，单身在外不可与人斗富。这唐僧是很懂自保的。其次，"珍奇玩好之物，不可使见贪婪奸伪之人"。人家看见了就动心，动心就有奸计。人家若要，你能给也成；你若不给，就招殒命之祸。悟空原先做山大王时也贪过美食美服和好法器，但现在全无贪心了，所以也理解不了别人的贪心。

图财必害命

下面就是那老和尚的一系列表演。那老和尚见了这般宝贝，果然动了奸心，走上前对三藏跪下，眼中垂泪道："我弟子真是没缘！"三藏搀起道："老院师有何话说？"他道："老爷这件宝贝，方才展开，天色晚了，奈何眼目昏花，不能看得明白，岂不是无缘！"三藏教："掌上灯来，让你再看。"那老僧道："爷爷的宝贝，已是光亮，再点了灯，一发幌眼，莫想看得仔细。"行者道："你要怎的看才好？"

老僧问，他拿到后房仔细看一夜行不行，三藏听说，吃了一惊，埋怨行者道："都是你！都是你！"行者笑道："怕他怎的？等我包起来，等他拿了去看。但有疏虞，尽是老孙管整。"

看来当年在斜月三星洞显摆功夫，确实是因为无知，此次显摆袈裟，是我老孙有本事拿回来。

那和尚把袈裟骗到手，拿在后房灯下，对袈裟号跳痛哭（一直哭到二更）。有两个徒孙，是他心爱之人，上前问道："师公，你哭怎的？"……老僧道："看的不长久。我今年二百七十岁，空挣了几百件袈裟，怎么得有他这一件？怎么得做个唐僧？"小和尚道："师公差了。唐僧乃是离乡避井的一个行脚僧。你这等年高，享用也够了，倒要像他做行脚僧，何也？"老僧道："我虽是坐家自在，乐乎晚景，却不得他这袈裟穿穿。若教我穿得一日儿，就死也闭眼，也是我来阳世间为僧一场！"

最后大家算是明白了，原来他想穿这袈裟一辈子。老而不死是为贼，贼心即是贪得无厌。

这时，有个名唤广智的小和尚就说，把唐僧师徒杀了不就得了，而另一个叫广谋的小和尚就主张把禅堂烧了，这样才好掩人耳目。果然贪婪奸伪起杀心，出了这种杀人越货的智谋。这禅院有七八十个房头，大小有二百馀众，当夜一拥搬柴，把个禅堂前前后后四面围绕不通，安排放火。

没想到那行者却是个灵猴，虽然睡下，只是存神炼气,朦胧着醒眼。由此我们知道，悟空从来睡觉时都在练功。发现禅院的诡计后，才知道师父说得对。又怕自己行凶被师父怪罪，就来了个顺水推舟，借了广目天王的辟火罩儿，罩住了唐僧与白马、袈裟和行李，就坐在房脊上看那些人放火，不仅看，还念咒，往巽地上吸一口气吹将去，这巽地就意味着"风"，于是一阵风起，把那火转刮得烘烘乱着。须臾间，风狂火盛，把一座观音院，处处通红。

不承想，火起之时，惊动了观音院正南二十里外黑风山洞里的黑风怪，黑风怪和禅院老和尚有些交情，老和尚之所以活了二百多岁，就是跟黑风怪学的秘术。这黑风怪本想来救火，但一见那锦襕袈裟，正是财动人心，他也不救火，也不叫水了，拿着那袈裟，趁哄打劫，跑了。

烧了禅堂，丢了袈裟，老和尚一头撞死了。这真是：广智广谋成甚用？损人利己一场空！

为了找到袈裟，孙行者当了一回王熙凤。

行者道："想是汝等盗藏起也！都出来！开具花名手本，等老孙逐一查点！"那上下房的院主，将本寺和尚、头陀、幸童、道人尽行开具手本二张，大小人等，共计二百三十名。行者请师父高坐，他却一一从头唱名搜检，都要解放衣襟，分明点过，更无袈裟。又将那各房头搬抢出去的箱笼物件，从头细细寻遍，那里得有踪迹。

这一段，特别有王熙凤治家的气派。最后竟然掘地三尺，也无袈裟踪影。害得唐僧又念《紧箍儿咒》，行者疼得满地打滚。

第十七回　孙行者大闹黑风山　观世音收伏熊罴怪

黑风怪什么来头？

第十七回"孙行者大闹黑风山　观世音收伏熊罴怪"。从这一回起，各路妖怪登场了。先前只是六贼，代表眼、耳、鼻、舌、身、意六欲，禅院长老（金池）代表贪欲。所以黑风怪是师徒二人西行路上出现的第一个妖怪，这妖怪代指什么呢？

按理说，观音禅院代表"心"，却在黑风洞的北边，而黑风山和黑风洞代表肾水之纯阴，洞主黑熊精则是坎中之真阳，乃肾中之相火、欲火。本来肾在北方，这里却说黑风洞在观音院正南二十里外，所以这里指的是"心火下降，肾水上升"之义。唯有心火下降，肾水上升才能形成"水火既济"之势。如果心火一味上升，肾水一味下降，就是水火分离，未济之象。

因为金池长老和黑风怪都有些"道行"，所以，观音禅院与黑风洞都风景极美、风水极好，就连黑风怪洞口的对子都是"静隐深山无俗虑，幽居仙洞乐天真"。行者不由赞他："这厮也是个脱垢离尘，知命的怪物。"甚至观音菩萨见了都喜欢，心中暗喜道："这业畜占了这座山洞，却是也有些道分。"因此心中已是有个慈悲，最后便收了黑风怪做了自己南海道场的守山大神。

因为肾属于下丹田，主恐，而生智慧。所以这黑风怪原本是"熊罴怪"，就喜欢和两个妖怪朋友以及观音院的金池长老讲道参禅。那两个妖怪一个是苍狼精，又称凌虚子，常打扮成道人；另一个是白花蛇精，装扮成白衣秀士。这三人坐在一起，倒像"儒释道"的格局。他们在一起高谈阔论，讲的是立鼎安炉，持砂炼汞，白雪黄芽，傍门外道。这些都是"道门"的词儿，所以，悟空说黑风怪是"脱垢离尘，知命的怪物"。

其实，妖怪更急于修炼，因为他们想得到"人身"啊！得了人身，才可以继续修仙、修佛啊！

这黑风怪还称自己的生日为"母难日"，可谓文雅至极，又要在生日开"佛衣会"。听到"佛衣"二字，悟空抡起棒子就打，黑风怪化风而逃，道人驾云而走，只把个白衣秀士一棒打死。看来儒生最不禁打。

后来就是悟空与黑风怪的酣战，看猴儿跟妖怪打架都是一个套路，先是自报家门，然后"儿子、孙子"叫骂一通，最后就是一场好杀。

只是跟黑风怪打架，有两个奇异处：一是红日当午，黑风怪要收兵去吃饭。

那黑汉举枪架住铁棒道："孙行者，我两个且收兵，等我进了膳来，再与你赌斗。"行者道："你这个业畜，叫做汉子？好汉子半日儿就要吃饭？似老孙在山根下，整压了五百馀年，也未曾尝些汤水，那里便饿哩？莫推故！休走！还我袈裟来，方让你去吃饭！"

二是斗到红日沉西，不分胜败，黑风怪还要休息。

那怪道："姓孙的，你且住了手。今日天晚，不好相持。你去，你去！待明早来，与你定个死活。"行者叫道："儿子莫走！要战便像个战的，不可以天晚相推。"

所谓"红日当午"之时，正是心旺水衰之时，黑熊为肾，所以要补充能量，去吃饭。而"红日沉西"之时，正是肾精当令，但黑风怪懂养生啊，此时休战，就是养精蓄锐。看来这黑熊精是真懂修行，他甚至传了金池长老养神服气之术，以至于那老僧有二百七十年的寿命。

三藏对此表示疑惑，道："我闻得古人云：'熊与猩猩相类。'都是兽类，他却怎么成精？"行者笑道："老孙是兽类，见做了齐天大圣，与他何异？大抵世间之物，凡有九窍者，皆可以修行成仙。"这里道出了一个秘密：世间之物，凡有九窍者，皆可以修行成仙。

与黑熊久斗不下，悟空想清楚了一件事，行者道："我想这桩事都是观音菩萨没理。他有这个禅院在此，受了这里人家香火，又容那妖精邻住。我去南海寻他，与他讲一讲，教他亲来问妖精讨袈裟还我。"于是悟空飞奔南海观音菩萨的紫竹林。

菩萨怎么收"黑风怪"？

下面这段着实有趣。其中有两个看点：一是悟空要求菩萨变成凌虚子跟他演一出戏，并说："菩萨若要依得我时，我好替你作个计较，也就不须动得干戈，也不须劳得征战，妖魔眼下遭瘟，佛衣眼下出现；菩萨要不依我时，菩萨往西，我悟空往东，佛衣只当相送，唐三藏只当落空。"菩萨没法，只得也点点头。

尔时菩萨乃以广大慈悲，无边法力，亿万化身，以心会意，以意会身，恍惚之间，变作凌虚仙子。……行者看道："妙啊！妙啊！还是妖精菩萨，还是菩萨妖精？"菩萨笑道："悟空，菩萨、妖精，总是一念；若论本来，皆属无有。"行者心下顿悟。

菩萨这句"菩萨、妖精，总是一念。若论本来，皆属无有"道破天机，有一念，就分出正与邪；无念，则正邪俱无。所以悟空当下顿悟。

再者，西行途中后来那么多妖怪在乎的都是唐僧肉，唯有黑风怪只是对袈裟动心。这也是一念，袈裟不是佛，以佛为佛，而不是以袈裟为佛，才是正念。这也是后来菩萨要收黑风怪的慈悲心，这黑风怪只是以邪为正，改邪归正即可。

二是菩萨假扮凌虚仙子，悟空变作一粒仙丹滚入黑风怪腹中，这就好比正念入内，欲念自消，妖精献袈裟，悟空出鼻孔，黑风怪求丹药，不想悟空就是真丹。菩萨又把"禁箍儿"圈套他头上，收伏了黑风怪。

当初的"金""紧""禁"三箍已给出两个，最后那金箍给了"妖二代"红孩儿，因为这小家伙会"三昧真火"，但真金不怕火炼！此是后话，暂且不提。

话说《西游记》里的妖怪大都是有背景的，后面都有大佬撑腰，可偏偏这三个是没有背景又实力强大的，悟空没背景，黑风怪、红孩儿也是自己修出来的，本来这三个箍儿是如来送给菩萨收大妖魔给唐僧做徒弟的，没想到菩萨收了这三个，都给自己用了。

第十八回　观音院唐僧脱难　高老庄行者降魔

招婿的内涵是什么？

咱们进入第十八回"观音院唐僧脱难 高老庄行者降魔"。

重得袈裟，即是脱难。心之偏动则火炽，金池自己烧了百年禅院；肾之偏动则气焰，熊罴用禁箍儿了终生。师徒二人脱了此难，来到福陵山，收了猪八戒，就是祸福之转。

话说师徒离开禅院，彼时已是春天。一日天色将晚，二人远远望见一村人家。三藏要去投宿，行者道"且等老孙去看看吉凶"，这句有趣。住店要不要看吉凶？当然要看。我平时心大，加上阳气壮，所以万事不在心头，可我有一友，进酒店总要先找到逃生门，进房间也要先点香，说是酒店人多气杂，还是要万分小心。

行者定睛观看，真个是：竹篱密密，茅屋重重。参天野树迎门，曲水溪桥映户。道旁杨柳绿依依，园内花开香馥馥。……又见那食饱鸡豚眠屋角，醉酣邻叟唱歌来。

大家读小说时，切不可略过那些诗词。行者看罢道："师父请行，定是一村好人家，正可借宿。"在悟空眼里，阴阳和合就是"好"，一个"好"字,有男有女,有鸳鸯蝴蝶,这都是阴阳和合之象。

这高老庄不是有"猪妖"吗?还好?这"猪妖"已经皈依了菩萨,依然是个"善人",就是用个"好"字呼唤师徒二人呢!

在村口,他们遇到一个出逃的少年,悟空见微知著,扯住那少年偏要问个清楚,称:"'与人方便,自己方便'。你就与我说说地名何害?我也可解得你的烦恼。"那人被行者扯住不过,只得说出道:"此处乃是乌斯藏国界之地,唤作高老庄。"

乌,是太阳里的三足乌,太阳藏起来的地方就是夜晚,夜晚的真阴是月亮,兔,就是月之精,而八戒事端就源于月中嫦娥,所以他选择这地界入赘。原来此处就是八戒一生念念不忘的高老庄。而这少年高才就是高太公派出去请法师捉妖的人。先前已经请了三四拨人,但都是不济的和尚、脓包的道士,降不得那妖精。

好管闲事的悟空说,这不撞枪口上了嘛,我最会捉妖。

那高太公一听有远来的和尚,想必真有些手段,于是赶紧请了进来。

高太公只有三个女儿,大女儿、二女儿都嫁出去了,于是让三女儿翠兰招婿。八戒就是做"倒插门"的命,最初就是卯二姐家的倒插门,一听说高太公招婿,就又来了。而且八戒太符合上门女婿的要求了:模样儿倒也精致……上无父母,下无兄弟,……耕田耙地,不用牛具;收割田禾,不用刀杖。如此这般无羁无绊,又勤劳能干,当属最佳上门女婿。

这里有两个伏笔。一是三女儿为少女、为"妙",在《易经》为"兑",为"泽",为"悦"。古代嫁女为娶,入赘为招,前者为阴阳之顺,后者为阴阳之逆,顺行,则为人道;逆行,则为仙道。不是有那句话吗?顺则凡、逆则仙,只在中间颠倒颠。所以以女招男,为月得日则明,暗喻修行。

二是三女为"兑"，八戒来自福陵山，就是"山"，比喻"艮"，所以二人也是良配。加之后面悟空扮成翠兰收伏八戒的故事，所以这一回都是在讲阴阳顺逆的故事，真良配是悟空和八戒，而不是八戒与翠兰。这小说写得真不容易啊，处处布局，步步有玄机，其良苦用心，我们别草率看过啊。

高太公后来又说，可惜他后来变做一个长嘴大耳朵的呆子，脑后又有一溜鬃毛，头脸就像个猪的模样。更可怕的是：食肠却又甚大：一顿要吃三五斗米饭；早间点心，也得百十个烧饼才够。不仅让高家觉得丢脸，还快把家吃亏空了。

三藏慈悲，说："只因他做得，所以吃得。"能干能吃也没毛病，这唐僧还没见到八戒，就开始替八戒说话了。

高老道："吃还是件小事，他如今又会弄风，云来雾去，走石飞砂，唬得我一家并左邻右舍，俱不得安生。又把那翠兰小女关在后宅子里，一发半年也不曾见面，更不知死活如何。"

行者道："这个何难？老儿你管放心，今夜管情与你拿住，教他写个退亲文书，还你女儿如何？"悟空这话也周全，不行就退婚呗。没想到高太公已起杀心，说："要甚么文书？就烦与我除了根罢。"

什么是真夫妻？

是夜，悟空便进屋捉妖。

咱们先看一下被妖怪缠上的女子样子有多惨，这翠兰姑娘——云鬓乱堆无掠（头发乱），玉容未洗尘淄（脸上脏）。一片兰心依旧，十分娇态倾颓。樱唇全无气血，腰肢屈屈偎偎。愁蹙蹙，蛾眉淡；瘦怯怯，语声低。成天待在黑屋子里，担惊受怕，没有一点安全感的女人大概都会这样吧。

送走翠兰姑娘,悟空却弄神通,摇身一变,变得就如那女子一般,独自个坐在房里等那妖精。

我们先前说过:悟空是金公,八戒是木母,按理说,金公是夫,木母是妻,此时却颠倒了身份,做了一回假夫妻。其实,这也是真夫妻之象,悟空是乙木,又是水中之真金,所以金公外阴内阳,木母外阳内阴,都取其真也。夫妇嘛,真在一起,有时候真是"安能辨我是雌雄",真真假假、阴阴阳阳、变来变去,就是生活。

不多时,一阵风来,真个是走石飞砂。……半空里来了一个妖精,果然生得丑陋:黑脸短毛,长喙大耳;穿一领青不青、蓝不蓝的梭布直裰,系一条花布手巾。

好一副劳动者的模样!后面便是一段人间夫妻的打闹和对白,道出好多人生真相。

假扮翠兰的悟空忽然叹口气,道声:"造化低了!"

那怪道:"你恼怎的?造化怎么得低的?我得到了你家,虽是吃了些茶饭,却也不曾白吃你的:我也曾替你家扫地通沟,搬砖运瓦,筑土打墙,耕田耙地,种麦插秧,创家立业。如今你身上穿的锦,戴的金,四时有花果享用,八节有蔬菜烹煎,你还有那些儿不趁心处,这般短叹长吁,说甚么造化低了?"人间的男子大多这么说呢。

行者道:"不是这等说。今日我的父母,隔着墙,丢砖料瓦的,甚是打我骂我哩。"那怪道:"他打骂你怎的?"行者道:"他说我和你做了夫妻,你是他门下一个女婿,全没些儿礼体。这样个丑嘴脸的人,又会不得姨夫,又见不得亲戚,又不知你云来雾去,端的是那里人家,姓甚名谁,败坏他清德,玷辱他门风,故此这般打骂,所以烦恼。"这是在套呆子的底细。

行者道:"他说请一个五百年前大闹天宫姓孙的齐天大圣,要来拿你哩。"

那怪闻得这个名头，就有三分害怕道："既是这等说，我去了罢，两口子做不成了。"

行者道："你怎的就去？"

那怪道："你不知道：那闹天宫的弼马温，有些本事，只恐我弄他不过，低了名头，不像模样。"他套上衣服，开了门，往外就走；被行者一把扯住，……叫声："那里走！你若上天，我就赶到斗牛宫！你若入地，我就追至枉死狱！"

原来五百年前二者就是旧相识，又因为金克木，所以八戒害怕悟空，但悟空最后这句却道出"五百年因缘"的真相，"那里走！你若上天，我就赶到斗牛宫！你若入地，我就追至枉死狱！"这就是阴阳相通相薄，不离不弃，善因缘也是恶因缘，谁都不曾放过谁！

二人就此都恢复了本相，大打出手。

第十九回　云栈洞悟空收八戒　浮屠山玄奘受心经

收八戒为何菩萨不用来？

进入第十九回"云栈洞悟空收八戒　浮屠山玄奘受心经",两人打着打着,八戒对悟空说:"你上前来站稳着,听听我老猪的底细,别吓着你!"

"我自小生来心性拙,贪闲爱懒无休歇。不曾养性与修真,混沌迷心熬日月。忽朝闲里遇真仙,就把寒温坐下说。劝我回心莫堕凡,伤生造下无边业。……有缘立地拜为师,指示天关并地阙。得传九转大还丹,工夫昼夜无时辍。上至顶门泥丸宫,下至脚板涌泉穴。周流肾水入华池,丹田补得温温热。婴儿姹女配阴阳,铅汞相投分日月。离龙坎虎用调和,灵龟吸尽金乌血。三花聚顶得归根,五气朝元通透彻。功圆行满却飞升,天仙对对来迎接。朗然足下彩云生,身轻体健朝金阙。……"

这是说老猪打小就得名师指点,修炼了"九转还丹"这等了不得的功夫,并由此做上了天庭的水军总督。在"道门内丹"功夫里,"三花聚顶"指精气神混一而聚于玄关一窍;"五气朝元"指五脏之精气生克制化，朝归于黄庭（丹田），这些都是内丹里的顶级功夫。所以老猪未必真"呆"，而是可能装傻。

这猪八戒的师父会是谁呢？本事不是一般的大。我猜可能还是菩提祖师，祖师传了悟空七十二地煞，传了八戒三十六天罡。只是悟空、八戒都牢记了祖师的教训：不许透露师父的名号。

老猪接着说："只因王母会蟠桃，开宴瑶池邀众客。那时酒醉意昏沉，东倒西歪乱撒泼。逞雄撞入广寒宫，风流仙子来相接。见他容貌挟人魂，旧日凡心难得灭。全无上下失尊卑，扯住嫦娥要陪歇。再三再四不依从，东躲西藏心不悦。色胆如天叫似雷，险些震倒天关阙。……多亏太白李金星，出班俯囟亲言说。……放生遭贬出天关，福陵山下图家业。我因有罪错投胎，俗名唤作猪刚鬣。"

这是说老猪因调戏嫦娥而获罪，得太白金星说情而下凡。

行者使棍支住道："你这钯可是与高老家做园工筑地种菜的？有何好处怕你！"

那怪道："你错认了！这钯岂是凡间之物？你且听我道来：此是锻炼神冰铁，磨琢成工光皎洁。老君自己动钤锤，荧惑亲身添炭屑。……人间那有这般兵，世上更无此等铁。"

他的"九齿钉耙"也是太上老君亲手所制。

两人又是黑夜里的一场好杀，那个道："你破人亲事如杀父！"这个道："你强奸幼女正该拿！"闲言语，乱喧哗，往往来来棒架钯。看看战到天将晓，那妖精两膊觉酸麻。

他两个自二更时分，直斗到东方发白。那怪不能迎敌，败阵而逃，依然又化狂风，径回洞里，把门紧闭，再不出头。

于是，悟空回去劝高太公，这厮也是性灵尚存的天上神仙，"你这老儿不知分限。那怪也曾对我说，他虽是食肠大，吃了你家些茶饭，他与你干了许多好事。这几年挣了许多家资，皆是他之力量。他不曾白吃了你东西"。再说，人家也是"天神下界，替你巴家做活，又未曾害了你家女儿。想这等一个女婿，也门当户对，不怎么坏了家声，辱了行止。当真的留他也罢"。

其中句句透露了对八戒的同情，可高太公不干，悟空只得与八戒再战。

其实，悟空也不愿对八戒下死手，所以见面先劝，指出八戒婚姻的不正当性，破假才能成真。悟空说："你强占人家女子，又没个三媒六证，又无些茶红酒礼，该问个真犯斩罪哩！"

古语认为，没有三媒六证，婚姻就不会和谐，再说人与妖也言语不通，所以算不得真眷属，由此可知金公木母才是真眷属，而黄婆就是三媒六证。此是后话。

这木母拿钉耙打悟空的头，更不曾筑动悟空一点儿头皮。这就是木母无法反侮金公，又听说悟空是改邪归正，弃道从僧，护佑唐僧西行取经的，立刻丢了钉耙，说自己已经受了菩萨戒，也是要护送唐僧的。这就是木性曲直，喜金克，愿意就此改邪归正。于是行者便让他点把火烧了云栈洞，断了他后路，八戒道："我今已无挂碍了，你却引我去罢。"于是悟空绑起八戒、揪着他的大耳朵，去拜见唐僧。

这里有诗为证：金性刚强能克木，心猿降得木龙归。金从木顺皆为一，木恋金仁总发挥。一主一宾无间隔，三交三合有玄微。性情并喜贞元聚，同证西方话不违。

因为金能克木，木得被金克才得成器，也就是没有悟空，八戒也成不了才；而金之肃杀之气得木之仁德，也才成气候。所以悟空和八戒相互成就，这就是"阴阳和合"，就是"一主一宾无间隔，三交三合有玄微"。所谓好夫妻，就是要互为主宾、相互成就的，而相害、相损，就是坏的因缘。

因为悟空与八戒相克、相吸,阴阳相喜,所以此番悟空收八戒,根本不用菩萨奔波。夫妻嘛,话说清楚了,就不用别人掺和了。由此,师徒见了面,唐僧又要给老猪起法名,老猪说有法名了,叫悟能,又见老猪嚷着要开斋,唐僧不许,送其混名"八戒",那呆子欢欢喜喜收着了,从此又叫作猪八戒。

人人都怕两边丢

八戒临走前,还惦记着"拙荆""浑家",即老婆翠兰,这就是指情缘难断;又断不了"素酒",这是习性未绝;还说:只怕我们取不成经时,好来还俗,照旧与你做女婿过活。这就是"道心易退",修行不易。

行者呵斥他道:"夯货,却莫胡说!"八戒道:"哥呵,不是胡说,只恐一时间有些儿差池,却不是和尚误了做,老婆误了娶,两下里都耽搁了?"

哎呀呀!此句却道破了天下人的心思:修行吧,怕修不成,反而耽误了当下的享受;不修行吧,又怕得不着修行的好处,万一能长命百岁、羽化升仙呢!

此句真不是胡说,八戒最贴近人性。人,都怕两边耽搁了,这犹疑之苦,就没几人能下得了"坚持的心"。所以,人这颗心啊,总是"苦"。

在高老庄送别宴上,还道出了佛家四个规矩,一是不可娶妻。八戒放不下媳妇,行者笑道:"贤弟,你既入了沙门,做了和尚,从今后,再莫题起那'拙荆'的话说。世间只有个火居道士,那里有个火居的和尚?"

所谓"火居道士",就是道门分"正一派"和"全真派",正一派道士一般居家修行,可以娶妻成家立业、饮酒,主要以符箓斋醮、祈福消灾、降邪驱鬼、超度追荐为主要宗教活动。全真派道士要求出家住观修行,不娶妻、不饮酒、不茹荤,以"三教圆通,识心见性,独全其真"为修炼主旨。原先八戒修"道门",所以有两次"倒插门"之艳福,如今皈依做了和尚,就必须戒掉此行为。

二是戒荤戒酒。三藏道:"不瞒太公说,贫僧是胎里素,自幼儿不吃荤。""也不敢用酒。酒是我僧家第一戒者。"佛教提出五大根本戒:不杀生,不偷盗,不邪淫,不妄语,不饮酒,并没有直接提到吃素,但以其慈悲心,一是怜悯众生,二是众生平等,故而不杀生。饮酒则会使人失去平静,变得暴怒、妄语、淫邪,或招致病痛等,所以也不主张饮酒。

三是不接受银两布施。三藏道:"我们是行脚僧,遇庄化饭,逢处求斋,怎敢受金银财帛?"但行者却不像师父那么拘谨,他抓了一把钱,赏给了高老庄的奴仆少年高才,其实主要是怜悯下人的辛苦,但施舍也要照顾到别人的尊严,所以悟空解释说,给高才钱一方面是谢他照顾师父,另一方面是帮师父又招了一个徒弟。这,就是悟空的明事理、懂规矩,你是不需要钱,但穷苦人需要。从这些细节可以品出悟空的宅心仁厚。

四是不受丝帛馈赠。三藏道:"我出家人,若受了一丝之贿,千劫难修。只是把席上吃不了的饼果,带些去做干粮足矣。"由此可见出家人要始终淡泊情志,时时刻刻守戒律。

遂此收拾了一担行李,八戒担着;备了白马,三藏骑着;行者肩担铁棒,前面引路。一行三众,辞别高老及众亲友,投西而去。

乌巢禅师到底是谁？

行过了乌斯藏界，猛抬头见一座高山。八戒道："没事。这山唤作浮屠山，山中有一个乌巢禅师，在此修行。老猪也曾会他。""他倒也有些道行。他曾劝我跟他修行，我不曾去罢了。"这乌巢禅师原来是在树上筑巢而居，果真是有大道行。那禅师见他三众前来，便离了巢穴，跳下树来。历史上有没有在树上修行的人啊？有啊，但这个"乌巢禅师"却非同一般。

原先解释过"乌斯藏界"，指日精三足乌所藏之地是月亮，这里又到了"乌巢禅师"所在之地，乌，指三足乌，指太阳的精魂。所以这一回就是在讲阴阳。

再解释下浮屠。《佛学大辞典》中的解释是：浮屠，亦作浮图，皆即佛陀之异译。佛教为佛所创。后并称佛塔为浮屠。

在浮屠山，出现了《西游记》里最神秘的人物：乌巢禅师。

三藏下马奉拜，那禅师用手搀道："圣僧请起。失迎，失迎。"

八戒道："老禅师，作揖了。"

禅师惊问道："你是福陵山猪刚鬣，怎么有此大缘，得与圣僧同行？"

八戒道："前年蒙观音菩萨劝善，愿随他做个徒弟。"

禅师大喜道："好，好，好！"又指定行者，问道："此位是谁？"

行者笑道："这老禅怎么认得他，倒不认得我？"

禅师道："因少识耳。"

这段写得微妙。首先，禅师认得唐僧，至于怎么认得的，没说，唐僧也没追问。其次，禅师见到八戒，是又惊又喜。最后，禅师问悟空是谁，这让一向倨傲的悟空内心不爽，直冲冲地说：这老禅怎么认得他，倒不认得我？悟空这一笑，到底是尴尬地笑，是火眼金睛看透一切的笑,还是冷笑,不得而知。

其实,这一章"云栈洞悟空收八戒 浮屠山玄奘受心经",暗藏着一个玄机,就是这时的所有人可能都是五百年前的旧相识,一切不过是久别重逢,但恩怨全在五百年前。因为是在"浮屠山"相遇,所以有人推测"乌巢禅师"是如来的化身。悟空与八戒是旧相识,玄奘曾是如来座下的"金蝉子",所以也是旧相识,八戒与禅师是旧相识,那悟空与如来呢?就是压在五行山下的旧缘,也是悟空内心最大的冤屈与不平。

三藏再拜,请问西天大雷音寺还在那里。禅师道:"远哩!远哩!只是路多虎豹,难行。"三藏殷勤致意,再回:"路途果有多远?"

这两次问询,暴露了唐僧有点心里没底了。不仅对路途没底了,对所求之经也内心茫然。

这时禅师必须放大招来坚定其心了。禅师道:"路途虽远,终须有到之日,却只是魔瘴难消。我有《多心经》一卷,凡五十四句,共计二百七十字。若遇魔瘴之处,但念此经,自无伤害。"三藏拜伏于地恳求,那禅师遂口诵传之。

这就是大名鼎鼎的佛学宝典《心经》。

我有个原则,关于佛经,我始终心怀敬畏,所以佛经的书只读不讲,若非要讲,也只能讲讲六祖《坛经》,因为毕竟这本是本土人所作。所以这里,我给大家诵一下《心经》吧。

经云《摩诃般若波罗蜜多心经》:"观自在菩萨,行深般若波罗蜜多时,照见五蕴皆空,度一切苦厄。舍利子,色不异空,空不异色;色即是空,空即是色。受想行识,亦复如是。舍利子,是诸法空相,不生不灭,不垢不净,不增不减。是故空中无色,无受想行识,无眼耳鼻舌身意,无色声香味触法,无眼界,乃至无意识界,无无明,亦无无明尽,乃至无老死,亦无老死尽。无苦集灭道,无智亦无得。以无所得故，菩提萨埵。依般若波罗蜜多故，心无挂碍；无挂碍故，无有恐怖；远离颠倒梦想，究竟涅槃。三世诸佛，依般若波罗蜜多故，得阿耨多罗三藐三菩提。故知般若波罗蜜多，是大神咒，是大明咒，是无上咒，是无等等咒，能除一切苦，真实不虚。故说般若波罗蜜多咒，即说咒曰：'揭谛！揭谛！波罗揭谛！波罗僧揭谛！菩提萨婆诃！'"

不知为何，2024年读此经，内心颇有感悟。我愿大家多读、多诵，心下自然欢喜、明澈。

此时唐朝法师本有根源，耳闻一遍《多心经》，即能记忆，至今传世。此乃修真之总径，作佛之会门也。总径与会门，指既是道路，又是大门开启，唐僧能得佛经之至宝，心意坚矣！

三问三答为哪般？

似乎禅师就是为传《心经》而至，那禅师传了经文，踏云光，要上乌巢而去；被三藏又扯住奉告，定要问个西去的路程端的。

你看，这是唐僧三问西去的路程了。也就是唐僧虽然记忆力超群，能马上背诵经文，但心里还是懵懂。所以先前禅师第一次的回答"远哩！远哩！"，就是禅机，哪怕此时阴阳和合，但还须脚踏实地勇猛精进，一步一步去行。唐僧第二次问路途到底有多远，禅师并未直接回答，而是说："路途虽远，终须有到之日，却只是魔瘴难消。我有《多心经》一卷，……若遇魔瘴之处，但念此经，自无伤害。"也就是道路是道路，《心经》是《心经》，《心经》只为消魔障，魔障都是因妄心而起，除去心魔，道路一定会有到达之时。唐僧不明，第三次发问"定要问个西去的路程端的"，这就是明白《心经》不是"端的"，《心经》若是"端的"，此刻就可回头。禅师只好把西行路途要发生的事预言了一番。

那禅师笑云:"道路不难行,试听我吩咐:千山千水深,多瘴多魔处。若遇接天崖,放心休恐怖。行来摩耳岩,侧着脚踪步。仔细黑松林,妖狐多截路。精灵满国城,魔主盈山住。老虎坐琴堂,苍狼为主簿。狮象尽称王,虎豹皆作御。野猪挑担子,水怪前头遇。多年老石猴,那里怀嗔怒。你问那相识,他知西去路。"

这一段有点像宝玉第一次神游太虚幻境翻册子,那些册子把整篇《红楼梦》都说完了,偏偏当事人什么也没明白。也有点像《推背图》,把未来说尽了。乌巢禅师用一段诗把唐僧未来一路的遭遇也说尽了,我们这时能看懂的就"野猪挑担子(指八戒),水怪前头遇(指沙僧)。多年老石猴(指悟空),那里怀嗔怒"这句。这就仿佛上天早已为我们每个人写好了剧本,可我们愣是没办法回避命运,除非以后看回放,才心下明白点。

而且诗里说到"多年老石猴",一语道破禅师先前就知道悟空,而且是知道顽石炸裂那一刻的"悟空"。"那里怀嗔怒"大概就是指猴子被压在五行山下的心态吧。所以禅师前面说不识悟空,一定是故意装的。

最后那句"你问那相识,他知西去路"就点出:取经队伍中,唯有悟空认识去西天的路,因为他一个筋斗云翻去过那里。所以,只有悟空听懂了这首诗。

行者闻言,冷笑道:"我们去,不必问他,问我便了。"三藏还不解其意,那禅师化作金光,径上乌巢而去。

悟空此时不仅冷笑,还"大怒"。

行者心中大怒,举铁棒望上乱捣,只见莲花生万朵,祥雾护千层。行者纵有搅海翻江力,莫想挽着乌巢一缕藤。

这莲花、祥雾,是只有佛、菩萨级别的人物才会有的配置啊,可见悟空和佛菩萨都心知肚明此番相遇，只有唐僧不明。

悟空和乌巢禅师之间的不痛快，既有五百年前之"前缘"，恐怕还有"眼缘"。所谓"眼缘"，就是有些人，一见面就犯冲，彼此心生厌恶；而有的人，一见面就欢喜，没个理由。比如恋爱中的人，问"你爱我什么"就是有点无聊，还不如自问：为什么是我，不是她？其实，这问也问不出结果，总归是：不是冤家不聚头。若不受"情"的缠磨，还须把心放下些、疏淡些，此时是"我"，那时"非"我，都是缘来缘尽，自个儿解读不了什么。好好读《心经》，也许能明白些许。

乌巢禅师既然知未来，必然知过去，所以他不可能不知道大名鼎鼎的孙悟空的来路，更不可能不知道悟空是菩提祖师的徒弟，只不过彼此"看破不说破"罢了。到底禅师是谁，恐怕世上只有悟空知道。而且既然禅师原先有意收八戒，可能他就是喜欢肥头大耳的猪八戒，不喜欢尖嘴猴腮的孙悟空。悟空也不在意，有观音菩萨喜欢着、罩着就成了。所以两人一见面就有点硬抗，到最后，一个骂了人，一个捣了巢。悟空为什么说前程问他就是了？那意思就是：他再明白，还不得靠我剿妖除魔！

八戒虽然搞不清楚状况，但有好奇的天性，所以八戒道："师兄息怒。这禅师也晓得过去未来之事，但看他'水怪前头遇'这句话，不知验否，饶他去罢。"

于是，师徒继续西行。

第二十回　黄风岭唐僧有难　半山中八戒争先

修炼之秘是什么？

第二十回"黄风岭唐僧有难　半山中八戒争先",开篇就有一篇偈子。偈,指佛经中的唱词。乃是玄奘法师悟彻了《多心经》,打开了门户,那长老常念常存,一点灵光自透。

我们看一下唐僧这"偈子"说了什么。

偈曰:法本从心生,还是从心灭。生灭尽由谁,请君自辨别。既然皆已心,何用别人说?只须下苦功,扭出铁中血。绒绳着鼻穿,挽定虚空结。拴在无为树,不使他颠劣。莫认贼为子,心法都忘绝。休教他瞒我,一拳先打彻。现心亦无心,现法法也辍。人牛不见时,碧天光皎洁。秋月一般圆,彼此难分别。

"法本从心生,还是从心灭。生灭尽由谁,请君自辨别。"这句是说修行者要先辨别一件事:如果生灭都是从自己的心,也就不用别人说了,自己在心上下苦功夫即可,得了《心经》就可以回东土了。所以,单从"心"上下苦工,就好比用绒绳拴住牛鼻子,没什么大用;更甚如"认贼为子",不仅没用,还害了自己。因为此"心"还是后天生生死死轮回之种子，不能了生死。真正的"了生死"，不是不生不死，而是先天神明之玲珑剔透、不坠轮回。所以要一拳打透先前的迷境，不是修那颗凡心，而是修先天之灵，方能"远离颠倒梦想"，心、法两忘，人、牛不见，才得大乘之法。

说至此，读《西游记》、讲《西游记》、解《西游记》，心中始终欢喜，解的不是他人谜，而是时时刻刻解自己的心中谜，也随唐僧师徒一路脚踏实地不断消除魔障，西行了一回。快哉快哉！

读小说，可以读个热闹，也可以读个明白。看《西游记》电视剧、看《红楼梦》电视剧等，都是走热闹的路线。而一字一句读书读下来的好，就是一方面可以热闹，一方面可以敛卷沉思，惚兮恍兮，觉出点真意。就是既可以"满纸辛酸泪，谁解其中味"，与作者共情；也可以"月出天心上，风来水面时"，与作者共意。

其实，真正的唐僧取经，身边并无悟空与八戒，而所谓金公、木母无非是肝、肺的比喻，也就是唐僧要降服自身之龙虎，降龙伏虎，收伏悟空、八戒后，才能得《心经》，而且必须"常念常存，一点灵光自透"，好比"日落西山藏火镜，月升东海现冰轮"，从此打开玄牝之门。

作者怕我们不懂，所以有了下面一段对话。

三藏道："悟空，你看那日落西山藏火镜，月升东海现冰轮（这是在描述当下三藏内心的彻悟）。幸而道旁有一人家，我们且借宿一宵，明日再走。"这就是心里刚明白一点，就又有了俗念凡心。

八戒道："说得是，我老猪也有些饿了，且到人家化些斋吃，有力气，好挑行李。"

悟空不便骂师父，只能骂八戒。行者道："这个恋家鬼！你离了家几日，就生抱怨！"——木母的家在肾水（水生木，肾水是木的母），肾水为欲念之所。所以八戒总要吃要喝要休息。

八戒道:"哥啊,似不得你这喝风呵烟的人。我从跟了师父这几日,长忍半肚饥,你可晓得?"

三藏闻之道:"悟能,你若是在家心重呵,不是个出家的了,你还回去罢。"——在家心重,就是强制其心,是身出家,而心不出家,这就不是真正的出家人。所以唐僧劝退。

那呆子慌得跪下道:"师父呵,我受了菩萨的戒行,又承师父怜悯,情愿要伏侍师父往西天去,誓无退悔。这叫做'恨苦修行'。怎的说不是出家的话!"

然后死心塌地,跟着前来。"死心塌地"一词,值得玩味,既要"死心",又要"塌地",才能前行。

话说师徒三人来到王老儿家,因为凡人一见悟空、八戒就害怕,三藏埋怨道:"徒弟呀,你两个相貌既丑,言语又粗,把这一家儿吓得七损八伤,都替我身造罪哩!"

八戒道:"不瞒师父说,老猪自从跟了你,这些时俊了许多哩。若像往常在高老庄走时,把嘴朝前一掬,把耳两头一摆,常吓杀二三十人哩。"

行者笑道:"呆子不要乱说,把那丑也收拾起些。"

三藏道:"你看悟空说的话!相貌是生成的,你教他怎么收拾?"

行者道:"把那个耙子嘴,揣在怀里,莫拿出来;把那蒲扇耳,贴在后面,不要摇动,这就是收拾了。"

那八戒真个把嘴揣了,把耳贴了,拱着头,立于左右。——这把嘴揣怀里,把两耳贴在后面,就是关闭九窍,拱头而立,就是"艮其背",练督脉之法。

后面吃斋时,老王劝三藏、行者多吃一些,二人都说"够了"。这就是"虚其心";八戒道:"老儿滴答甚么!谁和你发课,说甚么五爻六爻!有饭只管添将来就是。"呆子一顿,把他一家子饭都吃得罄尽。这就是"实其腹"。以上都是修炼之秘法。

次日天晓，行者去背马，八戒去整担，老王又教妈妈整治些点心汤水管待，三众方致谢告行。

老者道："此去倘路间有甚不虞，是必还来茅舍。"

行者道："老儿，莫说哈话。我们出家人，不走回头路。"——老孙这句话决绝坚定，乃真出家人也！

黄风为什么那么厉害？

噫！这一去，果无好路朝西域，定有邪魔降大灾。三众前来，不上半日，果逢一座高山，说起来，十分险峻。……正看那山，忽闻得一阵旋风大作。

三藏在马上心惊道："悟空，风起了！"行者道："风却怕他怎的！此乃天家四时之气，有何惧哉！"三藏道："此风其恶，比那天风不同。"……

八戒上前，一把扯住行者道："师兄，十分风大！我们且躲一躲儿干净。"行者笑道："兄弟不济！风大时就躲，倘或亲面撞见妖精，怎的是好？"八戒道："哥呵，你不曾闻得'避色如避仇，避风如避箭'哩！我们躲一躲，也不亏人。"

行者道："且莫言语，等我把这风抓一把来闻一闻看。"八戒笑道："师兄又扯空头谎了，风又好抓得过来闻？就是抓得来，使也渍了去了。"行者道："兄弟，你不知道老孙有个'抓风'之法。"好大圣，让过风头，把那风尾抓过来闻了一闻，有些腥气，道："果然不是好风！这风的味道不是虎风，定是怪风，断乎有些蹊跷。"

上一节我们说到"心"，总有人说修道就是修心，却不知这后天之凡心终归不是《心经》那个"金刚心",脑子再明白,也固摄不住这个凡心,风起则幡动,"黄风岭唐僧有难",就讲的是这个。

见邪风起,三藏在马上心惊。邪风过后,猛地跳出一只斑斓猛虎,慌得那三藏坐不稳雕鞍,翻根头跌下白马,斜倚在路旁,真个是魂飞魄散。可见人心是最不稳定的。一惊一吓,就魂飞魄散。相比之下,悟空和八戒才是真有道行的,不仅临危不乱,还能挺身而出。

这一战,八戒表现神勇,都不让行者上前,自己一丢行李,直接就冲上去了。这可是八戒加入取经队伍的首战。

那只虎直挺挺站将起来,把那前左爪抢起,抠住自家的胸膛,往下一抓,唿剌的一声,把个皮剥将下来,站立道旁。厉声高喊:"吾当不是别人,乃是黄风大王部下的前路先锋。"

黄风,指中庭之风,属于脾之意,脾之意动,则是"风",心动则生脾意,所以黄风怪的先锋"抠住自家的胸膛"之象,就是火生土,就是意动的外显——心之动。

而后妖怪使了个"金蝉脱壳",用一阵风摄走了正战战兢兢念《心经》的"金蝉子"玄奘,这就是个伏笔,暗喻玄奘心惊胆战、灵魂出窍,自己摄走了自己。最后妖怪把唐僧绑在后园定风桩上,准备过了三五日,收拾了悟空和八戒后再吃他。记住,这时他们只是遇到吃人的妖魔,还不是要吃"唐僧肉"的妖魔。

这时,苦命江流思行者,遇难神僧想悟能,道声:"徒弟啊!不知你在那山擒怪,何处降精,我却被魔头拿来,遭此毒害,几时再得相见!好苦啊!你们若早些儿来,还救得我命;若十分迟了,断然不能保矣!"一边嗟叹,一边泪落如雨。

开篇那么明白的唐僧,此刻念的不是《心经》,而是念徒儿,同时哭哭啼啼的。

这倒让我想到一件事,听说一位童贞出家的老法师,不慎从楼上摔下，伤势极重。弟子劝请念佛，他说："现在痛苦得像万箭穿胸，哪能念佛啊！"情况好转后，他对大家说："以前我对生死好像很有把握，经过这次经验，才知道在极度痛苦时，正念是提不起来的，希望你们在平时要好好用功，不然，生死是了不了的！"老法师所言极是。生死关头夸不得海口。

为什么说这一回的题目叫"半山中八戒争先"？是指八戒先一钯，筑得那黄风怪的先锋九个窟窿鲜血冒，一头脑髓尽流干。都说心有九窍，所以八戒之举就如同悟空先前杀"六贼"，杀魔先"诛心"，心死了，心就不妄动了。先前说过：悟空为"心猿"，白龙为"意马"，但他们都是皈依了正途的心猿与意马，此刻的黄风怪先锋为"凡心""欲心"，就该杀、该戮。不杀凡心、欲心，就得不到正果。

然后就是悟空与黄风怪的一场恶斗。但黄风怪这个"意"太强大了，能使得一股搅动乾坤的黄风，甚至差点吹瞎了悟空的眼。这就叫"意乱心迷"。

第二十一回　护教设庄留大圣　须弥灵吉定风魔

黄风怪的黄风有多厉害呢？

咱们进入第二十一回"护教设庄留大圣　须弥灵吉定风魔"。

黄风怪的黄风有多厉害呢？

一阵黄风，从空刮起。好风！真个利害：冷冷飕飕天地变，无影无形黄沙旋。……黄河浪泼彻底浑，湘江水涌翻波转。碧天振动斗牛宫，争些刮倒森罗殿。五百罗汉闹喧天，八大金刚齐嚷乱。文殊走了青毛狮，普贤白象难寻见（这也为后来埋下伏笔）。……老君难顾炼丹炉，寿星收了龙须扇。王母正去赴蟠桃，一风吹断裙腰钏。二郎迷失灌州城，哪吒难取匣中剑。……这风吹倒普陀山，卷起观音经一卷。白莲花卸海边飞，吹倒菩萨十二院。盘古至今曾见风，不似这风来不善。唿喇喇，乾坤险不咋崩开，万里江山都是颤！

狂风写至此，也是绝笔了。当初孙悟空大闹天宫只是殃及天庭，这黄风怪却一口气搅动了三界，也是功夫了不得了。所以悟空说："老孙也会呼风，也会唤雨，不曾似这个妖精的风恶！"

大家要记住：前面的黑风怪暗喻肾神，这里的黄风怪暗喻脾意，取经途中先要收伏肾神、脾意，才能收伏八戒和沙僧，因为黑风怪代表肾神，肾水生肝木，收伏了肾神，才能得到八戒；此刻收伏了黄风怪这个"假土"，才能收伏沙僧这个"真土"，所以这一回写完后，就要讲"流沙河"了。小说家真是不容易啊！如此前后呼应，真让人佩服他们的脑回路。我要是不讲、不细读，也看不清这些。

那怪劈脸喷了一口黄风，把（悟空）两只火眼金睛，刮得紧紧闭合，莫能睁开；因此难使铁棒，遂败下阵来。——这就是心火入肝而攻于目，眼不明则意难断。所以，败下阵来的悟空说，救师父这事得暂缓了，不知这里可有眼科先生，且教他把我的眼医治医治。看来，这黄风有毒啊。

于是，就有了"护教设庄留大圣"这回。就是奉命保护唐僧的护教伽蓝、六丁六甲、五方揭谛、四值功曹这些天神在此地设了个庄园，来给悟空治疗眼病。

庄上的老者说："善哉！善哉！……那黄风大圣风最利害。他那风，比不得甚么春秋风、松竹风与那东西南北风。……"八戒道："想必是夹脑风、羊耳风、大麻风、偏正头风？"老者道："不是，不是。他叫做'三昧神风'。"……老者道："那风能吹天地暗，善刮鬼神愁。裂石崩崖恶，吹人命即休。你们若遇着他那风吹了呵，还想得活哩！只除是神仙，方可得无事。"

黄风大王的三昧神风和红孩儿的三昧真火可以说是《西游记》里最厉害的风与火了，一个差点吹瞎悟空的眼睛，一个差点要了悟空的命。所谓"三昧"，当指一种最神秘的力量，与元精、元气、元神有关。还记得菩提祖师说的"三灾"吧，其风灾、火灾的描述也属于"三昧"。

这"三昧神风"到底因何而来呢？

《内经·灵枢·九宫八风》也说"风"，是按九宫而说的"八风"。正南，大弱风；正北，大刚风；正东，婴儿风；正西，金刚风。这叫"四正风"，还有"四隅风"，比如西北风，叫"折风"，是摧杀之气更大的风；西南风，叫"谋风"；东北风，叫"凶风"；东南风，叫"弱风"。

一般说来，正风柔和，知时知节；恶风狂且乱，神不守舍，则狂飙。但唯独没说九宫中央这个风。太一恒居中宫，此中宫若有风，也只有"太乙神仙"能够镇住。中宫色黄，为脾意之风，此风最为狂暴，乃为怨气所生。

那黄风怪哪里来的这么大怨气呢？前面说了，黄风怪也对应沙僧，沙僧其面晦暗发青，正是心中之大怨气所发！这个我们下文再说。

先说庄里的老者用"三花九子膏"救治了悟空的风眼。

"三花"，指"精气神"三花聚顶，这是练功术语。"九子"指九转神丹。治疗眼疾，不是在眼睛上做功夫，而是要在精气神上做功夫！神仙还嘱咐他不得睁开，宁心睡觉，可见要治眼疾，一是要提升精气神，二是少睁眼，三是宁心睡觉。果然，第二天悟空觉得眼睛比往常更有百分光明！

眼睛好了，就得继续救师父啊。话说悟空变作一只花脚蚊虫，飞进妖怪的花园，找到定风桩上绳缠索绑着的唐僧。只见那师父纷纷泪落，心心只念着悟空、悟能，不知都在何处。你看，这时心心念的还得是悟空、悟能，已然忘了念《心经》。

佛祖为什么不用自己人保唐僧？

听闻那妖怪原来怕的是灵吉菩萨，找到妖精的命门，悟空不胜欢喜，只是不知这灵吉菩萨住在何处。这时太白金星来指路，悟空便前往小须弥山搬救兵。

那妖怪什么来路呢？灵吉菩萨道："他本是灵山脚下的得道老鼠；因为偷了琉璃盏内的清油"（沙僧是打碎了玻璃盏，属于无明；这妖怪是偷吃了琉璃盏内的清油，是去掉了光明的根源。所以沙僧其实和这貂鼠属于同体同罪），"灯火昏暗，恐怕金刚拿他，故此走了，却在此处成精作怪。如来照见了他，不该死罪，故着我辖押，但他伤生造孽，拿上灵山；今又冲撞大圣，陷害唐僧，我拿他去见如来，明正其罪，才算这场功绩哩。"

灵吉菩萨收伏了黄毛貂鼠，携之西归。唐僧得救。

这可是书中出现的第一个有来头、有背景的妖怪。原来那妖怪是灵山脚下得道的一个黄毛貂鼠。当年如来就赐给灵吉菩萨一颗定风丹，一柄飞龙宝杖，让他辖押貂鼠，仔细看啊，这里只是"辖押"，不是关押，是"放他去隐性归山"，只要他伤生造孽，就将他拿上灵山。为什么不杀了他呢？一是"偷油"是小罪，二是他修成的三昧神风力量大，可以搅动三界，吹瞎火眼金睛，功夫不比悟空差，确实是个人才。万一将来用得着呢？

这里有一个小疑问，如来为什么不让这些厉害的妖怪去护佑唐僧取经呢？这些都是自己人啊，而悟空、八戒、沙僧都不是自己人，都是天庭上修道的人，悟空又是天地之间最自由的灵魂。原因在于，能把不是自己人的人改造成自己人，这才是大本事啊。

所以，西行路上的局都是佛祖、菩萨们揣着明白装糊涂设的，且都是为唐僧师徒量身定做的。所以，这师徒四人不是因为最后取到真经而封了神，而是因为闯过了九九八十一难，过了关、逐个灭了自己的心魔，而成了佛。

现实中，总有人问人生意义何在。还是佛经说得好：一切都是梦幻泡影，凡所有相，皆是虚妄。世间的一切发展，比如 AI 和 Sora，都让我们感悟到佛学对世间真相窥破的伟大，也越发让我们感受到《西游记》的意义：人生的意义在于脚踏实地，一步步地走过春夏秋冬，好比这会儿的花开了，你得着了就得着了。一步步地降妖除魔，只为最后取到真经。所谓"了生死"，也不再是为了一个安详的"死"，而是勇猛精进，向死而生，得到一个真我。

老鼠有哪些特性？

回到小说，我们看一下作者的"草蛇灰线"。所谓"草蛇灰线"，原本指夜行人用燃烧的草绳照明，在其行进路径上留下灰线，用以标示行踪。在文学中，这个词语被用来比喻事物留下隐约可寻的线索和迹象。

比如我们最初并不知道黄风怪是黄毛貂鼠，但知道了以后，我们再回看，就发现了黄风怪的各种"鼠"性。比如，老鼠胆小，当虎先锋拿住唐僧时，黄风怪吃了一惊道："我闻得前者有人传说：三藏法师乃大唐奉旨意取经的神僧；他手下有一个徒弟，名唤孙行者，神通广大，智力高强。你怎么能够捉得他来？"悟空在门口叫架时，黄风怪又惊张，即唤虎先锋道："我教你去巡山，只该拿些山牛、野彘、肥鹿、胡羊，怎么拿那唐僧来！却惹他那徒弟来此闹吵，怎生区处？"这都表现了一个自知有罪的小老鼠不想招惹是非的形象。

再比如，老鼠做事首鼠两端。当虎先锋要求吃唐僧时，黄风怪道："你不晓得：吃了他不打紧，只恐怕他那两个徒弟上门吵闹，未为稳便……"也是，偷点油就得了，吃人，尤其吃取经人这事可是大罪、死罪。虎先锋要去跟悟空开战时，他又对虎先锋说："我这里除了大小头目，还有五七百名小校，凭你选择领多少去。只要拿住那行者，我们才自自在在吃那和尚一块肉，情愿与你拜为兄弟；但恐拿他不得，反伤了你，那时休得埋怨我也。"

再者，这还是只郁闷不开心的老鼠，当说虎先锋战败时，老妖闻说，十分烦恼。当说虎先锋战死时，老妖闻言，愈加烦恼。因为自己是一只有罪的老鼠，所以内心总是郁闷，由此得知从他嘴里吐出的狂风也是怨气所致，这怨气就是天下最狠的东西，六亲不认啊，可以搅动三界。

黄毛貂鼠偷油是本性，而沙僧只是失手打碎了玻璃盏，跟黄毛貂鼠一样，都是因为小事而获罪，还每隔七日受万箭穿胸之苦，其怨毒可谓深矣，所以一辈子都改不了其抑郁落寞之象。先说黄毛貂鼠，后说沙僧，意味深长。

第二十二回　八戒大战流沙河　木叉奉法收悟净

为何不能驮唐僧去西天？

第二十二回"八戒大战流沙河　木叉奉法收悟净"，要讲怎么收沙僧啦！这一章有很多谜点，但也解开了我们心中的疑惑。

此时唐僧师徒三众，历夏经秋，见了些寒蝉鸣败柳，大火向西流。正行处，只见一道八百里大水狂澜，浑波涌浪。……长老忧嗟烦恼，兜回马，忽见岸上有一通石碑。三众齐来看时，见上有三个篆字，乃"流沙河"，腹上有小小的四行真字云："八百流沙界，三千弱水深。鹅毛飘不起，芦花定底沉。"师徒们正看碑文，只听得那浪涌如山，波翻若岭，河当中滑辣的钻出一个妖精，十分凶丑：一头红焰发蓬松，两只圆睛亮似灯。不黑不青蓝靛脸，如雷如鼓老龙声。身披一领鹅黄氅，腰束双攒露白藤。项下骷髅悬九个，手持宝杖甚峥嵘。那怪一个旋风，奔上岸来，径抢唐僧。

这本是沙僧的习性，先前已经干掉九个取经人，所以见到和尚就开抢。但他已受了菩萨戒，不能再开荤吃人，所以这个抢唐僧的动作有点突兀。

慌得行者把师父抱住，急登高岸，回身走脱。那八戒放下担子，掣出铁钯，望妖精便筑。那怪使宝杖架住。他两个在流沙河岸，各逞英雄。

这里有一个问题，两人都来自天庭，就算后来都变了模样，但毕竟不是喝了孟婆汤，还是能认识彼此的法器的吧？书中也说：这个是总督大天蓬，那个是谪下卷帘将。昔年曾会在灵霄，今日争持赌猛壮。可两人愣是不打招呼，打了半天。这颇像我们一进新单位，猛然见到老街坊的那种尴尬：你小时候尿炕的事人家都知道，自己想重新做人的梦又破碎了，真是恨不得打死对方。就是你知道我调戏妇女，我知道你打碎了玻璃盏，谁不知道谁啊。

两人第二次开打时，沙僧报上了显赫的名号，甚至把几人的关系都透露了，八戒也不认真听，因为这些吹牛皮的事老猪常干。沙僧怎么说自己的呢？

"我自小生来神气壮，乾坤万里曾游荡。英雄天下显威名，豪杰人家做模样。……皆因学道荡天涯，只为寻师游地旷。……因此才得遇真人，引开大道金光亮。先将婴儿姹女收，后把木母金公放。明堂肾水入华池，重楼肝火投心脏。"

最后这四句就是《西游记》中几人关系的核心，谁能收"婴儿姹女"呢？谁能放"木母金公"呢？我啊，中土啊、黄婆啊！谁能让"明堂肾水入华池，重楼肝火投心脏"？也是我中土黄婆啊！这都是在暗示我中土的重要性，没我，你们不行。也是，金、水得土而凝聚，木、火得土而调和，金木水火都离不开中土，土虽卑下，但金木水火得土才能有结果啊。这也是沙僧永远在自卑中藏着极致自傲的原因，他断然不肯马上服管，虽然最后还是要做师弟，但绝不能让悟空和八戒小看了。

沙僧接着说："总得三千功满拜天颜，志心朝礼明华向。玉皇大帝便加升，亲口封为卷帘将。南天门里我为尊，灵霄殿前吾称上。"

这句显然是说两人本是老同事，但沙僧心里没觉得自己比天蓬元帅差。所以此处两人故意表现得彼此不认识，无非是想在唐僧这个新单位争个高下。

不过三藏倒是一眼相中沙僧了。

三藏道："徒弟，这怪久住于此，他知道浅深。似这般无边的弱水，又没了舟楫，须是得个知水性的，引领引领才好哩。"行者道："正是这等说。常言道：'近朱者赤，近墨者黑。'那怪在此，断知水性。我们如今拿住他，且不要打杀，只教他送师父过河，再做理会。"

自从收了八戒后，前面遇到黄风怪先锋，八戒第一个冲上去，这次遇到沙僧，八戒又第一个冲上去，看来八戒是急于立功，尽管收尾的还得是悟空。这次八戒去大战沙僧也是正确的，因为"木克土"嘛。但看到二人在那里磨叽，悟空恨得咬牙切齿，擦掌磨拳，忍不住就上阵了。

原来那怪与八戒正战到好处，难解难分。被行者抡起铁棒，望那怪着头一下，那怪急转身慌忙躲过，径钻入流沙河里。

显然，沙僧知道孙悟空，更知道他的厉害。都是五百年前的老相识啊。

气得个八戒乱跳道："哥呵！谁着你来的！那怪渐渐手慢，难架我钯，再不上三五合，我就擒住他了！他见你凶险，败阵而逃，怎生是好！"行者笑道："兄弟，实不瞒你说：自从降了黄风怪，下山来，这个把月不曾耍棍，我见你和他战的甜美，我就忍不住脚痒，故就跳将来耍耍的。那知那怪不识耍，就走了。"他两个搀着手，说说笑笑，转回见了唐僧。

一句"甜美"、一句"说说笑笑"，就道出了这一战的蹊跷。人家局内人耍呢，把我们局外人弄糊涂了。

师徒休息期间，悟空跑了"五七千里路"给师父化斋。八戒认为师兄吹牛，说："哥呵，既是这般容易，你把师父背着，只消点点头，躬躬腰，跳过去罢了，何必苦苦的与他厮战？"

行者道："你不会驾云？你把师父驮过去不是？"

八戒道："师父的骨肉凡胎，重似泰山，我这驾云的，怎称得起？须是你的筋斗方可。"

行者道："我的筋斗，好道也是驾云，只是去的有远近些儿。你是驮不动，我却如何驮得动？自古道：'遣泰山轻如芥子，携凡夫难脱红尘。'"

这话说得让我等凡夫羞愧难当啊！这是说我们这肉眼凡胎，满脑子执念，比泰山还重啊！

悟空接着说："但只是师父要穷历异邦，不能够超脱苦海，所以寸步难行也。我和你只做得个拥护，保得他身在命在，替不得这些苦恼，也取不得经来；就是有能先去见了佛，那佛也不肯把经善与你我：正叫做'若将容易得，便作等闲看'。"

此段解了我们心中的大疑惑。悟空和八戒都会驾云，但驮不得唐僧，因为唐僧是"骨肉凡胎，重似泰山"。悟空接着说：师父必须穷历异邦，不能超脱苦海，所以寸步难行。后面的话，悟空说得更明白了：悟空和八戒的职能是保证唐僧"身在命在"，替不得他自身的根本苦恼。而且悟空和八戒纵使会驾云，"也取不得经来；就是有能先去见了佛，那佛也不肯把经善与你我；正叫做'若将容易得，便作等闲看'"。也就是说，经典若那么容易得，谁都不会认真对待了。能白给的，都不值钱。真经，就得唐僧一步步走着去求，一个个凶险度过才能得。人的心思、想法、意念都是最快的，甚至比悟空的筋斗云还快，但没用。就好比"黄粱梦"，饭没蒸熟呢，人就在梦里过完了一生：娶妻生子、升官发财，醒来，依旧是一场空。

再说，悟空是已经悟道的人，取不取经，无甚区别。

学会打招呼为什么重要？

次早，依旧是八戒大战沙僧。

宝杖抡，钉钯筑，言语不通非眷属。只因木母克刀圭，致令两下相战触。没输赢，无反覆，翻波淘浪不和睦。

这里指明了"言语不通非眷属"，就是没有媒人，此事就不成。而"只因木母克刀圭，致令两下相战触"，就是说八戒为木母，沙僧为土、为刀圭（圭字是二土），二者因言语不通，只能争斗。

这时岸上的悟空看明白了，决定去南海找观音。

八戒道："哥呵，你去南海何干？"行者道："这取经的勾当，原是观音菩萨；及脱解我等，也是观音菩萨；今日路阻流沙河，不能前进，不得他，怎生处治？等我去请他，还强如和这妖精相斗。"

一是解铃还须系铃人，大慈大悲的观音菩萨是唐僧西行取经的总设计师。二是悟空只想利用沙僧，并没有对他起杀心。所以与其和沙僧打来打去，不如请观音菩萨出面解决问题。西行前程漫漫，能节省精力就节省精力，这，就是悟空的智慧。

到南海见到菩萨时，菩萨正与捧珠龙女在宝莲池畔扶栏看花，可见"看花"是神仙生活的一部分，所以我们看花、看树、看天、看地之时，心中升起喜悦，也是神仙。

菩萨道："你这猴子，又逞自满，不肯说出保唐僧的话来么？"

这就是前面诗中所言"言语不通非眷属"，遇事，不先说清楚，就是自满和糊涂。

再说，为什么八戒三战沙僧都打不赢，而后来木叉在半空一叫"悟净"沙僧就出来了？这也告诉我们，见面打招呼这事有多重要，虽然说木克土，但只要认为人家是妖怪，人家就不是"土"了，妖怪有妖怪的劲道，自然有克不住的时候。

而木叉也是"木"，但叫对了名号，沙僧不用"克"，有感就有应，自然顺遂而出。也就是：五行生克是有为法，而"感而遂通"是无为法。成天克来克去、生来生去，多累啊，比如木生火，木就成了耗材；木克土，木也要消耗自己。人生就那么短，每个人都有自己的任性，所以人与人之间别总想着谁克谁，有"感"，则"应"；无"感"，则"不应"。强"克"，则两伤；有"感"，则两喜。先把招呼打对了，一切就顺当了。

比如后来孙悟空教育八戒时就说："到他跟前，行个礼儿，看他多大年纪：若与我们差不多，叫他声'姑娘'；若比我们老些儿，叫他声'奶奶'。"八戒笑道："可是蹭蹬！这般许远的田地，认得是甚么亲！"行者道："不是认亲，要套他的话哩。若是他拿了师父，就好下手；若不是他，却不误了我们别处干事？"

悟空这句说得好，打好招呼不是瞎认亲，是好说好散，别耽误咱们干正事！就好比有人想求你加微信，就一句：我是×××。这可不是打招呼，我闲啊！加你？有工夫我还"看花"呢！

收悟净为什么来了木叉？

菩萨即唤惠岸，袖中取出一个红葫芦儿，分付道："你可将此葫芦，同孙悟空到流沙河水面上，只叫'悟净'，他就出来了。先要引他归依了唐僧；然后把他那九个骷髅穿在一处，按九宫布列，却把这葫芦安在当中，就是法船一只，能渡唐僧过流沙河界。"惠岸闻言，谨遵师命,当时与大圣捧葫芦出了潮音洞,奉法旨辞了紫竹林。

这时有句诗曰:金来归性还同类(指悟空和沙僧,土生金,为同类),木去求情共复沦(指八戒和沙僧,相克必战)。二土全功成寂寞(二土就是"圭"这个字,指沙僧),调和水火没纤尘(水火指姹女婴儿,也由中土调和)。

为什么菩萨不亲自去收沙僧呢?"看花"重要呗。再说,派木叉前往,已经给了卷帘大将巨大的面子,菩萨太了解这仨徒儿了,悟空是开了智慧的人,懂得自救,识得真人,所以唐僧是被他亲自叫上五行山为自己揭了压帖的。八戒也不劳驾菩萨,因为"木母金公原自合",金公克木母,二者相克、相吸,八戒毕竟有过两次"倒插门"经历,懂男女之情、懂阴阳和合之理,所以不犯怪,遇着好的、真的,就直接跟着唐僧和大师兄走了。唯独这沙僧,常年孤独一人在流沙河,内心阴郁、痛苦,自怨自艾,自卑又自傲,若没个来头大的把自己介绍进团队,总觉得自己没面子。

这不,木叉半空中一叫,沙僧急翻波伸出头来,笑盈盈上前作礼道:"尊者失迎。菩萨今在何处?"

一个"急"字,一个"笑盈盈",一句话,透露了两个信息:你们俩别小瞧我,我认识木叉,更认识菩萨。这行为放现在来看,有点像一些人觉得就算自己不认识部长,认识部长的秘书也了不得啊;更何况我沙僧还真见过菩萨呢!

一出水面,沙僧就骂八戒"泼物",一看见行者就害怕,道:"这个主子,是他的帮手,好不利害!我不去了。"木叉说悟空和八戒都是菩萨劝化的,沙僧才认命,上前拜了唐僧,又和行者与八戒分了大小。

三藏见他行礼,真像个和尚家风,故又叫他做沙和尚。也就是悟空等人在见到唐僧前都叫悟空、悟能、悟净,见了唐僧,就都叫行者、八戒、和尚了,前者是法名、本性,后者是混名,是跟唐僧在一起时要注意的事。其实，这三个名，也是唐僧给自己的鼓励：自己要"行"，要"戒"，要像个真正的"和尚"。

那悟净不敢怠慢，即将颈项下挂的骷髅取下，用索子结作九宫，把菩萨的葫芦安在当中，请师父下岸。那长老遂登法船，坐于上面，果然稳似轻舟。左有八戒扶持，右有悟净捧托；孙行者在后面牵了龙马，半云半雾相跟；头直上又有木叉拥护；那师父才飘然稳渡流沙河界，浪静风平过弱河。

这番场景，应该是《西游记》的招贴画。这菩萨的法船太妙啦！九宫，就是八卦，中空有"葫芦"，就是"真土"，得此法船，师徒"清净无为、脚踏实地"。一派真阳和煦，五行攒簇，自然化阴。

故而，那骷髅一时解化作九股阴风，寂然不见。

第二十三回　三藏不忘本　四圣试禅心

唐僧的行李有什么？

咱们来看第二十三回"三藏不忘本　四圣试禅心"。

《西游记》第九十九回说"四圣显化十七难",虽然这一难不见刀光剑影,不见舞枪弄棒,也没有妖魔鬼怪,但此回结尾处却有沙僧说"见鬼",悟空说"受难",一切不过是痴愚不识本原由,色剑伤身暗自休。

本来在上一回结尾,师徒四人,连同白龙马,已经全乎了,也就是五行攒簇了,所以开篇写道:说他师徒四众,了悟真如,顿开尘锁,自跳出性海流沙,浑无挂碍,径投大路西来。这看着是多么阳光明媚、志在必得啊!

那为何还要考验、试探"禅心"呢?这不,还没等四圣试探呢,他们四个就出问题了。

出什么问题了呢?先是唐僧问歇处,后有八戒嫌担子重,沙僧又说马走得慢,悟空一急,又惊了马……总之,先前的"了悟真如、浑无挂碍"都是假的、暂时的,只是脑子里一瞬间的"明白",一到行动时，就是各种"不明白"。我们普通人不都是这样吗？我们普通人还有一个更大的问题，就是明白时瞧不起别人，不明白时就怨天怨地。

咱们看一下师徒四人怎么又不明白了。

首先是师父的不明白。

正走处，不觉天晚。三藏道："徒弟，如今天色又晚，却往那里安歇？"

行者道："师父说话差了，出家人餐风宿水，卧月眠霜，随处是家。又问那里安歇，何也？"

看，悟空才是悟道之人，又在点醒唐僧。真正的安歇处在西天、在彼岸啊！这话估计唐僧听了心中不爽，但又挑不出毛病，所以师父没吱声。

八戒多会解师父的忧啊，他马上顺着唐僧的意思说。

猪八戒道："哥呵，你只知道你走路轻省，那里管别人累坠？自过了流沙河，这一向爬山过岭，身挑着重担，老大难挨也！须是寻个人家，一则化些茶饭，二则养养精神，才是个道理。"

你看，悟空说话直指要害，八戒则全照着师父的心思说。要没有猪八戒，估计唐僧一路上得郁闷死。人啊，都是这样，对的话虽对，但不爱听，就喜欢听顺着自己的话。

悟空对八戒就更不客气了。道："呆子，你这般言语，似有报怨之心。还像在高老庄，倚懒不求福的自在，恐不能也。既是秉正沙门，须是要吃辛受苦，才做得徒弟哩。"

八戒这家伙，一向如此：苦活儿累活儿都干了，一边干一边抱怨，就是没活明白。

八戒道："哥哥，你看这担行李多重？"

行者道："兄弟，自从有了你与沙僧，我又不曾挑着，那知多重？"

八戒道："哥呵，你看数儿么：四片黄藤篾，长短八条绳。又要防阴雨,毡包三四层。匾担还愁滑,两头钉上钉。铜镶铁打九环杖,篾丝藤缠大斗篷。似这般许多行李,难为老猪一个逐日家担着走。偏你跟师父做徒弟,拿我做长工!"

我们这下终于知道唐僧的行李里是什么了。

然后八戒又怨马慢,悟空就又吓了下马,马儿一路狂奔,差点儿摔了唐僧,唐僧这口恶气终于得以出口,骂了一句"泼猴!"。但毕竟被悟空说明白点了,下面说话就谨慎了。

长老道:"徒弟啊,你且看那壁厢,有一座庄院,我们却好借宿去也。"说"借宿"就对了。人生处处都是"借宿"耳,只有返回本我才是"真家"。你还在修行呢,怎能说"安歇"?!

行者闻言,急抬头举目而看,果见那半空中庆云笼罩,瑞霭遮盈,情知定是佛仙点化,他却不敢泄漏天机,只道:"好!好!好!我们借宿去来。"

几人走到门首,有这样一个描述,我很喜欢:八戒拴了马,斜倚墙根之下。三藏坐在石鼓上。行者、沙僧坐在台基边。这是一幅安静的"西行小分队"招贴画,一看,就心里静静的。在一个秋天的傍晚,夕阳斜照,树叶飘落,他们渐渐平复着喘息,静静等待着命运的指点……这让我联想起《楞严经》里我喜欢的那句"狂性自歇,歇即菩提"。此时的放下,有无限美意。

用什么试探"禅心"?

原来这垂莲象鼻、画栋雕梁富贵之家,是黎山老母领着文殊、观音、普贤三位菩萨,化身母女四人,做成个美人局来试探师徒四人的。所以此回叫"四圣试禅心"。

都说"英雄难过美人关",那和尚呢,修行人呢?这一次更是财富加美人关,对人的考验更大了。其实,在我们的人生旅途中,这是每个人都要过的一关。这一关,比妖魔关还难过呢。

我们且看师徒四人如何过关。

三藏启手道:"老菩萨,高姓?贵地是甚地名?"妇人道:"此间乃西牛贺洲之地。小妇人娘家姓贾,夫家姓莫。——一听这姓,就是假的,是"假家",是虚无之家。

……前年大不幸,又丧了丈夫。小妇居孀,空遗下田产家业,再无个眷族亲人,只是我娘女们承领。欲嫁他人,又难舍家业。适承长老下降,想是师徒四众。小妇娘女四人,意欲坐山招夫,四位恰好,不知尊意肯否如何。"

正常的人间夫妻,都是男娶女,唯有丹家练功,讲究女招男,比如八戒的倒插门,属于双修糟粕,此处不赘述。我们且看师徒四人听闻此言后的反应。

三藏闻言,推聋装哑,瞑目宁心,寂然不答。——这个反应是出家人的正常反应。

那妇人道:"舍下有水田三百馀顷,旱田三百馀顷,山场果木三百馀顷;黄水牛有一千馀只,况骡马成群,猪羊无数;东南西北,庄堡草场,共有六七十处;家下有八九年用不着的米谷,十来年穿不着的绫罗;一生有使不着的金银:胜强似那锦帐藏春,说甚么金钗两行。你师徒们若肯回心转意,招赘在寒家,自自在在,享用荣华,却不强如往西劳碌?"那三藏也只是如痴如蠢,默默无言。

看来财富动不了唐僧的心。财富,对大多数人是个致命的诱惑,但对真正的修行者而言,他求的是"善财",所谓"善财",则是真知。得"道"的快乐一定比得到所谓"财富"要快乐。为什么呢?因为财富带得走,而得到的"道"却可以如影相随,而且始终充盈着自己、愉悦着自己。

有人会说：你这么说是因为你不缺钱，是知识分子的清高。还真不是这样。其实，我都不太好意思说自己，世上清闲如我命的恐怕不多。我这一辈子就没怎么去过商场，也不知柴米油盐多少钱，因为从不花钱，所以我也不缺钱。别人若是亏欠了我，我也不在意，只是想到下辈子有那么多人当牛做马，心里就先有了坐在高大马车上很拉风的那种快乐。其实，就是缺钱，我也不会感觉害怕，我本事多、本事大，这碗饭吃不上了，还有那碗饭。而且自己有胳膊有腿，只要肯吃苦，一定不愁吃喝。最关键的是，只要有书看，我能在家宅一年。比如这次讲《西游记》，我几乎就没出过门，不出门的好处，就是可以忘记洗脸，可以一套衣服穿好久……所以，金钱这事对我没意义，我是真的喜欢"书中自有颜如玉，书中自有黄金屋"。

咱们回到小说。

说完财富，那妇人又报上年龄：寡妇四十五岁，大女儿真真二十岁，次女爱爱十八岁，三小女怜怜十六岁，加起来正好是九十九，是阳极之数，阳极而化阴，所以他们此刻变身为女子。你看古人编书多讲究，处处有伏笔。妇人道："列位长老，若肯放开怀抱，长发留头，与舍下做个家长，穿绫着锦，胜强如那瓦钵缁衣，雪鞋云笠！"

唐僧是否有前尘往事？

听妇人介绍完她们的财富，唐僧是全然无感的；听妇人介绍完女儿真真、爱爱、怜怜，唐僧有了症状。三藏坐在上面，好便似雷惊的孩子，雨淋的虾蟆，只是呆呆挣挣，翻白眼儿打仰。——这三藏的表情，真是描写得绝了。咦？仔细一想，不对啊。我就问一句话，大家谁听了黎山老母这些话，会吓成唐僧这副模样？又不是美女直接坐你腿上了，至于这么大汗淋漓嘛！

好似被雷惊吓到的孩子,大汗淋漓,湿透了衣裳,甚至翻了白眼儿,在那儿打晃儿？这汗一出来，汗为心液啊，这是动了心了，还是吓着了呢？

小说写至此，我们知道，唐僧接触到的唯一女性是他的母亲，母亲被强盗掳走，并与强盗共同生活了十八年，又在他出生后抛弃了他……这些，应该是唐僧内心最大、最隐秘的痛。这其实也决定了他对女性的看法，无论如何，他对女性是有点怕、有点怨的。同时，他也不懂女人。女性，作为鲜活的生命，是那么炫目，她们的内在，又那么深不可测……但唐僧如此大汗淋漓的样子，确实是有些反应过度了。

这段绝妙的描写倒勾起了我的好奇心，莫非小说里的唐僧也有什么不为人知的前尘往事，才使他此刻的反应如此强烈？按理说，世人都有前尘往事，这世上只有一个人没有前尘往事，就是孙悟空，因为他是石头里蹦出来的。这个，我们下一节会讲。

那唐僧的前尘往事是什么呢？

关于唐僧，小说里说他是如来的二徒弟金蝉子，因为上课没好好听讲，被如来惩罚入世继续修炼。我也当过老师，见过不好好听讲的、走神的学生，但我可能更好奇金蝉子为什么走神。所以，"为什么走神"可能才是金蝉子被罚的原因。这个留给大家去书里寻找蛛丝马迹吧。我们以后也会破这些迷局。

再者，大家都知道，《西游记》里的男妖怪都想吃唐僧肉，而有来头的女妖怪都想嫁给唐僧。吃唐僧肉可以长生不老，所以男妖怪的做法好理解；用女妖怪反复试探唐僧这事就有点玄机了，这里的四位顶级菩萨都试探过他了，后面反复出现的女妖怪们与唐僧又是什么奇缘呢？俗语说：不是冤家不聚头，她们的出现肯定有缘由。用佛家的因果看，这里恐怕还是有些可探究的东西的，看来西行路上，他不仅要抗击各种心魔，也要了这些因缘，这何尝又不是他最大的心魔！

大家先留着这些问题，或者自己去寻找答案。我这里先给个提示：别只看热闹，还要好好读里面的诗，就像"红迷"去解读《红楼梦》太虚幻境里的词和曲那样，恐怕才能猜出些许。

看看八戒听闻富贵和女色的反应吧，那才是一个正常人的反应。

那八戒闻得这般富贵，这般美色，他却心痒难挠；坐在那椅子上，一似针戳屁股，左扭右扭的，忍耐不住。走上前，扯了师父一把道："师父！这娘子告诵你话，你怎么佯佯不睬？好道也做个理会是。"

那师父猛抬头，咄的一声，喝退了八戒道："你这个业畜！我们是个出家人，岂以富贵动心，美色留意，成得个甚么道理！"

那妇人笑道（其实菩萨这一笑是对唐僧的赞赏，但嘴上还得利诱，继续试探）："可怜！可怜！出家人有何好处？"

三藏道："女菩萨，你在家人却有何好处？"此处，可以听出他内心的抵触和些许的愤怒。因为他很少有这种顶嘴的时候。

那妇人道："长老请坐，等我把在家人好处说与你听。怎见得？有诗为证，诗曰：……四时受用般般有，八节珍羞件件多；衬锦铺绫花烛夜，强如行脚礼弥陀。"

三藏道："女菩萨，你在家人享荣华，受富贵，有可穿，有可吃，儿女团圆，果然是好；"——这句大家要看懂，在家人如果受富贵，有穿有吃，儿女团圆，才叫"好"；如果没这些，就"不好"。但唐僧的这一世，一出生就没有父母在身边，没有这些"好"。

唐僧接着说："但不知我出家的人，也有一段好处。怎见得？有诗为证，诗曰：出家立志本非常，推倒从前恩爱堂。外物不生闲口舌，身中自有好阴阳。功完行满朝金阙，见性明心返故乡。胜似在家贪血食，老来坠落臭皮囊。"——这首诗露出点端倪，咱们解释一下这首诗：

"出家立志本非常"——出家立志本来就是一件不一般的事，都说"少不读西游"是怕娃娃们看了书后会出家，唉！哪有这么容易啊，悟空、八戒等对取经这事是无感的，他们出家只是为了"戴罪立功""修成正果"罢了。但唐僧立志出家却是发自真心。

"推倒从前恩爱堂"——以唐僧这一世"出生即出家"的经历看，从前的"恩爱堂"当是前世某一世的经历。

"外物不生闲口舌"——出家人没有口舌是非，也许唐僧曾经被外物口舌是非伤害过，就是自家不招惹妖怪，妖怪也要往自己身上撞，总是洗不清。

"身中自有好阴阳"——逃离口舌是非后，出家人自守自身好阴阳。

"功完行满朝金阙，见性明心返故乡"——这是说出家是一番好事业，利他又利己，可以明心见性。

"胜似在家贪血食，老来坠落臭皮囊"——贪血食则反复坠轮回，没有明心见性就脱不掉"臭皮囊"。

菩萨们对唐僧的过往当然是知道的。看到唐僧此时是见色不色，对景忘情，心坚志定，所以这关是过了。

为何悟空没有男女欲望？

听到唐僧说"在家人"最后都是"臭皮囊"，菩萨假意大怒。

三藏见他发怒，只得者者谦谦，叫道："悟空，你在这里罢。"

行者道："我从小儿不晓得干那般事。教八戒在这里罢。"

悟空淡淡一句从小不知那般事，是有来头的。可见凡人是从小可以知这般事的。为什么悟空不知呢？

关于男女情事，唐僧是父精母血而生，虽然出生即出家，但还是有前尘往事，所以以后多有考验。八戒不仅是前世因调戏女子而获罪（调戏嫦娥），在人间也已有两次家室，在这方面应该是最把持不住的。沙僧情史不明，但年轻时学过丹道，丹道讲究阴阳和合、男女双修，所以沙僧对此事还是心知肚明的。

孙悟空跟他们相比，一方面是石头里蹦出来的，既没有前尘往事，也没有父精母血先天"淫根"之熏染。再者说，悟空去阎王殿销簿时，也发现自己不在裸虫、毛虫、羽虫、昆虫、鳞虫五大类，其中，"裸虫"，指人；"毛虫"，指地下走的；"羽虫"，指天上飞的；"昆虫"，指有甲壳的动物，比如神龟；"鳞虫"，指鱼或龙。甚至悟空也不在"猴属之类"。原来这猴似人相，不入人名；似裸虫，不居国界；似走兽，不伏麒麟管；似飞禽，不受凤凰辖。这悟空像人不是人，像猴不是猴，还没有国界，到底是什么呢？

悟空最后在"魂"字一千三百五十号，可见这"魂"字簿里可能是一些特殊品种，属于"新物种名录"，既然在一千三百五十号，可见这"魂"字簿里的物种数量还很多。这些新物种应该有什么特征呢？

无父精母血之熏染，应该属于阴阳浑然一体，不是男也不是女，故没有情欲，所以悟空说自己从小不知那般事。这倒让我联想到现在已经具备学习能力的AI，它们灵魂般的存在，应该就属于"魂"字簿里的新物种吧？它们在阎王殿里也应该有名录吧？如果它们那么早就在阎罗殿里有名录，那岂不是未来早就被书写好了，或者说，未来只是一直在沉睡，直到今日才被唤醒？哎呀，我感觉自己的脑子不够用了！

关于生命，现在有种说法：说地球上已知的所有生命都属于碳基生命。碳基生命是指以碳元素为有机物质基础的生命。在构成碳基生命的氨基酸中，连接氨基与羧基的是碳元素，碳基生命的名字由此而来。而"硅基生命"是相对于碳基生命而言的，比如现在人工智能被大众视为广义的"硅基生命"，指以硅、硼或磷等非碳为核心元素的"非碳基生命"。甚至有人说当人类大脑中被嵌入芯片后，就成了"碳硅人"。也就是说，原先的碳基生命是以水为介质的核酸/蛋白质和以氧为基础的生命，而未来可能出现的"硅基生命"等完全不依赖我们人类所依赖的东西。而且我们现在似乎越来越接近或已经看到这些新的生命状态了。如果这种说法在未来可以成立的话，那孙悟空可能是人类历史上出现的第一个"硅基生命"，至少是人类历史上第一个被想象出来的"硅基生命"。因为他的本质就是石猴，在五行山下，他也是以大铁丸子为食，以铜汁为饮，吃喝都与人类迥异，而且他无须像人类那样"开枝散叶"，也无须有所谓的"生殖能力"，他拔下自己的毫毛就是成千上万个自己！成千上万个自己可比成千上万个自己的孩子有趣多了，这多么能满足人的自恋啊。他也无须陷入人类所谓的爱情，他自己成就自己，自己完成自己。从这个角度说，《西游记》又从魔幻小说贴近了现在的科幻小说。

此时此刻，我为这个奇妙的想法而激动不已。

这绝对是个有趣的说法，打开了我们关于生命的想象。我们只是以水为介质的核酸/蛋白质，也就是以氧为基础的生物，那有没有以别的东西为介质的生物呢？应该有吧，至少，值得期待。而且，这个孙悟空、这个石猴，在接触了人类后，不仅没有人类的情感障碍，而且通过学习，展现了人类最美好、最坚韧、最豪爽、最勇敢的那一面。他不仅体贴人类的苦难，也体贴神与妖的无奈，他是如此的可爱，还不生不死，不畏火炼、不惧山压，怎能不让我们对这种生命充满惊喜和期待！

总之，未来太值得遐想了！"魂"字簿里的物种是不是也包括外星人呢？未来"碳硅基人"会怎样呢？会不会眼神一碰撞，或心念一起，就生出新的生命呢？我从小就爱胡思乱想，总觉得有个平行世界，在那里，也有个我，但她比我强大，她的一念，就生出了万有；她的一眼，就消除了所有的苦难……所以我父母总认为我不是什么正常孩子，我也更加感恩他们允许我保留了天性，耐心把我养大。

请家长们珍惜孩子们的想象力，哪怕只是文学意义上的想象力。所有的孩子都来自虚空，所以他们都爱孙悟空。爱父母是人性，爱孙悟空是天性。难怪五百年后，如来还惦记着他，观音菩萨也眷顾着他，他是众生当中最自由、最干净、最奇异的那个灵魂啊！

这哥四个，你想嫁谁？

一番瞎激动过后，咱们回到小说。看看八戒和沙僧对财色诱惑的反应。

行者道："我从小儿不晓得干那般事。教八戒在这里罢。"

八戒道："哥呵，不要栽人么。——大家从长计较。"——从长计较，就是别急，再想想。八戒代表了男人的一部分，富贵好啊，漂亮妹妹好啊，送上门的，更得要啊！

悟净道："二哥，你在他家做个女婿罢。"八戒道："兄弟，不要栽人。从长计较。"

悟空被这八戒的"从长计较"惹急了。翻脸道："计较甚的？你要肯，便就教师父与那妇人做个亲家，你就做个倒踏门的女婿。他家这等有财有宝，一定倒陪妆奁，整治个会亲的筵席，我们也落些受用。你在此间还俗，却不是两全其美？"八戒道："话便也是这等说，却只是我脱俗又还俗，停妻再娶妻了。"你看，羞羞答答的八戒一边想着前妻高翠兰，一边惦记着这边的。

看悟空急了，那呆子道："胡说！胡说！大家都有此心，独拿老猪出丑。常言道：'和尚是色中饿鬼。'那个不要如此？都这么扭扭捏捏的拿班儿，把好事都弄得裂了。"这话多率真啊。

其实，八戒早就私下里去见了老妇，一口一口"娘"叫着。"娘，既怕相争，都与我罢，省得闹闹吵吵，乱了家法。"他丈母道："岂有此理！你一人就占我三个女儿不成！"八戒道："你看娘说的话。那个没有三宫六院？就再多几个，你女婿也笑纳了。""娘啊，要是他们不肯招我啊，你招了我罢。"——这真是把这种男人的心思嘴脸写绝了。

《西游记》里的八戒是最让人开心的。他真实、率真，他的扭捏作态和语言都太生动活泼啦！

三藏道："你两个不肯，便教悟净在这里罢。"——看来不仅是四圣试禅心，三藏也在试徒儿哪。悟空、八戒他是已经明白了他们都是什么样的人，就这个新来的沙僧还不知是什么样呢。

沙僧道："你看师父说的话。弟子蒙菩萨劝化，受了戒行，等候师父；自蒙师父收了我，又承教诲；跟着师父还不上两月，更不曾进得半分功果，怎敢图此富贵！宁死也要往西天去，决不干此欺心之事。"

沙僧虽然在整部剧中话最少，而且这基本是他第一次开口表态，但只要张嘴，他就一套套的，滴水不漏，绝对是"体制"内的人的做派。你看他先谢菩萨拯救，又谢师父，再说自己还没立功呢，对不住两位师兄，简直是面面俱到。而且他最坚决要往西天，因为只有这样才可以改变他万箭穿胸的命运，并官复原职。他是真土，所以执念也最重。

他为什么只说不贪富贵，没说女色呢？因为对讲究仕途的男人而言，女色永远排在权力之后，为了权力，是可以牺牲女色的。所以沙僧也代表了一类男人。（这里悄悄问一句：若你是女人，这哥四个，你嫁谁呢?想明白了,幸福无比;嫁错了,万劫不复。)

由此,我们看清楚了:唐僧是铁了心不想再沾染此事了。悟空是眼里只有人、神、妖的区别,没有男人女人之分别,一视同仁。八戒是真心爱富贵女色,也愿意为妇女服务。沙僧这真土只为一个人生目标活着,为主子活着,为自己活着,其他一切都不在他眼里。

所以,最后妇人带着国色天香的三个女儿出场时:那三藏合掌低头,这是收心而不看;孙大圣佯佯不睬,表明这事跟我没关系;沙僧转背回身,那意思就是我把你们都放在脑后。这三个动作都在描写"看",唐僧低头,用合掌来固摄自己的欲念;悟空不睬,视如无物,看了又咋的,反正不入心;沙僧转背,是刻意不看,是天性里的冷漠与决绝。

再看那猪八戒——眼不转睛,淫心紊乱,色胆纵横,扭捏出悄语低声道:"有劳仙子下降。娘,请姐姐们去耶。"八戒表面粗鲁低俗,其实情商极高,用这般"悄语低声"来表现其万般温柔,要不是长得丑,估计得有好多丈母娘。

八戒这是铁了心要留下了。在这之前他还私下劝丈母娘,八戒道:"娘,你上复令爱,不要这等拣汉。想我那唐僧,人才虽俊,其实不中用。我丑自丑,有几句口号儿。"妇人道:"你怎的说么?"八戒道:"我虽然人物丑,勤紧有些功。若言千顷地,不用使牛耕。只消一顿钯,布种及时生。没雨能求雨,无风会唤风。房舍若嫌矮,起上二三层。地下不扫扫一扫,阴沟不通通一通。家长里短诸般事,踢天弄井我皆能。"八戒真是勤劳能干的好男人啊!

那妇人道:"既然干得家事,你再去与你师父商量商量看,不尴尬,便招你罢。"八戒道:"不用商量。他又不是我的生身父母,干与不干,都在于我。"

我们从妇人把三个女儿请出来见人后接着讲。妇人道:"四位长老,可肯留心,着那个配我小女么?"悟净道:"我们已商议了,着那个姓猪的招赘门下。"八戒道:"兄弟,不要栽我,还从众计较。"行者道:"还计较甚么?你已是在后门首说合的停停当当,'娘'都叫了,又有甚么计较?师父做个男亲家,这婆儿做个女亲家,等老孙做个保亲,沙僧做个媒人。也不必看通书,今朝是个天恩上吉日,你来拜了师父,进去做了女婿罢。"八戒道:"弄不成!弄不成!那里好干这个勾当!"一边嘴上推辞着,脚步却跟着妇人走了,去"撞天婚"去了。

诗曰:"痴愚不识本原由,色剑伤身暗自休。从来信有周公礼,今日新郎顶盖头。"

"撞天婚"就是新郎顶着红盖头,抓住谁是谁。这八戒:东扑抱着柱科,西扑摸着板壁,两头跑晕了,立站不稳,只是打跌。前来蹬着门扇,后去汤着砖墙,磕磕蹭蹭,跌得嘴肿头青。最后被个珍珠衫套死,挂在树上。

却说三藏、行者、沙僧一觉睡醒,不觉的东方发白。忽睁睛抬头观看,那里得那大厦高堂,也不是雕梁画栋,一个个都睡在松柏林中。慌得那长老忙呼行者。沙僧道:"哥哥,罢了!罢了!我们遇着鬼了!"孙大圣心中明白,微微的笑道:"怎么说?"长老道:"你看我们睡在那里耶!"行者:"这松林下落得快活,但不知那呆子在那里受罪哩。"在悟空眼里,夜宿松林就是"快活",呆子娶妻就是"受罪"。

三人穿林入里,只见那呆子绷在树上,声声叫喊,痛苦难禁。……呆子对他们只是磕头礼拜,其实羞耻难当。——这么狼狈,确实有点羞愧难当。

沙僧笑道:"二哥有这般好处哩,感得四位菩萨来与你做亲!"八戒道:"兄弟再莫题起,不当人子了!从今后,再也不敢妄为。——就是累折骨头,也只是摩肩压担,随师父西域去也。"三藏道:"既如此说才是。"

这一难啊，虽然只有八戒受罪，但却把四人的心迹都写得好，守不守得住"禅心"，其实跟"根性"有关，跟自己的"前尘往事"有关。

最后以一首《西江月》结束此回：色乃伤身之剑，贪之必定遭殃。佳人二八好容妆，更比夜叉凶壮。只有一个原本，再无微利添囊。好将资本谨收藏，坚守休教放荡。

由此，师徒四人继续前行。

第二十四回
万寿山大仙留故友 五庄观行者窃人参

五百年前是故人？

第二十四回 "万寿山大仙留故友 五庄观行者窃人参"，到了悟空一行吃人参果的情节。

前面见到一座俊美的大山，所以肯定是洞天福地，悟空也说"这里决无邪祟，一定是个圣僧仙辈之乡"。此番又该有什么奇遇呢？前面四圣试了"禅心"，此处名唤"五庄观"，应该对应五行，看人的五行，就是看仁义礼智信，失掉这"五德"，就又是一难，而且，这次惹的祸可不小。

三藏在马上欢喜道："徒弟，我一向西来，经历许多山水，都是那嵯峨险峻之处，更不似此山好景，果然的幽趣非常。若是相近雷音不远路，我们好整肃端严见世尊。"这三藏以为快到西天雷音寺了，便无限欢喜。

行者笑道："早哩！早哩！正好不得到哩！"

沙僧道："师兄，我们到雷音有多少远？"

行者道:"十万八千里。十停中还不曾走了一停哩。"

八戒道:"哥呵,要走几年才得到?"

行者道:"这些路,若论二位贤弟,便十来日也可到;若论我走,一日也好走五十遭,还见日色;若论师父走,莫想!莫想!"

此处道出人分三等,八戒、沙僧属于"学而知之",学过丹道,又有功夫,到灵山也就十几天的时间。悟空属于"生而知之",不仅彻悟,而且功夫更高,一天可以跑灵山五十次。唐僧就不行了,属于"困而学之",心中疑惑太多,脚力又差,所以走几世也未必能到。

唐僧道:"悟空,你说得几时方可到?"

行者道:"你自小时走到老,老了再小,老小千番也还难。"

这话说得是让唐僧绝望,但唐僧最大的优点就是"见性志诚",有大愿。所以,这里悟空又追了一句:"只要你见性志诚,念念回首处,即是灵山。"这句话实际上是在点醒我们,灵山就在心中,不必非到灵山。

我多年前还真到过印度的灵鹫山,到了,也只是听到风声,并无彻悟。在山顶上除了对佛祖当年传道的感动,想着当年照过佛祖的阳光,此刻也照在我们身上,照在远处的山峰上,除了感动就是感动,有一种被洗礼的感觉。

却说这座山名唤万寿山,山中有一座观,名唤五庄观;观里有一尊仙,道号镇元子,混名与世同君。那观里出一般异宝,乃是混沌初分,鸿蒙始判,天地未开之际,产成这颗灵根。盖天下四大部洲,惟西牛贺洲五庄观出此,唤名草还丹,又名人参果。三千年一开花,三千年一结果,再三千年才得熟,短头一万年方得吃。似这万年,只结得三十个果子。果子的模样,就如三朝未满的小孩相似,四肢俱全,五官咸备。人若有缘,得那果子闻了一闻,就活三百六十岁;吃一个,就活四万七千年。

这里有几个重要信息：1）五庄观主人镇元子，混名"与世同君"，这混名的意思就是他属于伏羲女娲那一派最古老的神仙。镇元，就是守摄先天一灵之意。2）守着一棵先天地生成之前便有的"人参果"树，号称天地之"灵根"。镇元子是守树人，不是栽树人。暗示后来他也救不得"灵根"。3）灵根入于五庄观，就是先天之真气入于五行之中，所以属于"真空妙有"，后面就讲它与五行相畏。4）这棵树刚好又到了一万年结果的时候，这次结了三十个果子。

这天，镇元大仙得元始天尊的简帖，邀他到上清天上弥罗宫中听讲"混元道果"。这弥罗宫，是中国神话中的天宫道场，位于天之最高位。《皇经集注》："妙有真境，弥罗上宫。"上宫，玉帝圣父宫名。"妙有真境，弥罗内宫。"内宫，玉帝宫深邃处，圣母居之，故曰内宫。乃是玉皇大帝在太虚最上玄冲，至上之天的道场。这镇元大仙能到这顶级的地方听讲，足以见其修为之高。

大仙出门前，留下了两个一千二三百岁的童子清风和明月看家，并说："不日有一个故人从此经过，却莫怠慢了他。可将我人参果打两个与他吃，权表旧日之情。"这可是大礼啊，这么贵重的东西一下就送两个，可见镇元子的豪气。

二童道："师父的故人是谁？望说与弟子，好接待。"大仙道："他是东土大唐驾下的圣僧，道号三藏，今往西天拜佛求经的和尚。"二童笑道："孔子云：'道不同，不相为谋。'我等是太乙玄门，怎么与那和尚做甚相识！"大仙道："你那里得知。那和尚乃金蝉子转生，西方圣老如来佛第二个徒弟。五百年前，我与他在'兰盆会'上相识，他曾亲手传茶。佛子敬我，故此是为故人也。"

这里透露了几个信息：1）镇元大仙属于太乙玄门。太乙原为北辰神名，葛洪说"玄者，自然之祖，而万殊之大宗也"。从这个角度说，太乙玄门不是道教，也不是佛教，所以镇元大仙与佛道两门都有接触，但又独守一门，不仅此时得元始天尊的请帖上天庭，而且五百年前还去西天喝过茶。2）拥有天地之灵根——人参果树。3）唐僧是金蝉子转世，二人曾于五百年前在盂兰盆会上相识，那时，金蝉子在盂兰盆会上专门负责传茶。也许就是在那场盂兰盆会，唐僧与许多仙啊、灵啊、妖啊的，有了今世的关联。而镇元大仙是来感恩当年那一敬的。能不忘五百年前别人给自己的一杯茶，可见镇元大仙记忆力好，注重人际关系，也知感恩。

那大仙临行，又叮咛嘱咐道："唐三藏虽是故人，须要防备他手下人罗唣，不可惊动他知。"此是一个伏笔。有时候，事先嘱咐的话，就是引诱的话。有些话，不说出来就没事；只要说出来，就一定有事。

人间天地最久远

师徒四人到了五庄观，见山门左边有一通碑，碑上有十个大字，乃是"万寿山福地，五庄观洞天"。这几乎和悟空"花果山福地，水帘洞洞天"同名称。二门上有一副春联：长生不老神仙府，与天同寿道人家。行者笑道："这道士说大话唬人。我老孙五百年前大闹天宫时，在那太上老君门首，也不曾见有此话说。"这又是一个伏笔。此镇元大仙与天庭彼此不屑，且有个和天庭一比的念头。

正殿上写有"天地"两个大字，让唐僧好奇，问清风、明月："仙童，你五庄观真是西方仙界，何不供养三清、四帝、罗天诸宰，只将'天地'二字侍奉香火？"

按说，"天地"远比宗教各神要远古。一定是先有天地，而后才有各路神仙的，比各路神仙早的当是伏羲女娲。所以，镇元子这一派"太乙玄门"应该比较久远。

童子道："三清是家师的朋友，四帝是家师的故人，九曜是家师的晚辈，元辰是家师的下宾。"三清是玉帝都要尊敬的人，而此处三清与镇元大仙是朋友，所以仙童道出了镇元大仙了不起的朋友圈。这人脉，也是无敌了。那行者闻言，就笑得打跌，老孙当年不也是这样吗？有那么厉害的人脉，一点用没有。骨子里谁看上谁了？遇事谁帮了谁了？

听了五庄观童子的大话，悟空实在忍不住了，就骂："扯甚么空心架子。那弥罗宫有谁是太乙天仙？请你这泼牛蹄子去讲甚么？"

悟空在天庭混过，说没见过什么"太乙天仙"。其实，悟空自己就是"太乙天仙"，因为他也是从天地来的，所以也属于"太乙"门。这也是后来镇元大仙要与悟空拜把子的原因。

此时悟空骂人，是不识自己本家，也是"无礼"。

三藏见他发怒，恐怕那童子回言，斗起祸来，便道："悟空，且休争竞，我们既进来，就出去，显得没了方情。常言道：'鹭鸶不吃鹭鸶肉。'"此处倒是唐僧明白，一句"鹭鸶不吃鹭鸶肉"，就是自家人不损害自家人。

可是等大仙的徒儿把人参果献给唐僧时，唐僧又不识真了。唐僧肉眼凡胎，认不得这是"仙家异宝"，吓坏了，以为是请他吃小孩，千推万阻不吃。这就是唐僧的"无智"。此时"五德"已失两德，我们再往后看。

清风暗道："这和尚在那口舌场中，是非海里，弄得眼肉胎凡，不识我仙家异宝。"这里又说唐僧被"口舌场中，是非海里"弄怕了。可见唐僧处处小心是有根由的。

师徒失了哪三德？

此时，八戒正在厨房里做饭，偷听了这些话，便馋得想尝新。于是便撺掇悟空去偷。此时去偷人参果，倒不是"失德"，而是盗天机。其实，盗天机也不是那么好盗的，要循序渐进，不能止步，而直寻根本。

所以，悟空先是进入一个花园，号称人间第一仙景，西方魁首花丛，若止步于此，就是有花而无果。又见一层门，推开看处，却是一座菜园。行者笑道："他也是个自种自吃的道士。"菜，有"实"而淡味，可自养，但不究竟。走过菜园，又见一层门。推开看处，呀！只见那正中间有根大树，……只见向南的枝上，露出一个人参果。

去摘人参果时，没想到第一个人参果落地就寂然不见了。招来土地公公一问，才知这人参果与五行相畏，就是这果子"遇金而落，遇木而枯，遇水而化，遇火而焦，遇土而入"。可见此物虽在五行之中，却不能沾五行之器，真是奇物也。"敲时必用金器，方得下来。打下来，却将盘儿用丝帕衬垫方可；若受些木器，就枯了，就吃也不得延寿。吃他须用磁器，清水化开食用"。瓷器光明，清水洁净，所以最好的食材还得要光明清净，不能加任何调料。

悟空从不吃独食，所以拿下三个人参果便与师弟分享，没想到沙僧认得此物，沙僧道："小弟虽不曾吃，但旧时做卷帘大将，扶侍鸾舆赴蟠桃宴，尝见海外诸仙将此果与王母上寿。"看看，人家沙僧可是见过世面的。话说天上有蟠桃、交梨等长寿奇物，但镇元大仙的东西也是可以跟天庭交换的。

话说八戒食肠大，口又大，却才见了果子，拿过来，张开口，毂辘的囫囵吞咽下肚，这就是生吞活剥，全然没得到"滋味"，吃了就如同没吃。八戒又贪，便叫嚷起来。行者道："兄弟，你好不知止足！

这个东西，比不得那米食面食，撞着尽饱。像这一万年只结得三十个，我们吃他这一个，也是大有缘法，不等小可。罢罢罢！够了！"这话说的是"得道"，好东西不是为了吃饱，得其一灵之气就够了，不可再贪。

清风、明月到园里一查，果然少了。明月道："果子原是三十个。师父开园，分吃了两个，还有二十八个；适才打两个与唐僧吃，还有二十六个；如今止剩得二十二个，却不少了四个？不消讲，不消讲，是那伙恶人偷了，我们只骂唐僧去来。"

被骂的唐僧说："常言道：'仁义值千金。'教他陪你个礼，便罢了。"便叫三个徒弟。而唐僧却不知，彼时徒弟三人已经私下商量好对此事抵赖不认。偷吃不怕，但抵赖就是"失信"，如此五德错了三德，根基就不稳了。具体如何，我们下回再讲。

第二十五回
镇元仙赶捉取经僧 孙行者大闹五庄观

镇元大仙为什么总笑？

第二十五回"镇元仙赶捉取经僧 孙行者大闹五庄观"，话说三个徒弟被三藏叫过去询问，八戒概不承认，悟空经三藏好言相劝后说了实话，却因到清风、明月反复叫骂，八戒又疑心悟空多吃了掉入地下的那个，恨得个大圣钢牙咬响，火眼睁圆，把条金箍棒揩了又揩，一怒之下，倒拔垂杨柳，把那棵世上独一无二的人参果树给推倒了，那二十二个果实沾到土地就消失不见了。

如此便闯下大祸。

那两个小童忍住悲愤，只得想办法拴住师徒四人。于是便安排师徒吃饭。我们终于可以知道师徒吃的都是什么了。

那八戒便去盛饭，沙僧安放桌椅。二童忙取小菜，却是些酱瓜、酱茄、糟萝卜、醋豆角、腌窝蕖、绰芥菜，共排了七八碟儿，与师徒们吃饭；又提一壶好茶，两个茶钟，伺候左右。嗯，看着还是很下饭的，但真是咸菜有点多了呢，幸好还有好茶伺候。

那师徒四众却才拿起碗来，这童儿一边一个，扑的把门关上，插上一把两镄铜锁。八戒笑道："这童子差了。你这里风俗不好，却怎的关了门里吃饭？"看来旧时候吃饭是不关门的。我曾经去古镇，看到吃饭时家家都端着饭碗在门口吃，觉得民风好淳朴。

关门是锁不住师徒四人的。当晚，悟空就带着师父等跑路了。

这一段，确实不太光彩。这哪里是断了人家的"灵根"啊，这是断了自己的"灵根"啊。

悟空害了五庄观里的丹头，断绝了仙家的苗裔，清风和明月原本还为此害怕受责罚，谁知那返回的镇元大仙听二童子从头到尾描述一番后的反应却很是奇怪。

那镇元大仙从元始宫散会，领众小仙出离兜率宫，回到万寿山五庄观，见到被悟空的瞌睡虫迷倒的清风、明月还在酣睡。

大仙笑道："好仙童啊！成仙的人，神满再不思睡，却怎么这般困倦？莫不是有人做弄了他也？快取水来。"一童急取水半盏递与大仙。大仙念动咒语，噀一口水，喷在脸上，随即解了睡魔。

可见镇元大仙已知是悟空下了迷魂药，要不不会念动咒语来破法。

二人醒来，赶紧叩头告状，大仙听后笑道："莫惊恐，慢慢的说来。"听闻悟空把人参树打倒了，大仙闻言，更不恼怒，道："莫哭！莫哭！你不知那姓孙的，也是个太乙散仙，也曾大闹天宫，神通广大。"

这大仙怎么这么镇定，还总笑呢？

大家肯定奇怪，这大仙一直笑，怎么这么沉得住气呢？想必他也想趁唐僧取经这事"蹭点儿流量"。这唐僧取经是件历史事件，各路神仙都要参与进来，要么放妖，要么抢功，总之，这是个露脸的好机会，也是载入史册的好机会。镇元大仙既不属于佛门，又不属于道门，虽然两边都有走动，但只是去天庭弥罗宫听听课或送送人参果，去佛门喝喝茶，终归是孤魂野鬼，两边都不太重视他。此次他算准了唐僧师徒会来自己的五庄观,也知道悟空会毁了自己的灵根树,如此,自己就成了这场历史事件中最大的受害者,也正好叫两边都见识一下自己的本事和法力。再者,他也说了悟空同样是个太乙散仙,所谓散仙,就是"不入流",与自己一样,都是不服不忿的主儿,最后能有这样一个好兄弟,他在三界也不至于太孤独。

悟空挨打

追上悟空一众,大仙用个"袖里乾坤"的手段,在云端里把袍袖迎风轻轻地一展,把四僧连马一袖子笼住,抓回了五庄观,把他四人绑在四个柱子上。说:"徒弟,这和尚是出家人,不可用刀枪,不可加铁钺,且与我取出皮鞭来,打他一顿,与我人参果出气!"那鞭子可是龙皮做的七星鞭,还浸在水里,这可比刀枪狠啊。

下面这段则可看出悟空的担当与仁义。本来要先打三藏,行者知道唐僧不吃打,赶紧说:"先生差了。偷果子是我,吃果子是我,推倒树也是我,怎么不先打我,打他做甚?"大仙笑道:"这泼猴倒言语膂烈。这等便先打他。"

为什么打腿呢?因为你掘我树根儿,我就打你腿。取经最需要脚力,你腿根不实,就好比灵根不固,也取不来真经。此时唐僧还脚跟不固,确实一打就坏,而悟空修炼圆熟,所以把自己的腿变成了两条熟铁腿,最后把两条腿打得似明镜一般,通打亮了。

两番替唐僧挨打后,那唐僧泪眼双垂,这可不是心疼悟空流的泪哦,而是怨他三个徒弟道:"你等闯出祸来,却带累我在此受罪,这是怎的起?"行者道:"且休报怨,打便先打我,你又不曾吃打,倒转嗟呀怎的?"唐僧道:"虽然不曾打,却也绑得身上疼哩。"

唉！有这样的师父，也真扎徒儿的心。这点上，八戒动不动就嚷嚷要散伙，反而比悟空看得明白些。

这一篇叫作"镇元仙赶捉取经僧 孙行者大闹五庄观"，镇元大仙追了他们师徒两回，第一回使用龙鞭子抽打悟空，第二回是要用油锅炸了悟空，悟空把一个石狮子变成自己，砸漏了人家的油锅。再怎么着，也不能砸人家的锅啊。气得镇元大仙就要炸唐僧，悟空一想：师父不济：他若到了油锅里，一滚就死，二滚就焦，到三五滚，他就弄做个稀烂的和尚了！我还去救他一救。

在悟空这里，良知和忠义是骨子里的东西，师父的自私是师父自己身上的，自己的无私也是自己身上的，我只管按我的良知去做事，不会因为你屡次抱怨我、辜负我，而不做自己该做的事。看来悟空是真做到了"不思善、不思恶"，始终保持自己的本来面目。这，就是悟空最高贵的品格。

眼见着悟空要亲自下油锅了，大仙呵呵冷笑，走出殿来，一把扯住了悟空。

第二十六回　孙悟空三岛求方　观世音甘泉活树

灵根到底指什么？

　　第二十六回"孙悟空三岛求方 观世音甘泉活树"，开篇有句诗写得好。诗曰："处世须存心上刃，修身切记寸边而。"——心上有刃是个"忍"字，寸边有而是个"耐"字。所以这句是说：处世须存"忍"，修身切记"耐"。处世忍什么呢？忍"怒"，往往一怒，事情就往坏处走；修身"耐"什么呢？要耐得住寂寞。再说了，"刚强更有刚强辈，究竟终成空与非。"——做人一定要虚心，能屈己求人，才能得正果。

　　却说那镇元大仙用手搀着行者道："我也知道你的本事，我也闻得你的英名，只是你今番越理欺心（先是不承认偷吃人参果，后来又用四个柳树桩骗镇元大仙，都属于越理欺心，最严重的就是毁坏灵根，不知返本归元是人之灵根），纵有腾那，脱不得我手。我就和你讲到西天，见了你那佛祖，也少不得还我人参果树。你莫弄神通。"意即你们灵根已损，佛祖也不会收你们！

　　此时悟空还未解其意，只道人家就是让他赔树，而不是培养自己的灵根。其实，前面清风骂过他们：你唐僧不识真果，是无智；你徒弟又不承认偷吃，是无信；他们又百般抵赖、不肯赔礼，是无礼；仁义礼智信五德已失三德，就是坏了自己的灵根，就你们这帮人，"若能够到得西方参佛面，只除是转背摇车再托生！"当时只有三藏听懂一些，所以好似一块石头压在心上。三个徒弟心高气傲，根本没放在心上。

讲至此，这一段"五庄观"的意义出来了。镇元子说他们灵根已损，佛祖不会收他们。清风骂他们"若能够到得西方参佛面，只除是转背摇车再托生！"就是说做人之灵根在于五德。不守这五德，是见不得佛祖的。所以，就应了唐僧先前的问话，何时能到灵山啊？想要上灵山，先要过万寿山；想去雷音寺，得先过"五庄观"；想要面见如来，也得先修灵根，否则没戏！

于是，下面这段就要讲悟空如何重塑"灵根"人参果树。

悟空有情，唐僧无情

行者道："你解了我师父，我还你一棵活树如何？"

大仙道："你若有此神通，医得树活，我与你八拜为交，结为兄弟。"

行者道："不打紧，放了他们，老孙管教还你活树。"

三藏道："你往何处去求方？"

行者道："古人云：'方从海上求。'我今要上东洋大海，遍游三岛十洲，访问仙翁圣老，求一个起死回生之法，管教医得他树活。"

这里有个错，他们取经明明要西行，这悟空却要去东洋大海求活树的药方，所以白浪费了些功夫。

即便这样，悟空临走前还再三嘱咐大仙："先生放心，我就去就来。你却要好生伏侍我师父，逐日家三茶六饭，不可欠缺。若少了些儿，老孙回来和你算帐，先捣塌你的锅底。衣服襥了，与他浆洗浆洗。脸儿黄了些儿，我不要（我找你算账）；若瘦了些儿，不出门（我讹上你）。"

唐僧却说：就给你三天的时限，到时不回来，我就念《紧箍儿咒》。悟空是句句有情，唐僧是句句无情啊！

这倒让人有些感慨：修行这事吧，有人修"有情"可以得道；有人修"无情"也能得道。可把这些放到生活里，有情对无情，就有怨气；无情对有情，就有憎恶。而怨气和憎恶，就是生命的"苦"，绵绵无绝期，就是因果。为什么修行比生活好呢？修行，不纠缠于有情无情，最终以"明道"为根柢。而生活呢，过度纠缠我有情你无情，就坠入恶道。

八戒为何说福禄寿三星是奴才？

好猴王，急纵筋斗云，别了五庄观，径上东洋大海。在半空中，快如掣电，疾如流星，早到蓬莱仙境。

行者见到福禄寿三星，作了揖。寿星道："我闻大圣弃道从释，脱性命保护唐僧往西天取经，遂日奔波山路，那些儿得闲，却来耍子？"你看，取经这事，三界已无人不知。

一听行者偷吃了人参果，三老道："你这猴子，不知好歹。那果子闻一闻，活三百六十岁；吃一个，活四万七千年……我们的道，不及他多矣！他得之甚易，就可与天齐寿；我们还要养精、炼气、存神，调和龙虎，捉坎填离，不知费多少工夫……天下只有此种灵根！"这段讲清楚了镇元的厉害，镇元有先天灵根，不用道家那些炼气存神的功夫。行者道："灵根！灵根！我已弄了他个断根哩！"行者又道："访三位老弟。有甚医树的方儿，传我一个，急救唐僧脱苦。"

三星闻言，心中也闷道："你这猴儿，全不识人。那镇元子乃地仙之祖，我等乃神仙之宗，你虽得了天仙，还是太乙散数，未入真流，你怎么脱得他手？……那人参果乃仙木之根，如何医治？没方，没方！"

这里又说清了几件事：1）镇元子乃地仙之祖，我等乃神仙之宗。神仙都是在编制内的，地仙无编制，但地仙的道行比神仙高（"我们的道，不及他多矣！"）。2）悟空虽然在天庭做过官，但还是"太乙散数，未入真流"。3）人参果乃仙木之根，属于在五行中又不在五行中的奇物，所以无方可医。4）神仙的"丹"只能救人和走兽飞禽，救不了"灵根"。意即这个"灵根"只能自己培育。

三星也是仁厚。寿星道："大圣放心，不须烦恼。那大仙虽称上辈，却也与我等有识。一则久别，不曾拜望，二来是大圣的人情。如今我三人同去望他一望，就与你道达此情，教那唐和尚莫念《紧箍儿咒》，休说三日五日，只等你求得方来，我们才别。"行者道："感激！感激！就请三位老弟行行，我去也。"

三星到了五庄观，"以晚辈之礼见了大仙"。但福禄寿三星却被八戒戏耍了一番。这一段写得有趣、诙谐。

那八戒见了寿星，近前扯住，笑道："你这肉头老儿，许久不见，还是这般脱洒，帽儿也不带个来。"遂把自家一个僧帽，扑的套在他头上，扑着手呵呵大笑道："好！好！好！真是'加冠进禄'也！"——因为禄星是戴冠的。那寿星将帽子摜了，骂道："你这个夯货，老大不知高低！"八戒道："我不是夯货，你等真是奴才！"福星道："你倒是个夯货，反敢骂人是奴才！"

八戒为什么敢骂他们是奴才呢？就是福禄寿都是以"肉心"为"主子"，所以是世人"心"——也就是满足人贪心的奴才，只是"添寿、添福、添禄"的世间法,不是"真道"。

八戒又跑进来,扯住福星,要讨果子吃。他去袖里乱摸,腰里乱吞,不住的揭他衣服搜检。三藏笑道:"那八戒是甚么规矩!"八戒道:"不是没规矩,此叫做'番番是福'。"三藏又叱令出去。那呆子蹿出门,瞅着福星,眼不转睛的发狠。福星道:"夯货!我那里恼了你来,你这等恨我?"八戒道:"不是恨你,这叫做'回头望福'。"那呆子出得门来,只见一个小童,拿了四把茶匙,方去寻锤取果看茶,被他一把夺过,跑上殿,拿着小磬儿,用手乱敲乱打,两头顽耍。大仙道:"这个和尚,越发不尊重了!"八戒笑道:"不是不尊重,这叫做'四时吉庆'。"

八戒用"加冠进禄""番番是福""回头望福""四时吉庆"四个动作,把世间的吉利话都演示了一遍。好玩。

悟空去的第二个地方是方丈仙山,也就是传说中的扶桑。这里的主人——圣号东华大帝君,烟霞第一神仙眷。这东华帝君又称"东王公",与西王母相对,有人认为他们是夫妻,有人认为他们是兄妹,是盘古大帝的子女。东王公总领男仙,西王母统领女仙。

汉武帝时期的名人东方朔,是东华帝君的徒弟,曾经在王母娘娘的蟠桃宴上偷来蟠桃给汉武帝祝寿。所以悟空一见到他,就笑道:"这个小贼在这里哩!帝君处没有桃子你偷吃!"东方朔朝上进礼,答道:"老贼,你来这里怎的?我师父没有仙丹你偷吃。"这句是说:小贼要偷桃,老贼想偷丹,都偷错了地方,一开始就告诉悟空这里没办法了。

帝君道:"我有一粒九转太乙还丹,但能治世间生灵,却不能医树。树乃水土之灵,天滋地润。若是凡间的果木,医治还可,这万寿山乃先天福地,五庄观乃净土洞天,人参果又是天开地辟之灵根,如何可治!无方!无方!"看来每位神仙手中都有救世的宝贝啊,但又都有局限。这就是"刚强更有刚强辈",谁都别逞能!

悟空的两番碰壁也告诉我们，这世上有灵丹妙药，可以治病、可以疗伤，但救不得"灵根"，"灵根"是"天滋地润"你的根性，不修培根性，人还是死路一条。

于是悟空又驾云至瀛洲海岛。蓬莱、扶桑和瀛洲，就是东方三仙岛。瀛洲有九老，也就是九位老神仙。这东方三仙岛好奇怪：蓬莱福禄寿仨老头儿、扶桑东王公和东方朔、瀛洲九个老神仙，都没有女人，是没有女人才这么快乐自在吗？

见到九位老神仙，行者笑道："老兄弟们自在哩！"九老道："大圣当年若存正，不闹天宫，比我们还自在哩。"——这话在理，如果当年不闹腾，悟空做花果山山大王，好不自在！行者将那医树求方之事，具陈了一遍。九老也大惊道："你也忒惹祸！惹祸！我等实是无方。"

菩萨怎么起死回生？

这时悟空已经求方无望，只得还去普陀岩上紫竹林求观音菩萨。菩萨派来迎接悟空的守山大神就是黑风怪黑熊罴。悟空一见他就来气，人家现在受了善果，居此仙山，常听法教，日子比悟空要好呢。但这事也让悟空明白，黑熊罴都能得正果，自己努力，也会有好的结果。

菩萨知五庄观原委，怪道："你这泼猴，不知好歹！他那人参果树，乃天开地辟的灵根。镇元子乃地仙之祖，我也让他三分，你怎么就打伤他树！"

记住啊，菩萨不是让镇元子，而是让"天地"。行者只好服软，承认自己错了。

行者又道："已允了与他医树。却才自海上求方，遍游三岛，众神仙都没有本事。弟子因此志心朝礼，特拜告菩萨。伏望慈悯，俯赐一方，以救唐僧早早西去。"

菩萨道："你怎么不早来见我，却往岛上去寻找？"

菩萨这一句，一方面指出了悟空错行了路，一方面又如雨降甘霖，顿时滋润了悟空焦躁的心。真是大慈大悲救苦救难的观音菩萨啊！

菩萨道："我这净瓶底的甘露水，善治得仙树灵苗。"

行者道："可曾经验过么？"

菩萨道："经验过的。"

行者问："有何经验？"

菩萨道："当年太上老君曾与我赌胜：他把我的杨柳枝拔了去，放在炼丹炉里，炙得焦干，送来还我。是我拿了插在瓶中，一昼夜，复得青枝绿叶，与旧相同。"原来菩萨和太上老君还一起做过科研！

行者笑道："真造化了！真造化了！烘焦了的尚能医活，况此推倒的，有何难哉！"

镇元大仙见到菩萨亲自到来，高兴坏了，躬身谢菩萨道："小可的勾当，怎么敢劳菩萨下降？"菩萨道："唐僧乃我之弟子，孙悟空冲撞了先生，理当赔偿宝树。"——这话说得彬彬有礼，直接给三藏悟空等上了一课：本事再大，也得先学会说话啊！

我们且看菩萨如何让宝树起死回生。

三藏师徒与本观众仙，都到园内观看时，那棵树倒在地下，土开根现，叶落枝枯。菩萨叫："悟空，伸手来。"那行者将左手伸开。菩萨将杨柳枝，蘸出瓶中甘露，把行者手心里画了一道起死回生的符字，教他放在树根之下，但看水出为度。

这是用杨柳枝的柔弱为运用，用甘露之清净为根本，以起死回生符为持守，无柔弱、无清净、无持守，则不能起死回生。就人体而言，肿瘤就是刚硬，焦躁就无清净，再无对生命意志的坚守，就是死路。

那行者捏着拳头,往那树根底下揣着,须臾有清泉一汪。菩萨道:"那个水不许犯五行之器,须用玉瓢舀出,扶起树来,从头浇下,自然根皮相合,叶长芽生,枝青果出。"——水虽在五行之中,但天一生水,菩萨的真水不可犯五行之器,否则即失其真,所以要用洁净之玉器盛舀。

行者、八戒、沙僧,扛起树来,扶得周正,拥上土。——行者、八戒、沙僧此时才是真正三家相会,五行攒簇,如此与真气相合,则"灵根"树立起来了。

三人又将玉器内甘泉,一瓯瓯捧与菩萨。菩萨将杨柳枝细细洒上,口中又念着经咒。不多时,洒净那舀出之水,只见那树果然依旧青枝绿叶浓郁阴森,上有二十三个人参果。

书中有首诗写得好:玉毫金像世难论,正是慈悲救苦尊。过去劫逢无垢佛,至今成得有为身。几生欲海澄清浪,一片心田绝点尘。甘露久经真妙法,管教宝树永长春。

是说只有菩萨有神观、有妙法,可以无为化有为,起死回生。

那大仙十分欢喜,急令取金击子来,把果子敲下十个,请菩萨与三老复回宝殿,一则谢劳,二来做个"人参果会"。

大家还记得佛祖把悟空压在五行山后的安天大会吧,那是三教会聚的一次大会。此刻,由地仙之祖操持的人参果会虽然规模小,但意义也不差,也是三教,远古教镇元子、道教三老、菩萨和唐僧师徒聚集一堂,还每个人吃了一个人参果,本观仙众分吃了一个,共十个。

有诗为证,诗曰:万寿山中古洞天,人参一熟九千年。灵根现出芽枝损,甘露滋生果叶全。三老喜逢皆旧契,四僧幸遇是前缘。自今会服人参果,尽是长生不老仙。

之后,镇元子又安排蔬酒,与行者结为兄弟。这才是不打不成相识，两家合了一家。两位散仙情投意合，可惜后文再也没出现镇元子。不管怎么说，这一轮是镇元子大获全胜，而悟空等也寻回了"灵根"，可谓皆大欢喜。

但正因为唐僧吃了人参果，世上便流行起了吃"唐僧肉"的传说。从此，唐僧"有缘吃得草还丹，长寿苦捱妖怪难"。

第二十七回　尸魔三戏唐三藏 圣僧恨逐美猴王

何为"尸魔"？

由此进入第二十七回 "尸魔三戏唐三藏 圣僧恨逐美猴王"。

在这一回中，第一次提到吃"唐僧肉"的话题。因为上一回唐僧吃了"人参果"，已是长生不老仙，就是已然"了命"，但尚未"了性"。当时唐僧自从服了人参果，觉得自己真似脱胎换骨，神爽体健。要是吃个果子就脱胎换骨了，那就是更大的虚妄。而且，这事还成了未来一切磨难的种子，自己成了一个移动的"长生肉"，西行之路上的妖魔都蠢蠢欲动，越长寿，越要"苦捱妖怪"了。

所以在这一回中遇到了《西游记》一书中最低级且没有任何来头和靠山的妖怪——白骨精，来考验其"性"，果然唐僧真假不辨、善恶不分，纵然长生不老，却依然是个糊涂蛋，不仅被妖魔戏耍、被八戒戏耍，还生了嗔恨心，赶走了悟空。

大概因为唐僧骑马看得远吧，所以每到一山，总是唐僧提醒："徒弟，前面有山险峻，恐马不能前，大家须仔细仔细。"其实这也说明四人当中，唐僧的心是最不定的。虽然他取经的心坚定，但沿途他内心最惶恐,哪怕是吃了长寿果,得了丹药,但始终还未明心见性,不仅认不出妖怪,还怕妖怪。你若心中总想着妖怪,就是心魔不断,妖怪肯定一个接一个前来。所以,此时悟空都会说:"师父放心,我等自然理会。"可师父这"心",就是放不下啊!

这次的妖怪叫"尸魔","三尸"代表人体内部的三种"恶欲",即食欲、私欲和性欲。道教又称之为"三尸虫",修道者要走上成仙之路,必须铲除和消灭"三尸之根"。上尸虫名为彭候,在人头内,令人愚痴呆笨,没有智慧;中尸虫名为彭质,在人胸中,令人烦恼妄想,不能清净;下尸虫名为彭矫,在人腹中,令人贪图男女饮食之欲。所以"斩三尸",就可成就混元大道。

而"尸魔三戏唐三藏",就是白骨精用障眼法三次戏弄唐三藏。

师徒们正行到嵯峨之处,三藏道:"悟空,我这一日,肚中饥了,你去那里化些斋吃?"——这是口食之欲犯了,尸魔正好乘虚而入。

行者陪笑道:"师父好不聪明。这等半山之中,前不巴村,后不着店,有钱也没买处,教往那里寻斋?"——悟空永远直言不讳,直接指出唐僧如此妄念,就是不聪明、不明白。在团队中如果直接说领导没悟性,谁能受得了啊!这直接导致了唐僧的不快,甚至口出恶言。

三藏心中不快,口里骂道:"你这猴子!想你在两界山,被如来压在石匣之内,口能言,足不能行,也亏我救你性命,摩顶受戒,做了我的徒弟。怎么不肯努力,常怀懒惰之心!"

唐僧此言确实挺无聊的。善者不念其善,方是真善,曾经有过的一点善行,还念念不忘,还用来要挟对方,就是"恶念"。这恶言也属于"三尸",更招致"尸魔"。

悟空一路勤恳,当然不爱听这话了。

行者道:"弟子亦颇殷勤,何尝懒惰?"

三藏道："你既殷勤，何不化斋我吃？我肚饥怎行？况此地山岚瘴气，怎么得上雷音？"

行者道："师父休怪，少要言语。我知你尊性高傲，十分违慢了你，便要念那话儿咒。你下马稳坐，等我寻那里有人家处化斋去。"

看来悟空对唐僧品性甚为了解，也知道自己直言忤逆了他，于是便要去寻一些山桃给师父吃。

尸魔最知人性

常言有云："山高必有怪，岭峻却生精。"果然这山上有一个妖精，孙大圣去时，惊动那怪。他在云端里，踏着阴风，看见长老坐在地下，就不胜欢喜道："造化！造化！几年家人都讲东土的唐和尚取'大乘'，他本是金蝉子化身，十世修行的原体。有人吃他一块肉，长寿长生。真个今日到了。"

这是小说中第一次出现吃"唐僧肉"可以长生的说法，也恰恰在前一回唐僧刚刚吃了"人参果"之后。也就是，在此之前，唐僧肉不值得吃。

因为看见唐僧被八戒、沙僧护佑，尸魔也不敢造次，就变作个月貌花容的女儿前去戏耍唐僧。

说不尽那眉清目秀，齿白唇红，左手提着一个青砂罐儿，右手提着一个绿磁瓶儿，从西向东，径奔唐僧。

此刻，唐僧因食动念，八戒因色动心，此食、色之心，是最要命的，因为尸魔是人身体里的东西，所以最知人性。

这里咱们看一下妖精变成的美女和菩萨变成的美女有什么不同。

妖精变的美女是这样的：汗流粉面花含露，尘拂蛾眉柳带烟。……

冰肌藏玉骨，衫领露酥胸。柳眉积翠黛，杏眼闪银星。月样容仪俏，天然性格清。体似燕藏柳，声如莺啭林。半放海棠笼晓日，才开芍药弄春晴。其实，这些都是含有色情意味的句子，写尽了妖精的妖娆和风骚。

菩萨变成的真真、爱爱是这样的：妖娆倾国色，窈窕动人心。花钿显现多娇态，绣带飘摇迥绝尘。半含笑处樱桃绽，缓步行时兰麝喷。满头珠翠，……遍体幽香……。这些，则尽显女子的端庄、贵气和仙气。

从八戒的反应就可以看出男人对以上不同女人的态度：对真真、爱爱等，八戒是"低声悄语"，又敬又爱又怕。见到妖精变成的美女，则立刻动了凡心，忍不住胡言乱语……满心欢喜，急抽身就跑了个猪颠风。这句真是让人笑死。男人嘛，娶老婆一定要娶端庄的，要不血脉就乱了。多少要心里惴惴的，有点怕才是。对风骚女人嘛，就是打情骂俏，图个心情愉悦，谈不上什么尊重。

唐僧的表现也有点不正常。

三藏一见，连忙跳起身来。这个"跳"字有点突兀，再也不是原先那般"低头合掌"了。甚至主动搭讪起来："女菩萨，你府上在何处住？是甚人家？有甚愿心，来此斋僧？"那妖精见唐僧主动问他来历，也惊喜万分，又是"笑吟吟"，又是"满面春生"。

唐僧此刻甚至还话多起来，三藏道："女菩萨，你言差了。圣经云：'父母在，不远游，游必有方。'你既有父母在堂，又与你招了女婿，……怎么自家在山行走？又没个侍儿随从。这个是不遵妇道了。"

嘿，这唠唠的，表面批评妖精不守妇道，暗含着替她担心呢。

何为真假？

此时正好悟空归来，睁火眼金睛观看，认得那女子是个妖精，放下钵盂，掣铁棒当头就打。吓得唐僧赶忙扯住。行者道："师父，你面前这个女子，莫当做个好人。他是个妖精，要来骗你哩。"三藏说，人家那么心善，要给他吃的，怎么说人家是妖精！这时悟空说了一段话，足以警示众生。

行者笑道："师父，你那里认得！老孙在水帘洞里做妖魔时，若想人肉吃，便是这等：或变金银，或变庄台，或变醉人，或变女色。有那等痴心的爱上我，我就迷他到洞里，尽意随心，或蒸或煮受用；吃不了，还要晒干了防天阴哩！师父，我若来迟，你定入他套子，遭他毒手！"

这是直接告诉我们：以妖怪身形现身的妖怪不可怕，顶多吓死你，但不会骗了你；可怕的是变幻身形，利用你的贪心、痴心来骗你的妖精，这种妖精最后对你敲骨吸髓，你都不明白自己是怎么死的，被卖了还高高兴兴地帮人家数钱呢。

反过来说，就是人并非死于妖精和骗子，而是死于自己的贪心与痴念。你若不贪、不痴，对方变得多美、多伪善，也骗不得你分毫。

那唐僧那里肯信，只说是个好人。

悟空又说："师父，我知道你了，你见他那等容貌，必然动了凡心。那我们干脆就地建个窝棚，你娶了他呗，何必如此跋涉，还取什么经啊！"

那长老原是个软善的人，那里吃得他这句言语，羞得个光头彻耳通红。

看来这一回，是悟空和唐僧犯了冲，谁都不给谁面子，结果定然不好。

三藏正在此羞惭，行者又发起性来，掣铁棒，望妖精劈脸一下。那怪物有些手段，使个"解尸法"，见行者棍子来时，他却抖擞精神，预先走了，把一个假尸首打死在地下。

这么说吧，能被悟空一棒干掉的，都是一般的妖，干不掉的，都是有来头的妖。

唬得个长老战战兢兢，口中作念道："这猴着然无礼！屡劝不从，无故伤人性命！"行者道："师父莫怪，你且来看看这罐子里是甚东西。"沙僧搀着长老，近前看时，那里是甚香米饭，却是一罐子拖尾巴的长蛆。也不是面筋，却是几个青蛙、癞虾蟆，满地乱跳。

此段明言"美女"是假，那罐儿里的"美食"更是假，唐僧不识真假。

刚刚春心大动的猪八戒气不忿了，开始挑唆师父，说悟空是"怕你念甚么《紧箍儿咒》，故意的使个障眼法儿，变做这等样东西，演幌你眼，使不念咒哩"。

这八戒真会提醒，唐僧马上手中捻诀，口里念咒，行者就叫："头疼！头疼！莫念！莫念！有话便说。"唐僧道："有甚话说！出家人时时常要方便，念念不离善心，扫地恐伤蝼蚁命，爱惜飞蛾纱罩灯。你怎么步步行凶，打死这个无故平人，取将经来何用？你回去罢！"

这是唐僧一逐悟空。悟空道："你不要我做徒弟，只怕你西天路去不成。"唐僧道："我命在天，该那个妖精蒸了吃，就是煮了，也算不过。终不然，你救得我的大限？你快回去！"

为什么说没有悟空，唐僧西天去不成呢？因为唐僧不仅不识真假，也不识西天路啊！另外，唐僧此时也不知八十一难之真谛，其实金公就是唐僧的大药王，一路都要针砭、救护、投喂唐僧。可这时，唐僧一是怨悟空开篇骂自己不聪明；二是恼悟空打断了自己唠嗑的婆婆心，内心羞愤；三是恨悟空行了凶。所以此时嘴硬得了不得，早忘了遇到妖怪时的哭哭啼啼。其实当下的恼怒都是"尸魔"的显现。

这尸魔也有些功夫，这时又变作年满八旬的老妇人，再次戏耍唐僧。老年不比少年时，满脸都是荷叶褶。八戒是天生会编故事的人，直接说这老太太是刚才姑娘的妈。气得悟空说，这老妇有八十岁，难道六十多岁还生孩子？

行者认得他是妖精，更不理论，举棒照头便打。那怪见棍子起时，依然抖擞，又出化了元神，脱真儿去了，把个假尸首又打死在山路之下。

此处说"老"也是假。

于是，唐僧二逐悟空。又把《紧箍儿咒》颠倒足足念了二十遍。唐僧道："这个猴子胡说！就有这许多妖怪？你是个无心向善之辈，有意作恶之人，你去罢！"

这句话唐僧言重了，果真是心里生了嗔恨。这就是唐僧不辨真假善恶，不以为恩，反以为怨；不以为功，反以为罪。

此刻悟空已然心灰意冷，只求唐僧念《松箍儿咒》，解脱自己的苦难。这时八戒还以小人之心度君子之腹，继续挑唆，认为悟空不走，是想分点唐僧的行李走。

在团队里经常也有这种情形，能干的、说真话的都受气，算小账的、乱揣测人的都受宠。为什么呢？因为这上司就是小人啊，所以小人的话，自然与他的私心相应，怎么听着都对。八戒的话气得悟空暴跳如雷，说自己当年也是头戴紫金冠、身穿赭黄袍的汉子，谁在意那几件破衣烂衫啊！

那妖精不死心，又变成一个老公公，数珠掐在手，口诵南无经。此处说伪善也是假。八戒继续编故事和念秧：说姑娘的爹来了。团队里有这种人也挺招人烦的，他的想象力倒没有多高明，但念秧的水平却总是恰到好处，不整死人，也得整残几个。

已经被师父折磨了两回的悟空思量道：不打杀他，他一时间抄空儿把师父捞了去，却不又费心劳力去救他？……还打的是！就一棍子打杀他，师父念起那咒，常言道："虎毒不吃儿。"凭着我巧言花语，嘴伶舌便，哄他一哄，好道也罢了。

这次大圣为了防止这妖精再次脱逃，念动咒语叫了土地和本处山神帮忙照应，手起棒落，彻底断绝了那妖精的灵光。

那唐僧在马上，又唬得战战兢兢，口不能言。八戒在旁边又笑道："好行者！风发了！只行了半日路，倒打死三个人！"唐僧正要念咒，行者急到马前，叫道："师父，莫念！莫念！你且来看看他的模样。"

原来那妖精是个潜灵作怪的僵尸，在此迷人败本，被悟空打杀后，现了骷髅本相，而且她那脊梁上有一行字，写着"白骨夫人"。

何为善恶？

为什么叫"白骨夫人"呢？大家都知道佛家有一个修持法叫"白骨观"。通常由不净观、白骨观、白骨生肌和白骨流光四步组成，其主旨就是让观者熄灭对色身的贪恋。比如观想尸体腐烂变白骨，或观想满世界白骨嘈杂，用这些来破除我执。而所谓"夫人"，原本指与自己同宿同行的，也就是自己的"阴"，而不是外来的"阴"。此"阴"由何而起呢？因自己的贪嗔痴而起。所以修"白骨观"是修自己的白骨，观自己的"不净"，祛自己的"阴邪"，最后才得色身不二，"尔时行者，思惟无我，身意泰然，安隐快乐"。

相较于悟空的天性通透佛理，唐僧还在修行的路上，所以他认不得真假，也用不好善恶。他认为佛家的善就是"出家人时时常要方便，念念不离善心，扫地恐伤蝼蚁命，爱惜飞蛾纱罩灯"，而不明白悟空杀魔才是大善，除恶方是大德；更不明白"尸魔就在自身，你不杀它，它就要杀你"的道理。不明真理的善，就是"伪善"；不明真理的德，就是"失德"。所以，唐僧此处三逐悟空。

三逐悟空之时，唐僧倒说了句至理名言："出家人行善，如春园之草，不见其长，日有所增；行恶之人，如磨刀之石，不见其损，日有所亏。"——这句话的前面对应了悟空，悟空三打白骨精，就是大善；后面对应了他自己，唐僧三逐悟空，就是心中有恶，只是此刻他不自知。

而且，唐僧对悟空的驱逐，还包括私心，他是怕悟空再惹祸，"教我怎的脱身？"不知没有悟空，他才脱不了身呢！

行者道："师父错怪了我也。这厮分明是个妖魔，他实有心害你。我倒打死他，替你除了害，你却不认得，反信了那呆子谗言冷语，屡次逐我。常言道：'事不过三。'我若不去，真是个下流无耻之徒。我去！我去！——去便去了，只是你手下无人。"

唐僧发怒道："这泼猴越发无礼！看起来，只你是人，那悟能、悟净就不是人？"这里暗含着唐僧的小心思，既然悟能、悟净也是菩萨选定的护持者，这两个自然本事不差，关键又都顺着自己，有这两个左膀右臂也就够了。

悟空就差说出"他俩是玉帝的人啊！"于是，悟空喊了声："苦啊！……今日昧着惺惺使糊涂，只教我回去：这才是'鸟尽弓藏，兔死狗烹'！"

看至此，是真心替悟空难受啊！天下什么事最令人难过呢？没人懂，受委屈，被驱逐出自己热爱的事业。

悟空为什么说沙僧是好人？

这唐僧是铁了心要让悟空离开了。但悟空还是担心唐僧再念《紧箍儿咒》折磨他。唐僧便说他再不念《紧箍儿咒》了。

行者道："这个难说。若到那毒魔苦难处不得脱身，八戒沙僧救不得你，那时节，想起我来，忍不住又念诵起来，就是十万里路，我的头也是疼的；假如再来见你，不如不作此意。"

唐僧见他言言语语，越添恼怒，滚鞍下马来，叫沙僧包袱内取出纸笔，即于涧下取水，石上磨墨，写了一纸贬书，递于行者道："猴头！执此为照！再不要你做徒弟了！如再与你相见，我就堕了阿鼻地狱！"都说疾恶如仇，此时唐僧如此疾善如仇，也是内心"恶"的体现，同样是尸魔。而且后面很快就被打了脸，所以啊，别没事儿发什么毒誓。

至此，悟空知道再怎么说都没用了。拜过师父后，又吩咐沙僧道："贤弟，你是个好人，却只要留心防着八戒诂言诂语，途中更要仔细。倘一时有妖精拿住师父，你就说老孙是他大徒弟。西方毛怪，闻我的手段，不敢伤我师父。"

此时说沙僧是"好人"，实是无奈之举。整个过程沙僧一声不吭，便不是好人，好人是要维护正义的，是要替正义和真伪表态的。此刻说沙僧是好人，无非是对唐僧和八戒失望至极，但师父毕竟是师父，事业也是好事业，说沙僧"好"，只是要稳住沙僧的心，关键时候说一声"老孙是他大徒弟"，也能救一下师父。沙僧就剩这一点"好"了。

可此时沙僧依旧一声不吭，想必他此时内心也是矛盾的，走了悟空，团队里自己可以升位；可又怕没了悟空，取不成经，自己还得回流沙河。再说，既然你悟空都被赶走了，还提你干吗？不是显得我沙僧无能嘛！后来遇到妖魔时，他果然不提悟空。

唐僧抢着回答说："我是个好和尚，不题你这歹人的名字，你回去罢。"自认其"好"，又误以悟空为"歹"，所以这一回就是说唐僧不识好歹。

于是，悟空忍气别了师父，纵筋斗云，径回花果山水帘洞去了。

独自个凄凄惨惨，忽闻得水声聒耳，大圣在那半空里看时，原来是东洋大海潮发的声响。一见了，又想起唐僧，止不住腮边泪坠，停云住步，良久方去。

这有情有义的孙悟空，着实让人心疼。

刚聚合不久的团队就此走了最关键的一个，所有的团队都会有这样的冲突吧，师父糊涂、八戒挑唆、沙僧不语，最后把最能干的挤出团队。如此，木母不再被金公克制，自然散漫；中土无金可生，也失去了其坚决取经的同类，毕竟悟空是保障取经成功的核心力量，沙僧强烈的愿望开始有些缥缈了。只有唐僧还不明就里。等着吧，很快所有的败象就会显现。

其实，打破了菩萨安排好的和谐，对谁都不好，悟空在下一回也会进入乱象。当五行不再攒簇，四象不再和合，这个局就散了。

是谁打乱了这一切呢？是唐僧的恨，是八戒的谗言，还是沙僧的冷漠？总之，所有人都被这个尸魔打败了，这尸魔就在我们身体内部，哪怕是吃了人参果，也解不了这个尸魔，不用什么大妖怪，这最小的、最没有背景的、源于我们每个人身体内部的欲望，不仅戏耍我们，还可以把我们的命运掀翻，所以，最容易打败我们的，就是我们自己。

第二十八回　花果山群妖聚义　黑松林三藏逢魔

悟空做回"齐天大圣"

咱们进入第二十八回"花果山群妖聚义 黑松林三藏逢魔"。

原本唐僧师徒五行攒簇，木母、金公、黄婆、婴儿，一派阴阳和合之象，至此分开后，整个局都乱了。所以这一回专说乱象。

悟空五百年后重新回到花果山，才知五百年前，二郎神率领那梅山七弟兄，已经放火把花果山烧了，那山上花草俱无，烟霞尽绝；峰岩倒塌，林树焦枯，这一片凄凉，何尝不是悟空当下的心境。

悲愤之余，做回妖怪的孙悟空也开始作恶，施法做起一阵狂风，把欺负猴儿们的上千名猎户全部打死或打伤了。

此处还用中药名写了首诗：

石打乌头粉碎，沙飞海马俱伤。人参官桂岭前忙，血染朱砂地上。

附子难归故里，槟榔怎得还乡？尸骸轻粉卧山场，红娘子家中盼望。

这里面，乌头、海马、人参、官桂、朱砂、附子、槟榔、轻粉、红娘子都是中药名呢！用中药名写诗，一是显示作者的才华；二是说唐僧的大药——悟空，此时也散乱了，乱用其药了。

大圣按落云头，鼓掌大笑道："造化！造化！自从归顺唐僧，做了和尚，他每每劝我话道：'千日行善，善犹不足；一日行恶，恶自有馀。'真有此话！我跟着他，打杀几个妖精，他就怪我行凶，今日来家，却结果了这许多猎户。"

这杀人后的"鼓掌大笑"，就是心猿已乱。西行路是正道，悟空精进勇猛，一身正气，回到花果山，悟空顿时野性猖狂。原因何在呢？在于唐僧，唐僧意乱心迷，不辨善恶真假，悟空跟着他时，打杀几个妖精，唐僧就怪悟空行凶，今日来家，杀了无数猎户，以杀人为善，这就是上梁不正下梁歪，善恶不分所致。其实，这也是唐僧心猿放纵所致。你若不逐他走，他断无此恶。

唐僧这句"千日行善，善犹不足；一日行恶，恶自有馀"，本是教育别人的话，此时正应在自己身上。善恶就在一瞬间，可善恶最大的区别是：再怎么行善，都有不足之处；可一旦行恶，就罪恶滔天。可见善恶不分，比"行恶"都恶劣，且找补不回来呢！所以，识得真假，辨得善恶，才是行道之重。好多修行人吃斋念佛，以为功德，不知一时包庇纵容恶行，就万劫不复了。

再者，唐僧以妇人之仁，对妖精行善，就是君心昏聩，上梁不正下梁歪，在下必以杀人为"义"。当然了，妖猴们也是为自己的权益而战，虽恶，但题目仍说是"聚义"。

从此悟空不题"和尚"二字。他的人情又大，手段又高，便去四海龙王，借些甘霖仙水，把山洗青了。前栽榆柳，后种松楠，桃李枣梅，无所不备，逍遥自在，乐业安居不题。

这时，悟空把名称又改回"齐天大圣"，这也是悟空内心的明白，作妖就痛痛快快地作妖，若贴了和尚的金，作恶都不痛快。什么都走个"真"，别假惺惺的。

这边悟空是说放下就放下了，可唐僧那边乱了。

沙僧为何背后说八戒？

却说唐僧听信狡性，纵放心猿，攀鞍上马，八戒前边开路，沙僧挑着行李西行。此时，唐僧不是"放心"而是"纵放心猿"，是认恶为善、认善为恶的"纵放"，所以，前行就会自投罗网，经历一番大苦楚。因为心识不明，故走进"黑松林"。

唐僧先是让八戒去化缘。

那呆子走得辛苦，心内沉吟道："当年行者在日，老和尚要的就有，今日轮到我的身上，诚所谓'当家才知柴米价，养子方晓父娘恩'。公道没去化处。"

前面唐僧骂悟空"懒惰"，其实真懒惰的是八戒，这又是唐僧的不辨真假。人，就是这样，你不爱的，再勤快也是懒惰；你喜欢的，再懒惰也是可爱。所以妇女同胞啊，别总说自己多辛苦多辛苦，对方要是不爱你，你累死了他都看不见。八戒深谙此道，这不，这会儿瞌睡上来，索性钻进草堆直接躺睡上了。

这时，长老在那林间，耳热眼跳，身心不安，急回叫沙僧道："悟能去化斋，怎么这早晚还不回？"——这"耳热眼跳，身心不安"就说明唐僧已经全失定力。

沙僧道："师父，你还不晓得哩，他见这西方上人家斋僧的多，他肚子又大，他管你？只等他吃饱了才来哩。"

这句透出了沙僧的心机，相当于背着八戒说八戒的不是。唐僧三赶孙悟空，沙僧一声不吭，冷漠至极，还落了悟空一句"贤弟，你是个好人"。大师兄走了，二师兄的品性他是了解的，此时就上了"眼药"。

这也是八戒的现世报，你总乱猜度悟空，此时就有人乱猜度说你。

按理说，沙僧心里也是矛盾的，能成为唐僧独一无二的依靠，当然是他心中所喜，但整个路途单靠他自己，也顶不住，以他冷漠自私的习性，是只想做主子的心腹，其他出力、要命的活儿，最好还是两位师兄担着。唉！还是悟空临走时看得明白：唐僧他手下无人啊！——八戒只求饱腹，沙僧但求安身，可唐僧偏偏把这俩货当了人。

沙僧去寻八戒后，唐三藏度过了独处的一小段时光。

长老却独坐林中，十分闷倦，只得强打精神，跳将起来，把行李攒在一处，将马拴在树上，摘下戴的斗笠，插定了锡杖，整一整缁衣，徐步幽林，权为散闷。……只因他情思紊乱，却走错了。……所在分明是恶境，那长老晦气撞将来。——一头撞进了"黄袍怪"的妖洞里。

这真是：天堂有路不肯上，地狱无门闯入来。

一下子看到"黄袍怪"这名字，有点惊惧，悟空也曾身披黄袍。这唐僧此时想没想悟空，不得而知，但此幻境是不是唐僧心识所造，就要我们细细读来了。

悟空占的山是花果山，山有花果，自然阳气葱茏，有个水帘洞，也是晶莹剔透，外明内亦明，所以是个养人、修性的好去处；而黄袍怪占的山叫"碗子山波月洞"。山如碗，则阴气重，波月洞用斑竹帘儿，脏兮兮的，外明内暗，如黑暗阴司地狱。这里说了一句：小小洞门，虽到不得那阿鼻地狱；楞楞妖怪，却就是一个牛头夜叉。还记得前文唐僧发毒誓时说的什么吗？"如再与你相见，我就堕了阿鼻地狱！"好了，这报应来得快啊，没了悟空，他立马堕了阿鼻地狱。

所以，同是黄袍，却是阴阳颠倒两个境界。唐僧祛阳就阴，该着此劫。

唐僧这送上门的买卖，直接被黄袍怪绑在了定魂桩上。犹如江流儿出生时被绑在木板上。这一段细细读，会发现又是唐僧命运的不断

第二十八回 花果山群妖聚义 黑松林三藏逢魔

闪回。

话说沙僧一见到八戒，就埋怨道："都是你这呆子化斋不来，必有妖精拿师父也。"一到"碗子山波月洞"洞口，沙僧又说："哥呵，这不是甚么寺院，是一座妖精洞府也。我师父在这里，也见不得哩。"

一见到黄袍怪说唐僧在吃人肉包，八戒立马就要进洞见唐僧，又被沙僧一把扯住道："哥呵，他哄你哩，你几时又吃人肉哩？"呆子却才省悟，掣钉钯望妖怪劈脸就筑。

沙僧这三句话句句透着明白。

他三个在半空中，往往来来，战经数十回合，不分胜负。你道怎么不分胜负？若论赌手段，莫说两个和尚，就是二十个，也敌不过那妖精。

这黄袍怪是个什么来路呢？下回分解。

第二十九回　脱难江流来国土　承恩八戒转山林

黄袍怪为什么不吃"唐僧肉"？

咱们进入第二十九回"脱难江流来国土 承恩八戒转山林"。

开篇有首诗写得好。诗曰：

妄想不复强灭，真如何必希求？——妄想强灭灭不掉，真如希求求不着。

本原自性佛前修，迷悟岂居前后？——人人自有佛性在，只在迷与悟之间。

悟即刹那成正，迷而万劫沉流。——一悟当下即分明，一迷万劫不复。

若能一念合真修，灭尽恒沙罪垢。——一念之真破万假，不必强灭与希求。

这诗讲的是：唐僧前有白骨之谜，再兼八戒煽风点火，驱逐了悟空，就是正邪不分，执迷不悟。

此时唐僧被绑在定魂桩上悲啼，恰似当年刚出生时被绑在江中一块木板上漂流，所以题目又说"江流"。

前文我们说过，按小说的思路，如来眼中最合适的取经人应该是悟空，但悟空有几点不符合取经人的要求：1）悟空悟性太高，不必读经、取经即悟道。2）悟空是石猴，不是碳基人，碳基人（人类）不信他，也不会听他宣讲。别说碳基人不信他，就是唐僧也小瞧他。让人听猴子宣讲大道，这"道"难传下去。所以还得在人间找个一会儿迷、一会儿悟，但又对佛教坚信且有宿根、模样又好、形象又庄严，又脚踏实地的人，因此，没有比唐僧更合适的人选了。

可一到遇难的时候，唐僧就忘了念《心经》，总是一边哭一边想徒弟救他。这会儿他又眼中流泪道："悟能啊，不知你在那个村中逢了善友，贪着斋供；悟净啊，你又不知在那里寻他，可能得会？岂知我遇妖魔，在此受难！几时得会你们，脱了大难，早赴灵山！"

此时他没有念叨悟空，想来是真心嗔恨且绝情。

这时妖洞里出现了一个妇人，原来是宝象国国王的三公主，乳名叫作"百花羞"，这名字倒是跟唐僧母亲的名字"满堂娇"有点像，可能此时就是唐僧母亲的幻化，大苦难来时，人都想"妈"。

这百花羞只因十三年前，八月十五日夜玩月中间，被这妖魔一阵狂风摄将来，与他做了十三年夫妻，并生儿育女。百花羞托唐僧捎书信给她父母，就放了他。所以此处百花羞放唐僧，就是救自己。人生又何尝不是如此，放别人一条生路时，最后都是在救自己。

这里的黄袍怪可疼自己的媳妇了，一听公主要放唐僧还愿，当即同意。那怪道："浑家，你却多心呐！甚么打紧之事！我要吃人，那里不捞几个吃吃？……放他去罢。"

大家肯定奇怪，他怎么没想吃"唐僧肉"？他犯不着啊，他本身就是天上永生的"奎木狼星"。人家是来人间了"情缘"的，不是来吃肉的，是你唐僧硬闯进来，介入人家因果的。

他当即收了钢刀高叫道："那猪八戒，你过来。我不是怕你，不与你战,看着我浑家的分上,饶了你师父也。趁早去后门首,寻着他,往西方去罢。若再来犯我境界,断乎不饶!"

那八戒与沙僧闻得此言,就如鬼门关上放回来的一般,即忙牵马挑担,鼠窜而行。

我们什么时候看到悟空"鼠窜而行"啊,所以三人高下立判。这没打没闹的,他们不知大苦难在后面呢!

古代人们称自己的妻子有很多说法,比如有"爱妻""贤妻""良妻""仁妻""娇妻"等,还有"内人""荆妻""夫人""娘子""浑家""老婆""婆娘""太太""贱内""新妇""婆姨""媳妇"等,这其中,"娘子"等属于对妻子的敬称,而黄袍郎称自己的妻子为"浑家",有宠溺的意味。所谓"浑家",指不懂事的女人,就是她是个孩子,不懂事。

师徒三人相见后,八戒当头领路,沙僧后随,出了那松林,上了大路。你看他两个唧唧嘈嘈,埋埋怨怨,三藏只是解和。

最后师徒三人终于走出群山峻岭,到了宝象国这个大城市[①]啦!

大城市什么样?

什么叫大城市呢?

律律峍峍的远山,大开图画;潺潺湲湲的流水,碎溅琼瑶。——这就是要山环水抱,好山好水好风光。

可耕的连阡带陌,足食的密蕙新苗。——这是要有土地禾苗,还

[①] 此处说宝象国是城市并非错误,见原著:"……猛抬头,只见一座好城,就是宝象国。"(《西游记·上》,吴承恩 著,人民文学出版社,1955年2月第1版,2023年4月第80次印刷)

第二十九回 脱难江流来国土 承恩八戒转山林

要有渔樵对唱。

廓的廓，城的城，金汤巩固；家的家，户的户，只斗逍遥。九重的高阁如殿宇，万丈的层台似锦标。也有那太极殿、华盖殿、烧香殿、观文殿、宣政殿、延英殿，一殿殿的玉陛金阶，摆列着文冠武弁。——大城市还要有城池建筑、家家户户，有文武百官，也得有百姓千家。

也有那大明宫、昭阳宫、长乐宫、华清宫、建章宫、未央宫：一宫宫的钟鼓管籥，撒抹了闺怨春愁。——大城市还得有歌舞升平、钟鼓声乐，闺怨春愁。

也有禁苑的，露花匀嫩脸；也有御沟的，风柳舞纤腰。通衢上，也有个顶冠束带的，盛仪容，乘五马；幽僻中，也有个持弓挟矢的，拨云雾，贯双雕。花柳的巷，管弦的楼，春风不让洛阳桥。——大城市还得有美女、帅哥、侠士、青楼等，说不尽的风流。

这分明是对大唐长安的描述啊，所以这里又是唐僧出长安城时的记忆的闪回。

师徒三众，收拾行李、马匹，在山里只能投宿人家，这里却可以安歇在馆驿之中啦。

第二天，唐僧步行至朝门外，报称要面见国君，倒换文牒，就是要在护照上盖章，这是行道者的执照凭信，必须盖上各国宝印。此时上有宝印九颗。国王见了，取本国玉宝，用了花押，递与三藏。

然后，唐僧又递上了百花羞公主的家书。

国王闻言，满眼垂泪道："自十三年前，不见了公主，两班文武官，也不知贬退了多少；宫内宫外，大小婢子、太监，也不知打死了多少；只说是走出皇宫，迷失路径，无处找寻；满城中百姓人家，也盘诘了无数，更无下落。怎知道是妖怪摄了去！今日乍听得这句话，故此伤情流泪。"国王接了，见有平安二字，一发手软，拆不开书信……

见到此情此景，不知唐僧内心作何感想？当年母亲远嫁，其外祖父对女儿十八年的真实境遇不知情，何其凉薄也。

国王哭之许久，便问两班文武："那个敢兴兵领将，与寡人捉获妖魔，救我百花公主？"连问数声，更无一人敢答，真是木雕成的武将，泥塑就的文官。

最后，有人说："自古道：'来说是非者，就是是非人。'可就请这长老降妖邪，救公主，庶为万全之策。"

这句说得多好！"来说是非者，就是是非人。"所以啊，没事别招惹是非，只要谈说是非，就是给自己找事。

三藏赶紧说自己只知念佛，不会降妖。国王道："你既不会降妖，怎么敢上西天拜佛？"国王这句问得有趣，直接指出：要念经，在家念不就成了？但要上西天，必须先降妖啊。

这时，唐僧说自己有两个徒弟。三藏道："我那大徒弟姓猪，法名悟能八戒，他生得长嘴獠牙，刚鬃扇耳，身粗肚大，行路生风。第二个徒弟姓沙，法名悟净和尚，他生得身长丈二，臂阔三停，脸如蓝靛，口似血盆，眼光闪灼，牙齿排钉。他都是这等个模样，所以不敢擅领入朝。"这里让人有点心寒，八戒已成为大徒弟。看来唐僧的凉薄也是祖传的，全然不提悟空了。

八戒吹大牛

国王见到八戒、沙僧，吓个半死，然后问谁会降妖。八戒道："自从东土来此，第一会降的是我。"呵呵，大哥不在，八戒可以随便吹牛了。然后又捻诀念咒变神通，变成一个八九丈长的神人，别人问他到底能长多高，那呆子继续吹，又说出呆话来道："看风。东风犹可，西风也将就；若是南风起，把青天也拱个大窟窿！"——这吹得倒也在理，东方为木，西方为金，南方是木生火，火性炎上，也许真能将天拱个大窟窿。

国王赶紧献酒，那呆子接杯在手，人物虽是粗鲁，行事倒有斯文，对三藏唱个大喏道："师父，这酒本该从你饮起，但君王赐我，不敢违背，让老猪先吃了，助助兴头，好捉妖怪。"那呆子一饮而干，才斟一爵，递与师父。——见酒肉，八戒就不装了，连师父也不让了。当初是八戒撺掇师父逐走了悟空，知道这时师父也奈何不了自己了，总得有人护着他上西天啊。所以，这里说八戒"斯文"只是表面斯文，骨子里的"无礼"和"傲狂"已经到极致了。

于是，又是八戒、沙僧去捉黄袍怪。八戒一见黄袍怪就说漏了嘴："你把宝象国三公主骗来洞内，以强霸占为妻，住了一十三载，也该还他了。我奉国王旨意，特来擒你。"

这真是：言差语错招人恼，意毒情伤怒气生。……这个说："你骗国理该死罪！"那个说："你罗闲事报不平！"这个说："你强婚公主伤国体！"那个说："不干你事莫闲争！"总之，妖怪是恼怒八戒他们多管闲事。见打不赢，八戒跑了，钻进荆棘葛藤里，一轱辘睡倒，沙僧被抓进洞。

第三十回　邪魔侵正法 意马忆心猿

家暴男什么样？

由此进入第三十回"邪魔侵正法 意马忆心猿"。

这一回开篇就把黄袍怪描写成了家暴男。

那黄袍怪心想，我放走了唐僧，也没想吃他，此次八戒和沙僧来多管闲事要公主，想必是那"浑家"走漏了风声，给家里递了书信。于是不容分说，抡开一只簸箕大小的蓝靛手，抓住那金枝玉叶的发万根，把公主揪上前，摔在地下，执着钢刀，却来审沙僧，咄的一声道："沙和尚！你两个辄敢擅打上我们门来，可是这女子有书到他那国，国王教你们来的？"

沙僧已捆在那里，见妖精凶恶之甚，把公主掼倒在地，持刀要杀，他心中暗想道："分明是他有书去，救了我师父，此是莫大之恩。我若一口说出，他就把公主杀了，此却不是恩将仇报？罢！罢！罢！想老沙跟我师父一场，也没寸功报效，今日已此被缚，就将此性命与师父报了恩罢。"

此时的老沙倒还有些担当，随后便说了一堆极缜密的话。

遂喝道："那妖怪不要无礼！他有甚么书来，你这等枉他，要害他性命！我们来此问你要公主，有个缘故。只因你把我师父捉在洞中，我师父曾看见公主的模样动静。及至宝象国倒换关文，那皇帝将公主画影图形，前后访问，因将公主的形影，问我师父沿途可曾看见，我师父遂将公主说起。他故知是他儿女，赐了我等御酒，教我们来拿你，要他公主还宫。此情是实，何尝有甚书信？你要杀就杀了我老沙，不可枉害平人，大亏天理！"

此番话，又雄壮，又逻辑严密，关键是其中假话编得太快了，不得不佩服这在玉帝身边待过的人。其反应、其措辞、其语气，沙僧真是不说则已，一说，哪怕是谎话，不仅玉帝都得感动，妖怪也得信啊！

家暴男通常什么样呢？先是又打又踹，然后便是鼻涕一把、泪一把地各种求饶。而有些女人呢，偏偏就信这一套，于是就万劫不复。作者这样评价这位被家暴的公主——那公主是妇人家水性，见他错敬，遂回心转意。这里说妇人"水性"，不是柔，而是"贱"，于是就纵容了男人的暴虐。男人使用暴力，可能有精满气足寻处宣泄的原因，这种人事后不求饶；还有精不满、气不足，为掩饰自卑而暴力的，这种人事后会百般服软、告罪。还有，如果女性一味地语言暴力，也会刺激到男人。总之，一个好社会，应该让男人打猎而不是打人，应该让女人被娇宠而不是被逼得恶俗。不打人是本分，要是通过教育、觉悟才不打人，那是畜生。

我们看一下这妖怪的一系列表现。

那妖见沙僧说得雄壮，遂丢了刀，双手抱起公主道："是我一时粗卤，多有冲撞，莫怪，莫怪。"遂与他挽了青丝，扶上宝髻，软款温柔，怡颜悦色，撮哄着他进去了，又请上坐陪礼。……又教安排酒席，与公主陪礼压惊。

妇人道："郎君啊，你若念夫妇的恩爱，可把那沙僧的绳子略放松些儿。"老妖闻言，即命小的们把沙僧解了绳子，锁在那里。沙僧见解缚锁住，立起来，心中暗喜道："古人云：'与人方便，自己方便。'我若不方便了他，他怎肯教把我松放松放？"——真是难得沙僧一喜啊。

第三十一回中说，这黄袍郎原本是二十八星宿中的奎木狼星下界。玉帝道："奎木狼，上界有无边的胜景，你不受用，却私走一方，何也？"奎宿叩头奏道："万岁，赦臣死罪。那宝象国王公主，非凡人也。他本是披香殿侍香的玉女，因欲与臣私通，臣恐点污了天宫胜境，他思凡先下界去，托生于皇宫内院，是臣不负前期，变作妖魔，占了名山，摄他到洞府，与他配了一十三年夫妇。"

敢情公主愿意受此荼毒，也是前世一点私欲所致，今世至此恩义已绝，故有下文悟空收拾了这奎木狼。

什么叫"现世报"？

这第三十回很长，先说"邪魔侵正法"。讲的是黄袍郎前去国王处认亲，为了说服宝象国国王，把唐僧变成老虎的故事。这就叫"邪魔侵正法"。世人也是认假为真，认真为假。真真假假，谎话连篇。

话说妖怪变成貌似潘安、丰神俊美的模样要去认亲的时候，公主见了，十分欢喜。……公主道："变得好！变得好！你这一进朝呵，我父王是亲不灭，一定着文武多官留你饮宴。倘吃酒中间，千千仔细，万万个小心，却莫要现出原嘴脸来，露出马脚，走了风汛，就不斯文了。"看得出，这前世披香殿侍香的玉女还是真心爱奎木星君的。

于是，多官见他生得俊丽，也不敢认他是妖精。——他都是些肉眼凡胎，却当做好人。那国王见他耸壑昂霄，以为济世之梁栋。

第三十回　邪魔侵正法　意马忆心猿

看看，一个好模样多么具有欺骗性。

那妖精巧语花言，虚情假意的答道："主公，微臣自幼儿好习弓马，采猎为生。那十三年前，带领家童数十，放鹰逐犬，忽见一只斑斓猛虎，身驮着一个女子，往山坡下走。是微臣兜弓一箭，射倒猛虎，将女子带上本庄，把温水温汤灌醒，救了他性命。……有几句言词道得甚好，说道：托天托地成夫妇，无媒无证配婚姻。前世赤绳曾系足，今将老虎做媒人。臣因此言，故将虎解了索子，饶了他性命。那虎……在那山中修了这几年，炼体成精，专一迷人害人。臣闻得昔年也有几次取经的，都说是大唐来的唐僧，想是这虎害了唐僧，得了他文引，变作那取经的模样，今在朝中哄骗主公。主公呵，那绣墩上坐的，正是那十三年前驮公主的猛虎，不是真正取经之人！"

哎呀呀，敢情都是编故事、编谎话的高手啊！前面沙僧会编，此时妖怪会编，而"人"，听真话就狐疑，听假话就认真，因为假话编得圆啊。

更何况这妖怪还有神通：使个"黑眼定身法"，念了咒语，将一口水望唐僧喷去，叫声"变！"，那长老的真身，隐在殿上，真个变作一只斑斓猛虎。

幸有丁甲、揭谛、功曹、护教诸神，暗在半空中护佑，所以那些人，兵器皆不能打伤。众臣嚷到天晚，才把那虎活活的捉了，用铁绳锁了，放在铁笼里，收于朝房之内。

这里，一定要明白作者写这一段的玄机。前文有关白骨精的段落，是八戒进谗言，而三藏三逐悟空；此回是妖怪进谎言，而变唐僧为老虎，这就是要让唐僧体会听信谗言、谎言要受什么苦。

再者，八戒是木母，奎木星也是木，木克土，先前沙僧任着八戒胡说、不替悟空说话，此时就被八戒抛弃，又为奎木星抓获。而当沙僧为公主说了话，就免了被杀、被捆，也才明白"与人方便，自己方便"

的道理。其实，每个人都有"现世报"，不用等什么下一世，善恶马上就有其报。

所以说啊，人世间的事，有时候讲道理是没用的，讲一千遍道理，也不如一次"撞南墙"，撞过了，自己疼了，才能领悟先前的错！你看这次以后，唐僧就知道了悟空的"好"，也才最后确定了悟空在取经队伍里的领导地位。有时候，打一打、闹一闹，再请回来时，就由不得你了。

话说：那妖魔进了银安殿。又选十八个宫娥彩女，吹弹歌舞，劝妖魔饮酒作乐。……饮酒至二更时分，醉将上来，忍不住胡为，跳起身，大笑一声，现了本相，陡发凶心，伸开簸箕大手，把一个弹琵琶的女子抓将过来，挖咋的把头咬了一口。吓得那十七个宫娥，没命的前后乱跑乱藏。

小白龙出场救人

再说"意马忆心猿"。那驿站里的白龙马忽闻人讲唐僧是个虎精，他心中暗想道："我师父分明是个好人，必然被怪把他变做虎精，害了师父。怎的好！怎的好！大师兄去得久了，八戒、沙僧又无音信！"于是，脱开马缰化成白龙前去查看详情。

小白龙先是化身宫女，对妖魔又是劝酒，又是唱歌，说跳舞"只是素手，舞得不好看"（就是手里没东西，跳得就不好看），于是从妖怪手里骗来宝剑，上三下四、左五右六，玩上了花刀法。把那怪看得眼晕，最后小龙猛然向妖精劈了一刀，妖怪躲过后，二人便打了起来。妖怪身强力壮，小龙抵敌不住，被妖怪把他后腿上着了一下，急慌慌地钻入水中。

这时，书中有句诗：意马心猿都失散，金公木母尽凋零。黄婆伤损通分别，道义消疏怎得成！就因为唐僧一时糊涂，取经队伍再没有原先的混合劲儿，变得七零八散、狼狈不堪。

却说八戒也不救沙僧，回到驿站又看到白龙马浑身水湿，后腿有盘子大小一点青痕。那白马忽然口吐人言，叫声："师兄！"这呆子吓了一跌，扒起来，往外要走，被那马探探身，一口咬住皂衣，道："哥呵，你莫怕我。"八戒战兢兢的道："兄弟，你怎么今日说起话来了？你但说话，必有大不祥之事。"小龙道："你知师父有难么！"八戒道："我不知。"小龙道："你是不知！你与沙僧在皇帝面前弄了本事，思量拿倒妖魔，请功求赏，不想妖魔本领大，你们手段不济，禁他不过。……那妖精变做一个俊俏文人，撞入朝中，与皇帝认了亲眷，把我师父变作一个斑斓猛虎，见被众臣捉住，锁在朝房铁笼里面。我听得这般苦恼，心如刀割……"

八戒道："怎的好！怎的好！你可挣得动么？"

小龙道："我挣得动便怎的？"

八戒道："你挣得动，便挣下海去罢。把行李等老猪挑去高老庄上，回炉做女婿去呀。"

小龙闻说，一口咬住他直裰子，那里肯放，止不住眼中滴泪道："师兄呵！你千万休生懒惰！"

八戒道："不懒惰便怎么？沙兄弟已被他拿住，我是战不过他，不趁此散火，还等甚么？"

如此看来，八戒心中没有师父，也没有同志、朋友之谊，最关键的是他心中根本没有取经这回事，当年答应菩萨参加取经队伍只是胡乱应的。

菩萨收八戒的真实意图？

对八戒而言，在天上做天蓬元帅的威风日子纵然没有了，但人间还有好日子啊，靠自己的力气吃口饭也是可以的啊。所以，回头看一下当年菩萨劝八戒入伙的理由也有些单薄，把斋吃素，并不能说服八戒，最后如来封他为"净坛使者"，只是"受用"而已，可以吃天下的供奉，并没有认可他的修为。

那为什么菩萨还要招他进取经队伍呢？任何组织里都不能只有积极力量而没有消极力量啊，都是积极力量，那这个团队得疯，就好比没了制动刹车系统，遇到上坡还可以，遇到下坡就会粉身碎骨。

再说，要考验唐僧的决心，不能只靠悟空无私的坚定和沙僧自私的坚定，也要有八戒的时时"散伙"和"回头"，这恰恰是唐僧不敢昭示于人的东西。八戒的不坚定不属于"乘虚而入"，而属于人性的多样性。

其实，唐僧既是悟空，又是八戒和沙僧。此时被锁在笼子里被变成老虎的唐僧，内心岂不是和八戒一样绝望？只是"回头"不得罢了。那真实走在西行路上的玄奘，不可能没有过"回头"的念想。

如此说来，发大愿真的考验人啊。"大愿"不只是大愿，发了大愿，就得去做，并且无论多么艰难困苦，也得咬牙前行，所以，光发大愿没用，得行大愿。

回到小说。

小龙沉吟半晌，又滴泪道："师兄呵，莫说散火的话。若要救得师父，你只去请个人来。"八戒道："教我请谁么？""你趁早儿驾云回上花果山，请大师兄孙行者来。他还有降妖的大法力，管教救了师父，也与你我报得这败阵之仇。"

小龙为什么沉吟半晌，是因为小龙知道悟空受了多大的委屈，唐僧也说了"覆水难收"的狠话，大家都是"自作孽不可活"，都不配悟空来救。但他更知道悟空的品格，而且，取经事业半途而废，任凭谁，都得不了"正果"。

八戒道："兄弟，另请一个儿便罢了，那猴子与我有些不睦。前者在白虎岭上，打杀了那白骨夫人，他怪我撺掇师父念《紧箍儿咒》。我也只当耍子，不想那老和尚当真的念起来，就把他赶逐回去。他不知怎么样的恼我，他也决不肯来。倘或言语上略不相对，他那哭丧棒又重，假若不知高低，捞上几下，我怎的活得成么？"

在白骨精事件上，八戒确实没干好事。自己认不得妖精，但只要悟空打死了妖精，八戒就蛊惑唐僧说悟空做了幻象欺骗师父，给唐僧火上浇油。

小龙道："他决不打你，他是个有仁有义的猴王。你见了他，且莫说师父有难，只说：'师父想你哩。'把他哄将来。到此处，见这样个情节，他必然不忿，断乎要与那妖精比并，管情拿得那妖精，救得我师父。"

看来小白龙是把到了悟空的真脉，有仁有义之人，重"情"，用一个"想"字就能把他哄来。

八戒道："也罢，也罢，你倒这等尽心，我若不去，显得我不尽心了。我这一去，果然行者肯来，我就与他一路来了；他若不来，你却也不要望我，我也不来了。"

八戒好羡慕悟空

八戒飞到花果山，才看到悟空的排场：一千二百多猴子，正围着悟空高呼"万岁！大圣爷爷！"八戒道："且是好受用，且是好受用！

怪道他不肯做和尚，只要来家哩！原来有这些好处，许大的家业，又有这多的小猴伏侍！若是老猪有这一座山场，也不做甚么和尚了。"

呵，这又是以小人之心度君子之腹。八戒眼里的受用，不过如此。八戒也不敢上前，只是溜啊溜的，溜在那一千二三百猴子当中挤着，也跟那些猴子磕头。

悟空早瞥见他了，故意说那人"相貌有些雷堆，定是别处来的妖魔。既是别处来的，若要投我部下，先来递个脚色手本，报了名字，我好留你在这随班点扎。若不留你，你敢在这里乱拜！"

那呆子把嘴往上一伸道："你看么！你认不得我，好道认得嘴耶！"悟空就笑了，问他干吗来了。

八戒道："师父想你，着我来请你的。"

行者道："他怎的想我来？"

八戒道："师父在马上正行，叫声'徒弟'，我不曾听见，沙僧又推耳聋，师父就想起你来，说我们不济，说你还是个聪明伶俐之人，常时声叫声应，问一答十。因这般想你，专专教我来请你的。万望你去走走，一则不孤他仰望之心，二来也不负我远来之意。"

八戒的瞎话也是顺嘴就来啊。悟空倒不计前嫌，马上携着手领着八戒吃喝玩乐。

那呆子恐怕误了救唐僧，只管催促道："哥哥，师父在那里盼望我和你哩。望你和我早早儿去罢。"

行者道："贤弟，请你往水帘洞里去耍耍。"

八戒坚辞道："多感老兄盛意，奈何师父久等，不劳进洞罢。"

行者道："既如此，不敢久留，请就此处奉别。"八戒道："哥哥，你不去了？"

行者道："我这里，天不收，地不管，自由自在，不要子儿，做甚么和尚？我是不去，你自去罢。但上复唐僧：既赶退了，再莫想我。"

· 273 ·

八戒傻眼了。

真个那呆子下了山,不上三四里路,回头指着行者,口里骂道:"这个猴子,不做和尚,倒做妖怪!这个猢狲,我好意来请他,他却不去!"

这两句倒暴露了八戒当初答应菩萨的真心,他当初选择做和尚,只是不想做妖怪罢了。

第三十一回　猪八戒义激猴王　孙行者智降妖怪

悟空恨不恨八戒沙僧？

第三十一回"猪八戒义激猴王 孙行者智降妖怪",开篇一句说得清楚:义结孔怀,法归本性。金顺木驯成正果,心猿木母合丹元。最后要靠悟空的义气和胸怀解决问题,只有"金顺木驯""心猿木母合丹元",取经之事才有结果。

悟空说:"你这馕糠的劣货!你去便罢了,怎么骂我?""你怎么瞒得过我?我这左耳往上一扯,晓得三十三天人说话;我这右耳往下一扯,晓得十代阎王与判官算帐。你今走路把我骂,我岂不听见?"八戒道:"哥呵,我晓得。你贼头鼠脑的,一定又变作个甚么东西儿,跟着我听的。"行者叫:"小的们,选大棍来!先打二十个见面孤拐,再打二十个背花,然后等我使铁棒与他送行!"

悟空恨不恨八戒呢?当然恨,哪个老公不恨自己老婆碎嘴子?悟空是去干事业的,可八戒一不正经干事,二还碎嘴唠叨,关键就爱挑事,那领导还不是个明白人,就爱听这货的,你说悟空这暴脾气,能不气吗?!

八戒慌得磕头道:"哥呵,千万看师父面上,饶了我罢!"

不提师父还好,一提师父,悟空就更来气了。

行者道:"我想那师父好仁义儿哩!"

八戒极聪明,马上改口:"哥哥,不看师父呵,请看海上菩萨之面,饶了我罢!"

只要一听到菩萨,悟空的怒气就消了。说:"兄弟,既这等说,我且不打你,你却老实说,不要瞒我。那唐僧在那里有难,你却来此哄我?"八戒还想扯谎。

悟空说了一句:"我老孙身回水帘洞,心逐取经僧。那师父步步有难,处处该灾,你趁早儿告诵我,免打!"这句"身回水帘洞,心逐取经僧"说得我热泪盈眶啊,好一个有情有义的孙悟空!

八戒说了黄袍怪的事。行者道:"你这个呆子!我临别之时,曾叮咛又叮咛,说道:'若有妖魔捉住师父,你就说老孙是他大徒弟。'怎么却不说我?"八戒好不容易成了大师兄,怎么还能念叨你的名!这悟空还是单纯。

八戒又思量道:"请将不如激将,等我激他一激。"道:"哥呵,不说你还好哩,只为说你,他一发无状!"

行者道:"怎么说?"

八戒道:"我说:'妖精,你不要无礼,莫害我师父!我还有个大师兄,叫做孙行者。他神通广大,善能降妖。他来时教你死无葬身之地!'那怪闻言,越加忿怒,骂道:'是个甚么孙行者,我可怕他?他若来,我剥了他皮,抽了他筋,啃了他骨,吃了他心!——饶他猴子瘦,我也把他剁碎着油烹!'"

行者闻言,就气得抓耳挠腮,暴躁乱跳道:"是那个敢这等骂我!"

这次,可是八戒把住了悟空的脉,悟空这人,心善,吃"哄",你对他好,他回你一百个"好";脾气急,吃"将",遇到不服的,就上冲。

"老孙五百年前大闹天宫，普天的神将看见我，一个个控背躬身，口口称呼大圣。这妖怪无礼，他敢背前面后骂我！我这去，把他拿住，碎尸万段，以报骂我之仇！"

所以这一回叫"猪八戒义激猴王"。用激将法拿住了悟空。

猴儿们不舍得悟空走，行者道："小的们，你说那里话！我保唐僧的这桩事，天上地下，都晓得孙悟空是唐僧的徒弟。他倒不是赶我回来，倒是教我来家看看，送我来家自在耍子。……待我还去保唐僧，取经回东土。功成之后，仍回来与你们共乐天真。"

这时悟空还替唐僧说话，他不是赶我，而是让我回家看看、歇歇，这，就是悟空的厚道。再者说了，保取经人上西天是天地间的大事，是我自己的使命，跟唐僧等已无关了，我必须尽我的心而已。

这还不是最感人的，最感人的是下面这件事。

那大圣才和八戒携手驾云，离了洞，过了东洋大海；至西岸，住云光，叫道："兄弟，你且在此慢行，等我下海去净净身子。"

八戒道："忙忙的走路，且净甚么身子？"

行者道："你那里知道，我自从回来，这几日弄得身上有些妖精气了。师父是个爱干净的，恐怕嫌我。"

八戒于此始识得行者是片真心，更无他意。

这就是"金顺木驯成正果"，八戒终于看到了悟空的真诚与赤子之心。做人做到悟空的境界，堪称完美。

沙僧难得的欢喜

二人到了黄袍怪洞前，悟空先是抓了公主和妖怪生的两个孩子，换被捆在妖精洞里的沙僧。

下面这段写得太好了，我们看看沙僧听到悟空的名号和见到悟空时的表情。

那沙僧一闻"孙悟空"的三个字，好便似醍醐灌顶，甘露滋心，一面天生喜，满腔都是春，也不似闻得个人来，就如拾着一方金玉一般。你看他掉手佛衣，走出门来，对行者施礼道："哥哥，你真是从天而降也！万乞救我一救！"

这段写得真好，一张永远沮丧的脸，一颗永远冷淡的心，突然被阳光照射了，"一面天生喜，满腔都是春"，所谓"大惊喜"，莫过于此了。一是喜悟空"从天而降"，二是喜自己终于解脱。因为他心里清楚：二哥八戒是不会来救他的。

行者笑道："你这个沙尼！师父念《紧箍儿咒》，可肯替我方便一声？都弄嘴施展！"

悟空的一笑解了千愁，但这句话里还是透出了悟空曾经的"苦"，当初说沙僧是"好人"，并不是不知道沙僧的冷漠，只是用"好人"两个字来鼓励他保师父罢了。

沙僧道："哥哥，不必说了，君子既往不咎。我等是个败军之将，不可语勇。"可见沙僧心中从此也认定了悟空是"君子"。

那八戒也知愧疚，赶紧上前掰扯，说是自己把悟空请回来救他的。

悟空只道"呆子，且休叙阔"，便开始张罗如何救唐僧。还是救师父要紧。

此时，哥仨都把万事放下，又五行攒簇，可以勇往直前啦！

悟空为何讲"孝道"？

这一讲我们讲"孙行者智降妖怪"。

悟空让八戒、沙僧带两个孩子去引黄袍怪出城，"我却不须进城与他斗了。若在城上厮杀，必要喷云嗳雾，播土扬尘，惊扰那朝廷与多官黎庶，俱不安也。"这，也是悟空的仁心。

然后悟空留下来度化公主。为什么要度化公主呢？因为一会儿既会要了她和黄袍郎两个孩子的命，又有可能打死黄袍郎，他担心这女子受不了。

悟空问："公主啊，为人生在天地之间，怎么便是得罪？"这句是让公主忘记前世与奎木狼的因缘，回归这一世的使命。其实，这何尝不是悟空此时的自问？！

公主说她晓得："五刑之属三千，而罪莫大于不孝。"

行者道："你正是个不孝之人。盖'父兮生我，母兮鞠我。哀哀父母，生我劬劳'。故孝者，百行之原，万善之本，却怎么将身陪伴妖精，更不思念父母？非得不孝之罪，如何？"

此句有点奇怪，悟空无父无母，为何突然有此番言语？我看此处可当作悟空在为自己的回归找理由，毕竟当时唐僧驱赶他时那么绝情，但自己依旧视唐僧为父母，感恩当年的再救之恩。

公主闻此正言，半晌家耳红面赤，惭愧无地，忽失口道："长老之言最善，我岂不思念父母？只因这妖精将我摄骗在此，他的法令又谨，我的步履又难，路远山遥，无人可传音信。欲要自尽，又恐父母疑我逃走，事终不明。故没奈何，苟延残喘，诚为天地间一大罪人也！"说罢，泪如泉涌。

这段又让我想起唐僧的母亲满堂娇，她与这百花羞的命运何其相似也！其实，这里未必不是伏笔，百花羞与奎木狼的缘分是十三年，前文说唐僧父母遭难也是贞观十三年，唐僧西行也是贞观十三年，这翻来覆去的十三年，就像电影蒙太奇一样不断闪回，一个刚刚出生的唐僧，一个即将远行的唐僧，一个正被变成老虎的唐僧，一个即将重生的唐僧……这小说，好奇幻啊！

经悟空劝化，今生的三公主百花羞已经醒来，前世的披香殿侍香玉女已经结束了自己"天上十三天，人间十三年"的孽缘。

但公主还是怕悟空打不过"我黄袍郎"，怕耽误了自己。公主说："和尚啊，你莫要寻死。昨者你两个师弟那样好汉，也不曾打得过我黄袍郎。你这般一个筋多骨少的瘦鬼，一似个螃蟹模样，骨头都长在外面，有甚本事，你敢说拿妖魔之话？"

行者笑道："你原来没眼色，认不得人。俗语云：'尿泡虽大无斤两，秤铊虽小压千斤。'他们相貌空大无用，走路抗风，穿衣费布，种火心空，顶门腰软，吃食无功。咱老孙小自小，筋节。"

笑死了。以后又瘦又小的人拿这话去相亲，肯定能博美女一笑。

悟空在动手前让公主回避回避，说："只恐你与他情浓了，舍不得他。"

公主道："我怎的舍不得他？其稽留于此者，不得已耳！"

一句"不得已耳！"道尽了多少因缘的无奈，但终于可以了结了。

原本都是旧相识

那黄袍怪一见悟空便觉眼熟，原来是五百年前在天上打过。

那怪道："你好不丈夫呵！既受了师父赶逐，却有甚么嘴脸又来见人！"

行者道："你这个泼怪，岂知'一日为师，终身为父'，'父子无隔宿之仇'！你伤害我师父，我怎么不来救他？你害他便也罢，却又背前面后骂我，是怎的说？"

妖怪道："我何尝骂你？"

行者道:"是猪八戒说的。"

那怪道:"你不要信他,那个猪八戒,尖着嘴,有些会说老婆舌头,你怎听他?"

唉,这奎木狼说得太对了,八戒就是个"老婆舌"。

他两个战有五六十合,不分胜负。行者心中暗喜道:"这个泼怪,他那口刀,倒也抵得住老孙的这根棒。等老孙丢个破绽与他,看他可认得。"好猴王,双手举棍,使一个"高探马"的势子。那怪不识是计,见有空儿,舞着宝刀,径奔下三路砍,被行者急转个"大中平",挑开他那口刀,又使个"叶底偷桃势",望妖精头顶一棍,就打得他无影无踪。

这段告诉我们,原来悟空的棍棒都是有招式的。

这时,悟空也明白了:"那怪说有些儿认得我,想必不是凡间的怪,多是天上来的精。"于是一怒又上了天庭。

天师闻言,即进灵霄殿上启奏,蒙差查勘。九曜星官、十二元辰、东西南北中央五斗、河汉群辰、五岳四渎、普天神圣都在天上,更无一个敢离方位。又查那斗牛宫外,二十八宿,颠倒只有二十七位,内独少了奎星。

原来是奎木狼星下界了。

玉帝道:"多少时不在天了?"

天师道:"四卯不到。三日点卯一次,今已十三日了。"

玉帝道:"天上十三日,下界已是十三年。"

于是,玉帝闻言,差人收他上界,"收了他的金牌,贬他去兜率宫与太上老君烧火,带俸差操,有功复职,无功重加其罪"。这里又有个伏笔,奎木狼成了太上老君的烧火工,原先负责烧火的两个童子就下界,变成金角、银角,继续缠磨唐僧他们去了。

行者见玉帝惩罚了奎木狼,心中欢喜,朝上唱个大喏,转身走了。

281

天师笑道："那个猴子还是这等村俗，替他收了怪神，也倒不谢天恩，却就嗒嗒而退。"

玉帝道："只得他无事，落得天上清平是幸。"

唉！玉帝的意思是：你们就别挑事了，让我清静清静。

唐僧的大欢喜

回到宝象国，将公主送还国王后，悟空哥仨到了朝房里，抬出铁笼，将假虎解了铁索。这时，别人看唐僧是虎，唯独行者火眼金睛看他是人。原来那师父被妖术魇住，不能行走，心上明白，只是口眼难开。

行者笑道："师父啊，你是个好和尚，怎么弄出这般个恶模样来也？你怪我行凶作恶，赶我回去，你要一心向善，怎么一旦弄出个这等嘴脸？"

悟空所言不虚，所以白骨精段落与此段黄袍怪一节是个因果，都是不识真假、不辨善恶惹的祸：唐僧不识白骨精为妖，逐走悟空；世人不识唐僧为人，误以为虎。最后只好又请回悟空。

八戒道："哥啊，救他救儿罢，不要只管揭挑他了。"

行者道："你凡事撺唆，是他个得意的好徒弟，你不救他，又寻老孙怎的？——原与你说来，待降了妖精，报了骂我之仇，就回去的。"

沙僧近前跪下道："哥啊，古人云：'不看僧面看佛面。'兄长既是到此，万望救他一救。若是我们能救，也不敢许远的来奉请你也。"

此番沙僧的举动有些感人。一跪、一声"哥啊"，不由得心软的悟空马上用手搀起他，道："我岂有安心不救之理？快取水来。"那八戒飞星去驿中，取了行李、马匹，将紫金钵盂取出，盛水半盂，递与行者。嗯，此时八戒的行为也不错。

我们且看悟空如何救唐僧。

行者接水在手，念动真言，望那虎劈头一口喷上，退了妖术，解了虎气。长老现了原身，定性睁睛，才认得是行者，一把挽住道："悟空！你从那里来也？"

这一句，又叫得我泪眼婆娑。而下一句，更让我泪眼滂沱！

三藏谢之不尽道："贤徒，亏了你也！亏了你也！这一去，早诣西方，径回东土，奏唐王，你的功劳第一。"

为什么我如此感动呢？一是替他们师徒重聚而高兴；二是唐僧的心性终于明白了些，化了对悟空的误解；三是终于肯定了辛辛苦苦的大悟空！功劳第一，虽是受罪第一，但这些悟空不怕，只要理解、尊重就成。

面对唐僧的一挽、一谢，行者笑道："莫说莫说！但不念那话儿，足感爱厚之情也。"淡淡一句：不用说谁功劳第一的话，您以后别念《紧箍儿咒》了，就足以感受您的爱厚之情了。

但无论如何，这皆大欢喜的场面也是让悟空满心欢喜的，终于回到自己心心念念的取经队伍，又得到师父的肯定和尊重，能不欢喜吗？

何为"明心见性"？

这正是：君回宝殿定江山，僧去雷音参佛祖。

咱们解释一下这句诗吧。

"君回宝殿定江山"，这就是明心。五脏之中，心为君，黄袍一念，则成妖魔；公主捎书一念，可以归国；意马对心猿的一念，使兄弟重聚；木母对金公的一念，就是顺遂；脾土对金公的一念，就是满腔都是春、如得金玉；悟空对西行之路的一念，百折不挠、坚不可摧；唐僧一念回心转意，使五行攒簇。

总之，一念向善，就是天堂；一念向恶，就是地狱。心飘荡，则总在迷与悟中轮回，人人是魔、人人是妖，婴儿不识善恶，金公木母相克，万事俱灰。唯有心回归宝殿，则江山定、事业成。

"僧去雷音参佛祖"，这就是见性。光念经不行，吃人参果也不行，一朝不慎，还是坠入恶道，所以还得除妖魔、听雷音、见佛祖，西行路上脚踏实地走，得自己本来面目，才能得天真极乐。

所以，涉及镇元的五庄观、白骨精的白虎岭和黄袍怪的波月洞的部分，要细细观、用心看。

第三十二回　平顶山功曹传信 莲花洞木母逢灾

唐僧和悟空聊心事

接着看第三十二回"平顶山功曹传信 莲花洞木母逢灾"。

话说唐僧复得了孙行者，师徒们一心同体，共诣西方。——这里的"一心同体"说得好，一心，就是取经的心，向道的心；同体，就是五行攒簇，都归了位，唐僧一人，有悟空之金公、有八戒之木母，有沙僧之中土，如此，就有太极的和美。

自宝象国救了公主，承君臣送出城西，说不尽沿路饥餐渴饮。夜住晓行。却又值三春景候，那时节：轻风吹柳绿如丝，佳景最堪题。时催鸟语，暖烘花发，遍地芳菲。海棠庭院来双燕，正是赏春时。

真是五行攒簇，一派祥和，春风得意马蹄疾啊！这里需要注意的是"三春景候"。三春，指暮春，从春入夏之时，春为木，夏为火，修炼要用火候，所以暗喻前方有一大关要过，还得下一番苦功夫。

这时见一山挡路，唐僧又犯了老毛病。

唐僧道："徒弟们仔细。前遇山高，恐有虎狼阻挡。"

行者道："师父，出家人莫说在家话。你记得那乌巢和尚的《心经》

云'心无挂碍；无挂碍，方无恐怖，远离颠倒梦想'之言？但只是'扫除心上垢，洗净耳边尘。不受苦中苦，难为人上人'。你莫生忧虑，但有老孙，就是塌下天来，可保无事。怕甚么虎狼！"

这时唐僧想的是虎狼，悟空念的是《心经》，二者高下立判。悟空说"扫除心上垢，洗净耳边尘"，就是心无虎狼、耳无恶风，先要自净；"不受苦中苦，难为人上人"，就是必须吃得千辛万苦，才能得道。

长老勒回马道："我当年奉旨出长安，只忆西来拜佛颜。舍利国中金像彩，浮屠塔里玉毫斑。寻穷天下无名水，历遍人间不到山。逐逐烟波重迭迭，几时能够此身闲？"

这时唐僧已经没有了对悟空的嗔恨，倒和悟空谈起了心事。还是觉得自己太辛苦了，不知何时才能得到"身闲"。

行者闻说，笑呵呵道："师要身闲，有何难事？若功成之后，万缘都罢，诸法皆空。那时节，自然而然，却不是身闲也？"

身闲一事，人人都求，可惜人人都不得。反观那猫儿狗儿阳光下酣睡，身闲是得了，但听闻不得真法啊。悟空说"身闲"是自然而然的事，不是想出来的，只要还有恐怖和忧虑，就无法"闲"。只有功成之后，才能万缘都罢，诸法皆空。身心全放空，什么都没有时，才是真闲。

看，悟空又传了个"道"给我们。

这两段是说唐僧心有恐怖，又有"身闲"之妄想。心有恐怖，则勾引危险，就是越怕越有什么；想身闲，就是妄想，妄想就是想什么不来什么，想清净就没有清净。

记得大学毕业时，那时还包分配，我因为成绩好，可以有所选择。怎么选择呢？我是这样选择的：要么有钱，要么有闲。猜猜，我选哪一个？当然是"有闲"啦！有闲，可以去看天看地、看花看草；有闲，就可以阅闲书、编故事、写小说；有闲，就可以不看别人脸色，不介入团队帮派……

后来，在婚姻选择中，我依旧用了此法。有闲，就是你别管我，让我自由自在，让我想哭就哭、想笑就笑；想写小说就写小说，想学中医就学中医，反正我吃得简单、花费又少，就喜欢穿旧衣服，你有钱没钱跟我没关系，只是别管我就成。还真是因为没有恐怖和妄想，自然而然，就什么都有了，一生只干了自己喜欢的事。我绝对是个超级勤奋的人，但我守住了一个"闲"字。有人会说：超级勤奋，怎么是"闲"啊？记住，只要没被人逼着做事，就是"心闲"。

但当我老了时，却干了件错误的事：我总是劝年轻人像我这样选择人生，直到一个女孩说了句"我们做不到啊，不是谁都有您这般才华呀……"当场就把我说蒙了。从那以后，我就坚决闭嘴了。可心里头还是倔强地想：无论有没有才华，不都可以这样活一生吗？

悟空为什么遇事求神仙？

好，回到小说。

这时有个日值功曹扮成樵夫前来送口信。

日值功曹，道教天神名，以一年之三百六十日，各由一神将值守，监视人间鬼神杂事，其实也主持日日火候，四季轮换。

樵夫对长老厉声高叫道："那西进的长老！暂停片时。我有一言奉告：此山有一伙毒魔狠怪，专吃你东来西去的人哩。"唐僧闻言，魂飞魄散，战战兢兢坐不稳雕鞍，急回头，忙呼悟空去问他一个端的。

悟空问："那魔是几年之魔，怪是几年之怪？还是个把势（老手、行家，又称老把式），还是个雏儿？烦大哥老实说说，我好着山神、土地递解他起身（我让山神土地公公赶他滚蛋）。"

功曹笑道："你敢把他怎么的递解？解往何处？"

行者道："若是天魔，解与玉帝；若是土魔，解与土府。西方的归佛，东方的归圣；北方的解与真武，南方的解与火德。是蛟精解与海主，是鬼祟解与阎王。——各有地头方向。我老孙到处里人熟，发一张批文，把他连夜解着飞跑。"

这语言多麻利啊！西方的归佛，东方的归圣。北方的解给真武大帝，南方的解与火德真君。妖魔鬼怪都有出处，也就都有归处。幸好，悟空能上天入地，哪儿都有熟人，让他们归位就是了。一路上，悟空做的就是这事啊。

看过《西游记》的人都有一个困惑，就是五百年前孙悟空无所不能，为什么西行路上遇到妖怪却经常打不过，必须跑到各处去求神仙呢？这里讲几条啊：

1）不是打不过，而是妖魔打不完，与其天天恶斗、纠缠，不如让他们归位。有来头，就有去处，就像我们的人生，成天有没完没了的问题，与其热处理，不如冷处理，找到根源了，西方的归佛，东方的归圣，让别人去处理问题，没必要自己介入他们的因果。

2）再说了，悟空自己五百年前也是妖怪，当时各路神仙都没有置自己于死地，自己何苦置别人于死地。妖怪想吃长生肉，也是想修行，只是路径不对。加入了取经队伍后，悟空也有了菩提心，谁，都要有改邪归正的机会。

3）谁造的业，谁自己担、自己化。悟空这也是不轻易介入别人的因果。唐僧的妖魔都是自己的欲念招来的，若总是自己一棒子打死了，唐僧没吃过苦，自然无法成长。这路上的九九八十一难都是给唐僧设置的，悟空只是保他，但不能替他。

4）悟空的目的是保唐僧取经，不是打妖怪，要学会借力、惜力。五百年前悟空没脑子，生干；现在有脑子了，取经这事既然天下知晓了，那天下都别偷懒，一起了了各自的因果。

5）各路神仙都是老朋友，也都是高能量，没事去串个门、告个状、聊聊天，找菩萨撒撒娇，打趣一下各位老神仙，再让他们收回自己的手下孽种，弄个皆大欢喜，彼此买个人情，总比天天守着那难开窍的、哭哭啼啼的师父强。

人这一生，发多少昏？

咱们再回到小说。

樵子道："此山径过有六百里远近，名唤平顶山，山中有一洞，名唤莲花洞，洞里有两个魔头。他画影图形，要捉和尚，抄名访姓，要吃唐僧。你若别处来的还好，但犯了一个'唐'字儿，莫想去得，去得！"

前有"碗子山波月洞"，今有"平顶山莲花洞"，碗下凹，顶上平；波月为阴，莲花为阳极阴生，看来师徒四人又要修炼上一个台阶了。黄袍怪从没想过要吃唐僧，是唐僧自己撞上门去的。这里的金角、银角两大妖魔是画图指名要吃唐僧。

悟空不怕这个，还问要怎么吃。

行者道："若是先吃头，还好耍子，若是先吃脚，就难为了。"

樵子道："先吃头怎么说？先吃脚怎么说？"

行者道："你还不曾经着哩。若是先吃头，一口将他咬下，我已死了，凭他怎么煎炒熬煮，我也不知疼痛；若是先吃脚，他啃了孤拐，嚼了腿亭，吃到腰截骨，我还急忙不死，却不是零零碎碎受苦？此所以难为也。"

樵子道："和尚，他那里有这许多工夫？只是把你拿住，捆在笼里，囫囵蒸吃了。"

行者笑道："这个更好！更好！疼倒不忍疼，只是受些闷气罢了。"

樵子道："和尚不要调嘴。那妖怪随身有五件宝贝，神通极大极广。就是擎天的玉柱，架海的金梁，若保得唐朝和尚去，也须要发发昏是。"

发昏，本指迷糊、神志不清，或指思想和精神的不稳定。

行者道："发几个昏么？"樵子道："要发三四个昏是。"行者道："不打紧，不打紧。我们一年，常发七八百个昏儿，这三四个昏儿易得发，发发儿就过去了。"

这句有意思，悟空说他们一年要发七八百个昏，是说人心不定，发昏是常事，谁不是一会儿清楚，一会儿糊涂的？跟这两个妖魔斗，才发三四个昏，不打紧。人，有时一天还发无数个昏呢！发发就过去了。

好大圣，全然无惧，一心只是要保唐僧。

功曹这信是传完了，下一步就该是"莲花洞木母逢灾"了，木母就是八戒啊。

怎么使唤八戒？

听完功曹的话，悟空也琢磨："我若把功曹的言语实实告诵师父，师父他不济事，必就哭了。假若不与他实说，梦着头，带着他走，常言道：'乍入芦圩，不知深浅。'——倘或被妖魔捞去，却不又要老孙费心？……且等我照顾八戒一照顾，先着他出头与那怪打一仗看。若是打得过他，就算他一功；若是没手段，被怪拿去，等老孙再去救他不迟。"

又一想："只恐八戒躲懒便不肯出头，师父又有些护短，等老孙羁勒他羁勒。"羁勒，原指马络头，这里有整治、管束之意。师父一直偏袒八戒，悟空不好使唤他。

于是，悟空假装揉着眼泪出现了。八戒是最眼观六路的，对任何细节都反应特别快。八戒赶紧叫："沙和尚，歇下担子，拿出行李来，我两个分了罢！"沙僧道："二哥，分怎的？"八戒道："分了，便你往流沙河还做妖怪，老猪往高老庄上盼盼浑家。把白马卖了，买口棺木，与师父送老，大家散火。"

看来，安排后事这事，八戒很拿手啊。这师徒四人的火刚刚聚起来，正五行攒簇、小火慢炖呢，修行全看"火候"，这八戒却又说"散火"，火一散，就修不成啦！

唐僧一听八戒又嚷嚷散伙，马上骂：你个夯货！正走路，怎么又胡说了？

八戒道："你儿子便胡说！你不看见孙行者那里哭将来了？他是个钻天入地、斧砍火烧、下油锅都不怕的好汉，如今戴了个愁帽，泪汪汪的哭来，必是那山险峻，妖怪凶狠。似我们这样软弱的人儿，怎么去得？"

八戒把自己说得好秀气，还是个"软弱的人儿"。

唐僧问道："悟空，有甚话当面计较。你怎么自家烦恼？这般样个哭包脸，是虎唬我也？"

行者道："师父啊，刚才那个报信的，是日值功曹。他说妖精凶狠，此处难行，果然的山高路峻，不能前进，改日再去罢。"

长老闻言，恐惶悚惧，扯住他虎皮裙子道："徒弟呀，我们三停路已走了停半，因何说退悔之言？"

行者道："我没个不尽心的，但只恐魔多力弱，行势孤单。'总然是块铁，下炉能打得几根钉？'"

长老道："徒弟啊，你也说得是，果然一个人也难。兵书云：'寡不可敌众。'我这里还有八戒、沙僧，都是徒弟，凭你调度使用，或为护将帮手，协力同心，扫清山径，领我过山，却不都还了正果？"

悟空就等这句话呢！

师父任凭他使唤八戒和沙僧，悟空立刻就坡下驴。他擦干眼泪，说："师父呵，若要过得此山，须是猪八戒依得我两件事儿，才有三分去得。假若不依我言，替不得我手，半分儿也莫想过去。"

呆子真个对行者说道："哥哥，你教我做甚事？"行者道："第一件是看师父，第二件是去巡山。"

八戒道："看师父是坐，巡山去是走，终不然教我坐一会又走，走一会又坐。两处怎么顾盼得来？"八戒不傻，总能从话里找出破绽。

行者道："不是教你两件齐干，只是领了一件便罢。"

八戒又笑道："这等也好计较。但不知看师父是怎样，巡山是怎样，你先与我讲讲，等我依个相应些儿的去干罢。"

行者道："看师父呵：师父去出恭，你伺候；师父要走路，你扶持；师父要吃斋，你化斋。若他饿了些儿，你该打；黄了些儿脸皮，你该打；瘦了些儿形骸，你该打。"

八戒慌了道："这个难！难！难！伺候扶持，通不打紧，就是不离身驮着，也还容易；假若教我去乡下化斋，他这西方路上，不识我是取经的和尚，只道是那山里走出来的一个半壮不壮的健猪，……把老猪围倒，拿家去宰了，腌着过年，这个却不就遭瘟了？"

敢情八戒始终不愿意去化斋，是怕被人宰了过年。

行者道："巡山去罢。"

八戒道："巡山便怎么样儿？"

行者道："就入此山，打听有多少妖怪，是甚么山，是甚么洞，我们好过去。"

八戒道："这个小可，老猪去巡山罢。"那呆子就撒起衣裙，挺着钉钯，雄纠纠，径入深山；气昂昂，奔上大路。

"二兄弟"一般什么样？

　　你当他真会去巡山啊，肯定是去找个地儿睡觉，然后回来再编个谎儿，应付一下大伙儿。八戒语言天赋极好，世上但凡有哥儿仨，老二都是极会看颜色行事的，情商高、嘴又甜，八戒，是老二中的极品，所以，最讨师父的疼爱。

　　果然，八戒行有七八里路，把钉钯撇下，吊转头来，望着唐僧，指手画脚的骂道："你罢软的老和尚，捉掐的弼马温，面弱的沙和尚！他都在那里自在，捉弄我老猪来跷路！大家取经，都要望成正果，偏是教我来巡甚么山！……我往那里睡觉去，睡一觉回去，含含糊糊的答应他，只说是巡了山，就了其帐也。"

　　结果，又被悟空变成各种鸟捉弄了他一番。

　　回来前，那呆子把石头当着唐僧、沙僧、行者三人，朝着那些石头编瞎话先演习一遍。他道："我这回去，见了师父，若问有妖怪，就说有妖怪。他问甚么山——我若说是泥捏的，土做的，锡打的，铜铸的，面蒸的，纸糊的，笔画的，他们见说我呆哩，若讲这话，一发说呆了，——我只说是石头山。他问甚么洞，也只说是石头洞。他问甚么门，却说是钉钉的铁叶门。他问里边有多远，只说入内有三层。——十分再搜寻，问门上钉子多少，只说老猪心忙记不真。此间编造停当，哄那弼马温去！"

　　既然他们叫我呆子，我索性装傻到底了。从骨子里，八戒就没怕过师父，但他确实怕悟空。为什么？这金公本事大啊。但凡老婆反侮老公的，一句话：都是老公没本事，厌。

　　可八戒有师父护着啊。悟空跟师父说八戒编谎，果然师父护短，说：

"他两个耳朵盖着眼,愚拙之人也。他会编甚么谎?又是你捏合甚么鬼话赖他哩。"依旧是不信悟空。还一见八戒回来就上去搀扶,说:"徒弟,辛苦啊。"八戒马上卖乖,回应道:"正是。走路的人,爬山的人,第一辛苦了。"

这真是:会哭的孩子有奶吃。若总是这样,唐僧所言"八戒、沙僧凭你调度、使用"这句就落空了,悟空必须改变现状,要不这取经队伍还是老样子,队伍虽小,可有人的地方就有人性,不能让八戒这么糊弄。所以,这次悟空要有个CEO的样子。

行者骂道:"我把你个馕糠的夯货!这般要紧的所在,教你去巡山,你却去睡觉!不是啄木虫叮你醒来,你还在那里睡哩。及叮醒,又编这样大谎,可不误了大事?你快伸过孤拐来,打五棍记心!"

八戒慌了道:"那个哭丧棒重,擦一擦儿皮塌,挽一挽儿筋伤,若打五下,就是死了!"行者道:"你怕打,却怎么扯谎?"八戒道:"哥哥呀,只是这一遭儿,以后再不敢了。"行者道:"一遭便打三棍罢。"八戒道:"爷爷呀,半棍儿也禁不得!"呆子没计奈何,扯住师父道:"你替我说个方便儿。"长老道:"悟空说你编谎,我还不信。今果如此,其实该打。——但如今过山少人使唤,悟空,你且饶他,待过了山再打罢。"

这里面三层意思:1)唐僧终于相信了悟空。2)悟空可以打八戒。3)因为过山少人使唤,所以这次先不打。

行者道:"古人云:'顺父母言情,呼为大孝。'师父说不打,我就且饶你。你再去与他巡山,若再说谎误事,我定一下也不饶你!"

虽然没打八戒,但规矩立下了。

果然,这次八戒乖乖去巡山了。

八戒经过这一番整治,巡山路上,总是疑心生暗鬼,步步只疑是行者变化了跟住他,见着老虎觉得是悟空,见着乌鸦觉得是悟空,一路地求饶、认错。其实，此番悟空根本没搭理他。悟空终于不用那么累了。

为什么要吃"唐僧肉"？

该说说平顶山莲花洞的两个妖怪了，一个唤作金角大王，一个唤作银角大王。原来是太上老君看金炉、银炉的金炉童子和银炉童子。自从奎木狼被罚给太上老君烧火看炉子，这两童子就趁势放飞了自我，既然在天上吃不着丹，那就下凡吃唐僧肉吧，临走，还偷了太上老君的五个法器，分别是七星宝剑（道祖贴身炼魔宝剑）、紫金红葫芦（道祖装灵丹的）、羊脂玉净瓶（道祖装水的）、芭蕉扇（道祖煽火的）、幌金绳（道祖勒袍腰带）。这老君怎么养了两个小偷啊，真怀疑又是老君故意放水。

那边是悟空叫八戒去巡山，这边是金角让银角去巡山，顺便把唐僧一行抓回来。

银角道："我们要吃人，那里不捞几个？这和尚到得那里，让他去罢。"金角道："你不晓得。我当年出天界，尝闻得人言：唐僧乃金蝉长老临凡，十世修行的好人，一点元阳未泄，有人吃他肉，延寿长生哩。"

知道了吧，"唐僧肉"的传说是天庭里传出来的，就是想阻拦唐僧西行。

这里说，金蝉子已是"十世修行"，看来沙僧在流沙河吃的九个取经人真没准是唐僧的前身。

而且，前文尸魔只说吃"唐僧肉"，但实际上师徒四人都在"五庄观"吃了人参果，为什么江湖上没有要吃悟空肉、八戒肉、沙僧肉的传说，只说吃"唐僧肉"才管用？

这金角、银角毕竟是老君身边练过功的，此处泄露了吃"唐僧肉"的真正原因：唐僧出生即出家，一点元阳未泄，这才是唐僧的可贵之处。而八戒一向有欲望，又两次倒插门，元阳早泄了。况且八戒一直吃乱七八糟的东西，连生自己的母猪都吃了，可见那"肉"极腌臜；沙僧也在流沙河吃过人，这肉也要不得；悟空呢？也是元阳未泄啊，可任凭谁，也吃不着他的肉啊，再说，他似乎也没有什么肉，都是"筋儿"。

银角道："若是吃了他肉就可以延寿长生，我们打甚么坐，立甚么功，炼甚么龙与虎，配甚么雌与雄？只该吃他去了。等我去拿他来。"

看来这两童子也没少练功，又打坐，又降龙伏虎，又配姹女婴儿的，如果吃唐僧肉就可以延寿长生，那就真没人练功了。

道门啊，在"性命"问题上，绝对是"独树一帜"。关于外丹，葛洪是笃信，认为人生"服一大药便足"；陶弘景是怀疑，而且真没少下功夫，二十年间七次炼丹，失败六次，著有《炼化杂术》等；孙思邈呢，是反对，号称"宁食野葛，不服五石"。可无论如何，炼外丹，是中国历史上最有勇气和最持之以恒的一场试验，共有二十二个皇帝前仆后继以身试丹，神仙梦就这样不无遗憾地做了几千年，那著名的唐玄宗还把炼丹炉放在皇宫里亲自炼丹呢！

有人会认为：这些皇帝是不是傻啊？这些炼丹的道士是不是傻啊？不能这么说，他们至少不比我们傻。他们将炼丹视作一桩最严肃的工作，而不是一场荒谬可笑的冒险，他们在循万物之道以制约万物的过程中，试图找到控制自然与生命的捷径，从某种意义上说，他们是最原始的科学家。他们起初向外、向自然索取生命的"金丹"。人，不如树木长久；树木，不如金石长久，那就从金石矿物中提取精华，借它们的相对永恒性，来满足永生的玄想。外丹的尝试失败后，道士们又向内、向自己的生命发问，以自身为鼎炉，来炼自己三丹田的"丹"，以培植那株不败的长青之树。

如果我们没在这方面努力过，我们就没有理由嘲笑他们。关于这些，这里不便多讲，有兴趣的朋友可以去看一下千古奇书《周易参同契》。

但把"唐僧肉"当成丹药，肯定是虚妄的。从道理上讲，元阳未泄，确实是"宝"，但靠谋取他人之宝、以"吃人"来满足自己的妄念，肯定是"恶"，是妖怪。幸好，我们的人生就是"漏"，《内经》讲女子二七、男子二八，就出现"漏"，至女子七七、男子八八，就"漏"得差不多了，后面就靠那点先天气维系着了，如此便没有妖怪惦记我们，岂不是大幸？再说，人家这个行走的"丹药"，还有悟空他们护佑着呢，我们什么都没有，只能"自天佑之"，就是自己保佑自己。

好，回到小说。

为了避免抓错"这行走的大丹"，金角大王还做了充分的准备工作，画出了师徒四人的图形，让银角大王带着图形去巡山。

巡山的八戒正好撞着银角大王的巡山队伍。小妖说："大王，这个和尚，像这图中猪八戒模样。"

银角便叫挂起影神图来看，八戒看见这图像，大惊道："怪道这些时没精神哩！原来是他把我的影神传将来也！"就是他们把我的"魂儿"摄走啦。

八戒这话倒让我想起一件趣事。我去非洲贝宁讲学时，在海边正看到一群土著在打鱼，便上前去照相，没想到他们见到了，放下手里的活儿就乱嚷着来追我，我突然明白了：原来他们认为照相就是摄人魂魄。于是，我撒丫子就跑。我要是这么一直恐惧地跑下去，估计也能拿个跑步冠军。这里的八戒跟土著的想法一样，觉得自己近来没精神，又疑神疑鬼，原来是魂魄被摄走了。

于是，八戒与银角开战，八戒打架的样子太可笑了：摔耳朵，喷粘涎，舞钉钯，口里还吆吆喝喝的。这画面，太吓人了，银角大王都觉得"悚惧"。最后众小妖一起上阵，抓鬃毛，揪耳朵，扯着脚，拉着尾，扛扛抬抬，擒进洞去。这就是题目所言"莲花洞木母逢灾"。

至此，《西游记》上册讲完。

图书在版编目（CIP）数据

细品西游 / 曲黎敏著. -- 北京：北京联合出版公司，2025.1. -- ISBN 978-7-5596-8109-6

I. I207.414

中国国家版本馆 CIP 数据核字第 2024QB3615 号

细品西游

作　　者：曲黎敏
出 品 人：赵红仕
责任编辑：肖桓
选题策划：申丹丹
特约编辑：刘小旋
装帧设计：郭璐
内文排版：张景莹

北京联合出版公司出版
（北京市西城区德外大街 83 号楼 9 层　100088）
北京长江新世纪文化传媒有限公司发行
天津盛辉印刷有限公司印刷　新华书店经销
字数 270 千字　710 毫米 ×1000 毫米　1/16　20.5 印张
2025 年 1 月第 1 版　2025 年 1 月第 1 次印刷
ISBN 978-7-5596-8109-6
定价：88.00 元

版权所有，侵权必究
未经书面许可，不得以任何方式转载、复制、翻印本书部分或全部内容。
本书若有质量问题，请与本公司图书销售中心联系调换。电话：（010）58678881